逢縁奇演
illustration
ちひろ綺華
運命の人は、
でした。
my destiny is
the bride's little sister.
JN073948

CONTENTS

「――あなたが『みどう だいご』さんかしら？」

「……はじめまして
大吾クン。
私は千子兎羽。
君の愛するお嫁さんだヨ」

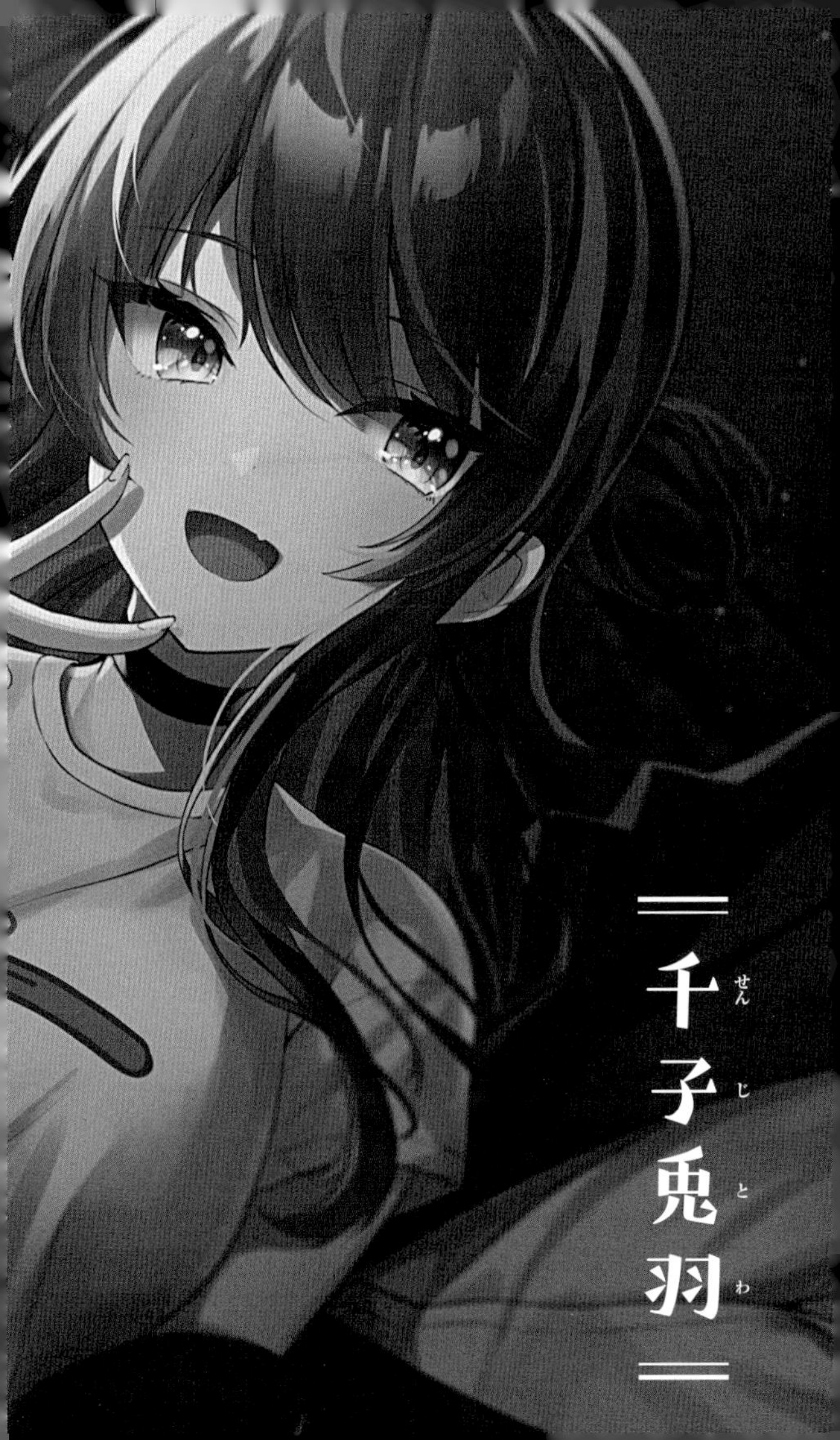

千子兎羽
せんじとわ

═前世の姿═
「次に出会ったときは、
きっとお嫁さんに
して下さいませ」

千《せん》子《じ》獅《し》子《し》乃《の》

＝前世の姿＝
『つぎは勝つ

運命の人は、嫁の妹でした。

my destiny is the bride's little sister.

プロローグ

世界が滅《ほろ》んでしまった。――と思った。

道端《みちばた》にゲロを吐《は》き散《ち》らかす。

「うげぇえええっ」

「飲み過ぎだ、アホめ」

「これが飲まずにいられるかぁっ！」

俺の友人――イェン・シーハン。大きなコートを着た小柄《こがら》な彼女はため息を吐《つ》く。

「結婚式《けっこんしき》で元妻に会った。それだけじゃあないか」

「……男を連れてた」

「アカネさんも離婚《りこん》して3年だろ？　新しい男ぐらいいるさ」

「ささ、再婚《さいこん》とかするのかな。俺は永遠に孤独《こどく》なのに！」

「めんどくせー……」

今日は古い友人の結婚式《けっこんしき》だった。式に出てみると、俺の元女房《もとにょうぼう》が隣《となり》の席にいた。熊野《くまの》あかね。3年前は朝から夜まで一緒《いっしょ》に過ごしていた最愛の人。馬鹿みたいに、運命の女だと信じてた。けれど今日は、俺以外の男と楽しそうに笑っていて。来た。色々。精神にっすよ。

「世界なんて滅《ほろ》びちまえ！」

「婚活《こんかつ》しな」

「うおおお‼　今日はぶっ倒《たお》れるまで飲む‼」

「婚活《こんかつ》しなよ」

「全額奢《おご》るから」

「……しょーがないにゃあ」

万年金欠のイェン・シーハンと肩《かた》を組むと、横浜《よこはま》は野毛《のげ》の飲み屋街を歩き始めた。


「すいません。大丈夫《だいじょうぶ》？　おーい」

藍色《あいいろ》の制服を着た——ああ、この人たちは警察官だ——に体を揺《ゆ》すられて、目を覚ました。

「いてっ」

頬《ほお》を刺《さ》したのはハリネズミだ。丸くて刺々《とげとげ》しくて可愛《かわい》い。ここは確か中華街《ちゅうかがい》にあるハリネズミカフェだ。部屋の隅《すみ》で俺を見つめるハリネズミを横目に体を起こす。酷《ひど》い二日酔《ふつかよ》いの頭痛。

「なにか覚えてる？」

警察の人たちは生暖かい笑顔《えがお》を向けながら俺に尋《たず》ねた。

「すんません。なんも覚えてないっす」

「キミ。酔《よ》っ払《ぱら》って、侵入《しんにゅう》したの。通報されて、僕たちが来たわけ。君、名前は？」

「……大吾《だいご》。御堂大吾《みどうだいご》です」

――なんで酔《よ》っ払《ぱら》った俺は、ハリネズミカフェに不法侵入《ふほうしんにゅう》したんだ？

「歩ける？　ほら行くよ」

俺は数名の警察官に支えられてパトカーに乗り込むと、中華街《ちゅうかがい》の警察署に連れて行かれる。

昨日の酒が頭の中をぐるぐるとかき混ぜて、頭痛と吐《は》き気《け》で死にそうだった。

俺を警察署まで迎《むか》えに来たのは元嫁《もとよめ》だった。緊急連絡先《きんきゅうれんらくさき》がまだ彼女のままだった。

「……大吾《だいご》くん」

彼女は悲しそうな目で警察の人たちに手続きを済ませると、俺を警察署から連れ出した。最後に警官に言われた「今回は起訴《きそ》は無いけど、次やったらマジでアレね」が怖《こわ》かった。警察署の駐車場《ちゅうしゃじょう》に停《と》めていた車の前で、俺の元妻――熊野《くまの》あかねは呟《つぶや》く。

「ちゃんとしないと、だめだよ」

「えっ」

「私、もう。大吾《だいご》くんのこと、見てあげられないんだから」

彼女は泣きそうな表情で俺を見つめた。

「ちゃんとしないと、だめだよ」

羞恥《しゅうち》で頭が真っ白になる。警察にも元妻にも迷惑《めいわく》かけて。情けないにも程《ほど》がある。

俺は必死に取《と》り繕《つくろ》おうとして、彼女を安心させたくて、無我夢中《むがむちゅう》で口走る。

「俺、今、本気で婚活《こんかつ》してるんだ！」

「え？　そうなの？」

「う、うん。結婚《けっこん》間近っていうか、いい人も見つけてる。この人が運命の人だ！　っていう」

「……そっか。大吾《だいご》くん、頑張《がんば》ってるんだ」

彼女は寂《さび》しそうに笑う。そんなに寂《さび》しそうにするなら、どうして。と口走りそうになって、焦《あせ》って口を閉じる。俺たちはもうとっくにそんな事を言い合うタイミングを過ぎていた。

「それじゃあばいばい。運命の人と、幸せになってね」

呟《つぶや》いて、彼女は車に乗り込む。俺は1人で警察署の駐車場《ちゅうしゃじょう》に取り残された。中華街《ちゅうかがい》のど真ん中にある警察署の周りは賑《にぎ》やかで、俺の周りだけ音が消えたみたいだった。

過去にしがみついている。そんな事には気がついていた。前に進むべき。そんな事だって分かっていた。でも今やっとこの瞬間《しゅんかん》に、漠然《ばくぜん》とした義務感は実在を伴《ともな》った覚悟《かくご》に変わった。

『運命の人』を探そう」

未練タラタラで愚痴《ぐち》り続けて酔《よ》い潰《つぶ》れる人生なんて、もう終わりにしないとな。俺は決意する。ここからは俺の人生の第2章だ。次こそ。次こそ本当の『運命』を見つけるんだ。

「婚活《こんかつ》だ」

グッと拳《こぶし》を握《にぎ》りしめると、パトカーの脇《わき》にしこたまゲロを吐《は》き出《だ》した。

第1話　運命の彼女、見つけました

——半年が経《た》った。

俺が管理しているアパート『メゾン・ド・シャンハイ』は神奈川県横浜市《よこはまし》の中区《なかく》・山下町《やましたちょう》にある。所謂横浜中華街《いわゆるよこはまちゅうかがい》だ。日本最大のチャイナタウン！　星の数ほど並ぶ屋台と、ひしめく中華《ちゅうか》料理屋。ここはいつだって噎《む》せ返《かえ》るような活気に満ちている。

「よーっす。元気してっかー」

アパートの前を掃《は》き掃除《そうじ》していると、少女のように小柄《こがら》な女性が話しかけてきた。

「……シーハン。随分《ずいぶん》久しぶりだな」

イェン・シーハン。前にも話したが俺の親友である。中国系だが生まれも育ちも横浜《よこはま》で、四《し》川料理《せんりょうり》より家系ラーメンをこよなく愛している幼馴染《おさななじみ》だ。

「最後にキミと会ったのは結婚式《けっこんしき》の時だから、半年ぶりか？」

半年前、俺たちは友人の結婚式に行った。俺は元女房《もとにょうぼう》に出会って、しこたま飲んで、ハリネズミカフェに無断侵入《むだんしんにゅう》して、忙《いそが》しい警察の方々のお世話になった。

——そして目が覚めると、イェン・シーハンはこの街から消えていた。

「お前、今まで一体どこに行ってたんだ？」

彼女は『メゾン・ド・シャンハイ』の201号室に住んでいる。裏手が中華料理屋《ちゅうかりょうりや》なのでベランダに服を干すと匂《にお》いがこびりつくが、その代わりに地域最安値だ。いつの間にかいなくなったんで家賃も随分《ずいぶん》溜《た》まってるし、話したい事も山程《やまほど》ある。

「……ふむ」

彼女はツインテールをぴょこぴょこと動かしてから笑った。

「とりま飯にすっか」

中華街《ちゅうかがい》の路地裏にあるボロい飯屋『黄龍亭《こうりゅうてい》』。俺たちの行きつけの店である。人気メニューは中華粥《ちゅうかがゆ》で、アサリの出汁《だし》がよく効いている。胃に優《やさ》しくて朝食うにはもってこいだ。

「NYにいた」

「はい？」

「ニューヨーク。ブロードウェイの舞台《ぶたい》に立ちたくて。でも麺《めん》が恋《こい》しくなって諦《あきら》めた」

マジかこいつ。

「帰りの旅費が無かったから、半年ジャズバーで働いて、やっと今日帰って来たってわけ」

相変わらず無茶苦茶な奴《やつ》である。俺たちはとりあえず、1杯《ぱい》250円の中華粥《ちゅうかがゆ》を啜《すす》りながら久々の再会を乾杯《かんぱい》した。朝からビールを飲む底辺暮らしの至福の一時である。

「つーか覚えてないんだな。ボクはちゃんとキミに言ったぜ」

「いつ？」

「結婚式《けっこんしき》の後。野毛《のげ》で飲んで。弁天通《べんてんどお》りで飲んで。コンビニで酒買って山下公園《やましたこうえん》で飲んで」

そんなに馬鹿みたいに飲んだのか。俺も、徐々《じょじょ》に記憶《きおく》を取《と》り戻《もど》す。

「ベロンベロンで夢を語っただろ。ボクは子供の頃《ころ》の夢を叶《かな》えるために渡米《とべい》して――」

「あっ」

そうだ。思い出した。

「――俺は、愛する者皆《みな》傷つけるハリネズミが悲劇だから、哀《あわ》れな畜生を抱《だ》きしめに行く」

ハリネズミのジレンマが余りに不憫《ふびん》で、号泣《ごうきゅう》した夜を思い出す。アホだな。それを言うならヤマアラシだ。我ながら黒歴史確定なので心の床下収納《ゆかしたしゅうのう》にそっと仕舞《しま》った。

「それでキミの方はこの半年、どんな感じだったわけ？」

シーハンに尋《たず》ねられて、俺は頷《うなず》く。

「最高の半年間だった」

「やっと包茎手術《ほうけいしゅじゅつ》したのか」

「死ね」

スマホの画面をシーハンに見せる。小さなディスプレイには、俺とH．N．『とわ』が仲よさげにしている会話の履歴《りれき》が映し出されていた。シーハンは首を傾《かし》げる。

「何これ？　あ、婚活《こんかつ》アプリか。やっと離婚《りこん》から立ち直ろうとしてるのか。偉《えら》いじゃん」

「それだけじゃないぞ」

3年と半年前、俺は最愛の人と離婚《りこん》した。それ以来女性と深く付き合うのが怖《こわ》くて、逃《に》げていた。『運命の人』なんて出会えないと思っていた。でも、俺はやっと前を向いたんだ。

「――俺、結婚《けっこん》したんだよ！」

シーハンは一瞬《いっしゅん》、呆気《あっけ》に取られる。

「そ、そりゃスゲーじゃん。少し早いが……婚活《こんかつ》なんてそんなもんか。お相手は可愛《かわい》いの」

「知らん」

「は？」

彼女が俺を見つめる。眉根《まゆね》は酷《ひど》く寄っていた。

「最近、ブラインド婚活《こんかつ》ってのがあるんだ。知ってるか？」

「知らんし嫌《いや》な予感がする」

「お互《たが》い、電話とメール以外のやり取りはしない。実際に会う事すら無い。婚姻届《こんいんとどけ》を郵送で送って、市役所に提出した後に初めて出会うんだ」

「おいおいおいおいおいおいおいおいおい」

シーハンは握《にぎ》っていたお箸《はし》を落とした。

「バァ〜ッカじゃねーのぉ⁉ おめー、1度も会ったこと無いやつと籍《せき》入れたのかよ⁉」

いや、驚《おどろ》くのはわかる。ビビるのもわかる。俺も必死に考えた結果、選んだ方法だったわけだし。そりゃ並大抵《なみたいてい》の決断じゃなかったさ。今だって怖《こわ》くないと言ったら嘘《うそ》になる。

「とわさんは、俺の運命の女の子なんだ！」

——H.N.『とわ』。流行《はや》りの婚活《こんかつ》アプリで出会った俺たちはすぐに意気投合し、互《たが》いが運命の人だと確信した。半年間程《ほど》、毎晩のように電話して、朝になるまで話し続けた。会わなくても最高の相性《あいしょう》だと実感した。この人しかいない。それを確信した。

「にしても、1回ぐらいは実際に会うべきだっただろ」

「仕方がないんだ。とわさんが、ブラインド婚活《こんかつ》以外はしないって言うんだから」

「は？」

「結婚《けっこん》してからじゃないと、絶対に会わないって言うんだ」

シーハンは俺の肩《かた》をぽんと叩《たた》く。

「詐欺《さぎ》だよ。それ」

「違《ちが》う違《ちが》う違《ちが》う‼ ただ奥ゆかしくて恥《は》ずかしがり屋なだけ！」

俺たちがワーワー騒《さわ》いでいると、黄龍亭《こうりゅうてい》の入り口が開いた。横浜中華街《よこはまちゅうかがい》は観光街とはいえ、こんな時間からこの店に来るのは、常連ぐらいである。

「あ！　イエン、帰ってきたのネ！　寂《さび》しかったヨ！」

お姫様《ひめさま》みたいな金髪《きんぱつ》を腰元《こしもと》まで伸《の》ばして、太ももまでスリットの入ったチャイナドレスを着ている、青い眼《め》の——死ぬほど胡散臭《うさんくさ》い占い師《うらなし》の女の子がニコニコと笑っていた。

彼女の名前はリンゲイト・暁《あかつき》・ホーエンハイム。メゾン・ド・シャンハイの401号室の住人でもある彼女は嬉《うれ》しそうに同席した。

シーハンはうんざりとした顔で彼女を見つめる。

「リン。おめー、まだチャイナドレス着てんのか。コスプレAV臭《しゅう》がキチーから離《はな》れてくれ」

リンゲイトは日本に留学しているイギリス人の大学生で、先祖はロマ族の家系だとか、正体は天才数学者だとか、地底に残っていた古代人の生き残りだとか様々な噂《うわさ》があるが、どれが本当なのかは謎《なぞ》である。

リンゲイトは席につくなり、ビシっと俺の顔を指差した。

「占《うらな》いの女神《めがみ》・Iwasの予言デス——アナタは今日、運命のヒトに出会うデショ！」

「や、やっぱりそうなのか⁉」

彼女の占《うらな》いは胡散臭《うさんくさ》い割によく当たると、横浜中華街《よこはまちゅうかがい》では有名なのである。視界の端《はし》で、シーハンがうんざりしたように首を振《ふ》っていた。

「実は俺、今日、初めて嫁《よめ》に会うんだ。夕方にディナーの約束があって」

「キャー！　やっと会えるんデスネ！　やったネ、ダイゴ！　オメデトー！」

さっきまで呆《あき》れていたシーハンが急に眼《め》を光らせると、リンゲイトのチャイナドレスの裾《すそ》をギュムッと掴《つか》む。パンツが見えそうになったリンゲイトは顔を真っ赤にして逃《に》げ出《だ》すと、俺の後ろに隠《かく》れた。

『やっと？』おいリン。テメー知っていたのか。ブラインド婚活《こんかつ》とかアホみてーな事。このバカがするの知っていて、止めなかったのか？」

「だって素敵《すてき》だもの！　顔も知らない女の子と魂《たましい》だけ結ばれて、永遠の愛を誓《ちか》うだなんて！　それこそ真実の愛デス！」

シーハンは一層呆《あき》れていた。

「大吾《だいご》。お前それでいざディナーの席に、鳥山石燕《とりやませきえん》が描《か》いたぬらりひょん（みんなもネットでググってみよう！）みたいな女が出てきたらどうするつもりなんだよ」

「大切なのは気持ちだろ！　あっちが愛してくれるなら、俺も一生愛しぬくぜ！」

「……どんだけ真《ま》っ直《す》ぐバカなんだ、おめー」

シーハンは酷《ひど》く呆《あき》れながら、けれどほんの少しだけ薄《うす》く笑っていた。


夕方になった。俺は約束通り、『とわ』との待ち合わせ場所でもある赤レンガ倉庫の飯屋に向かっていた。早くに着き過ぎても店に悪いので、辿《たど》り着《つ》いたのは約束の5分ほど前だった。

「こちらに掛《か》けてお待ち下さい」

店員に導かれて北欧風《ほくおうふう》のシャンデリアの下の席に座ると、レモン味の水を注《つ》いでもらう。周りを見るとカップルだらけだ。甘ったるい高級感のある雰囲気《ふんいき》。

(『とわ』はまだ来てないんだな)

緊張《きんちょう》で喉《のど》がカラカラに渇《かわ》いているのに気がついていた。だって運命の人に初めて出会うんだ。仕方がない。俺はバクバクと高鳴る心臓を無理やり抑《おさ》えつけながら、グラスに入った水をがぶ飲みして、店の入り口を見つめ続けて……——扉《とびら》が開く。

「！」

現れたのは、気品のある女性だった。歳《とし》は50代後半だろうか。高いヒールを器用にカツカツ鳴らしながら、肉付きの良《い》いジュゴンのような体をたぷんたぷんと揺《ゆ》らしている。

(生涯《しょうがい》をかけて愛そう)

俺は心に誓《ちか》った。確かに想定よりずっと年上だったが、恋愛《れんあい》に歳《とし》なんて関係ない。少し不健康な体型をしているから一緒《いっしょ》に運動して長生きできるように頑張《がんば》ろう。

「初めまして。俺が御堂《みどう》だい……」

「お客様、こちらにどうぞ～」

店員さんが俺の席を素通《すどお》りして、ジュゴンのような女性を店の奥まで連れて行く。

(あの人じゃなかったのか！)

俺はホッと胸を撫《な》で下《お》ろす。そんな自分のみみっちさが微妙《びみょう》にショックだった。

「――あなたが『みどう　だいご』さんかしら？」

声がした。初冬の初雪のように綺麗《きれい》で静かで、目を離《はな》せば溶《と》けてしまいそうな声だった。

振《ふ》り向《む》く。真っ白な少女がいた。紅い瞳《ひとみ》の、アルビノの少女だった。俺は一瞬《いっしゅん》『だから1度も会わなかったのか』と思う。少し触《ふ》れたら折れてしまいそうな、儚《はかな》げな少女だ。彼女は真っ白な髪《かみ》を揺《ゆ》らしながら、俺の事を見つめていた。

「そ、そう。俺が御堂大吾《みどうだいご》です。よろしく」

『よろしく』？　よろしくって何だかすげーバカみたいな第一声だな。もっと気の利《き》いた一言でも出せればいいのに。わかっちゃいたけど、俺の頭の中も真っ白だった。

（だってこんな綺麗《きれい》な子が来るとか思わないだろ、普通《ふつう》）

この人が、俺の嫁《よめ》なのか？　俺の、運命の彼女なのか？　こんなに、綺麗《きれい》な人が？

俺は無様なブリキの兵隊みたいなぎこちない動きで、『とわ』に手のひらを差し出していた。って、俺は何してるんだ？　握手《あくしゅ》とかするか普通《ふつう》。あーもう完全にテンパってるよ！

「え？　あっ、よろしくお願いします」

彼女は少しだけ驚《おどろ》いてから、明らかに動揺交《どうようま》じりの手のひらを握《にぎ》り返《かえ》してくれる。

(なんて小さくて、冷たい手)

あれ？　変だ。俺、感触《かんしょく》を知っている。どうして。どこかで握《にぎ》った事がある。

(俺、この女の子と出会ったことがあるのか？)

こんな目立つ女の子、1回会ったら忘れるわけないのに。

――不意に、ごうんと鐘《かね》の鳴る音がした気がした。それは気の所為《せい》に決まっていたが、あまりに実感を伴《ともな》った感覚だった。同時に、大きな重力に惹《ひ》かれるように世界が歪《ゆが》む感覚を覚えた。

何かが俺の思考の中に入ってくる。あまりにも無遠慮《ぶえんりょ》に。お構いなしに。

それは記憶《きおく》だった。俺の記憶《きおく》。遠い遠い昔の記憶《きおく》。それが、俺に、入ってくる。


(小さな彼女の手。それだけは手放したらダメだったんだ)

☆

世界が滅《ほろ》んでしまった。

――いや、正しくは滅《ほろ》びる最中だった。

西暦《せいれき》1962年の冬。横浜《よこはま》の街は災禍《さいか》に呑《の》まれて、俺たちはそれから逃《に》げていた。真っ黒の夜空に浮《う》かんでいたのは、巨大《きょだい》な真っ青の隕石《いんせき》だ。その巨大《きょだい》な重力の異常によって地球は酷《ひど》い有様《ありさま》になっていたんだ。

（早く、銀河鉄道に彼女を連れて行かなきゃ）

絶望を絵に描《か》いたみたいな状況《じょうきょう》なのに星空だけはヤケクソみたいに輝《かがや》いていて、天の川の中を銀河鉄道が走っていた。俺たちはそのあからさまな最後の希望を必死に目指す。

「ご主人さま。こちらに」

俺の手を引っ張るのは、背の高い真っ白なアルビノの女性だ。フリフリなフリルのカチューシャとふわふわなメイドスカートをはためかせて、体中返り血で真っ赤に染まっていた。

「獅子乃《ししの》さんは本当にバカだ」

――彼女の名前は千子《せんじ》獅子乃《ししの》。最後まで俺を見捨てなかった唯一《ゆいいつ》の人。

「バカはご主人さまのほうですわ」

俺は体中ボロボロで、骨も何本か折れているようだった。それでも2人で、必死に地球の崩《ほう》壊《かい》から逃《に》げ続《つづ》ける。キメラゾンビの死体を避《よ》けながら。人工悪魔《じんこうあくま》の断片《だんぺん》を見上げながら。世界の終わりを肌《はだ》に感じながら。

（俺の事なんてどうでもいい。だけど獅子乃《ししの》さんだけは、護《まも》らないと）

当時14歳で馬鹿な子供だった俺は、身《み》の程《ほど》知らずにその事だけを考えていた。獅子乃《ししの》さんは穴《ホ》あ《ー》け《ル》銃《・ガン》の名手で荒事《あらごと》はお手の物で何でも出来ちゃう大人のメイドさんで、俺はどこにでもいる何もできないつまらないただのガキだったって言うのに。

「待て――！ 千子獅子乃《せんじししの》！ 御堂大吾《みどうだいご》！」

誰《だれ》かが俺たちを呼んでいた。あれは一体、誰《だれ》だったっけ？

「うわー！ マジで世界が終わってるじゃないか！」

「夜が終焉《しゅうえん》を迎《むか》える前に！ 急いで、御堂大吾《みどうだいご》を追え――!!」

背後から、くぅ――んと高い音がする。フローター（空気力学車）が走る音だ。ああ、そうだ！『無限のトンネル教会』だ！ 連中はギャーギャー騒《さわ》ぎながら俺たちを追いかけるつもりのようだ。世界が滅《ほろ》んじまうっていうのに、信心深くて結構である。

「ご主人さま！」

『無限のトンネル教会』の連中は必死の形相で俺たちを追っていた。1台のフローターが虎《とら》の子《こ》の簡易ポータルを起動して俺たちに玉砕覚悟《ぎょくさいかくご》で迫《せま》る。獅子乃《しの》さんは俺に抱《だ》きついて、藪《やぶ》の中に突《つ》っ込《こ》んだ。間一髪《かんいっぱつ》逃《のが》れたが、状況《じょうきょう》は好転したわけではない。

「獅子乃《ししの》さん。俺はもう良《い》いから、1人で逃《に》げて。銀河鉄道のチケットはまだあるだろ」

「ばか」

彼女は泣きそうな目で俺を睨《にら》んだ。

「二度と『1人で』なんて言わないで下さいまし。私、銃弾《じゅうだん》なんて怖《こわ》くないわ。世界の終わりもへっちゃら。傷ついたり死んだりすることに怯《おび》えた事なんて1度もないの」

だけど——と彼女は小さく笑う。

「あなたと離《はな》れ離《ばな》れになってしまったら、私、壊《こわ》れてしまうから」

その笑顔《えがお》には一体、どれだけの価値があったんだろうか？　俺の今までの人生全部を足しても、足元にも及《およ》ばなかった。きっと、彼女だけが俺にとっての全てだった。

俺たちは藪《やぶ》の中で姿勢を低くしながら、ぎゅっと手を握《にぎ》った。夜闇《よやみ》と世界の崩壊《ほうかい》の騒《さわ》ぎの合間に隠《かく》れながら、歩き続ける。森の中に入ると『無限のトンネル教会』は俺たちを見失ったようだった。油断は出来ない。俺たちは互《たが》いの体温だけを必死に信じて、目的の場所を目指した。

「ご主人さま。見て」

辿《たど》り着《つ》いた先は、小高い丘《おか》だった。あいつとは、ここで待ち合わせしていた筈《はず》だ。

「誰《だれ》も居ないわ」

誰《だれ》も居ない。そこはなんにもない、ただ世界の終わりを眺《なが》めるには丁度いい高台だった。

「あはは」

獅子乃《ししの》さんが笑って、その場にぺたんと座った。礼儀《れいぎ》正《ただ》しい彼女にしては珍《めずら》しい。俺も彼女の隣《となり》に座って寄《よ》り添《そ》う。すぐに、獅子乃《ししの》さんは愛《いと》おしげに俺の肩《かた》に頭を乗せてくれる。そんな風に甘えてくれる彼女がそれこそあんまり珍《めずら》しくて驚《おどろ》いた。

「ごめんなさいね、ご主人さま」

「……良《い》いさ。俺はむしろ嬉《うれ》しいから」

「何故《なぜ》？」

「だって、最後に獅子乃《ししの》さんと居られる」

彼女はほっぺを真っ赤にしながら、俺を見つめた。

「愛してるぜ」

「……何その言い方。大人ぶっちゃって」

ただの照《て》れ隠《かく》しだった。だってあの獅子乃《ししの》さんが小さな女の子みたいな表情で、恋《こい》する乙女《おとめ》みたいな視線を向けるものだから。いつも大人で冷静だったメイドさんがさ。

「最後だから、格好良く締《し》めたいなと思って」

俺が恥《はじ》の上塗《うわぬ》りをして言い訳を並べると、獅子乃《ししの》さんは泣きそうな顔で笑った。

「最後なんかじゃありませんわ」

彼女は俺の手のひらを必死に握《にぎ》りしめる。それは痛いぐらいだったけど、拒《こば》む理由にはならなかった。むしろその痛みをもっと感じたいとさえ思った。決して忘れる事が無いように。

(なんて小さくて、冷たい手)

当時の彼女は俺よりも背が高かったはずだ。それなのに手は細くて小さくて、愛《いと》おしかった。

「最後じゃないって、どういうこと？」

縋《すが》るような気持ちで尋《たず》ねる。獅子乃《しの》さんの紅い瞳《ひとみ》が俺を見つめる。

「――私たち、運命で結ばれているんだもの。今日死んでしまっても、またいつか会えます」

そんな非科学的な妄言《もうげん》を信じるほど楽観的な性格ではなかったけれど、でも、俺もそうなると良《い》いなと思った。そうなれと願った。もしもう1度出会えるのなら、やりたいことが沢山《たくさん》あるんだ。言いたいことが沢山《たくさん》あるんだ。『運命』。嘘《うそ》くさいそれを、信じるしかなかった。

「次に出会ったときは、きっとお嫁《よめ》さんにして下さいませ」

ごうん、と鐘《かね》の鳴る音がした。それは俺の思考を絡《から》め取《と》ると、全く別の世界に運ぶ。

■

目が醒《さ》めた。いや、待て。俺は今何から『醒《さ》めた』んだ？

(今。俺が見たものは。なんだったんだ)

辺りを見渡《みわた》す。ここは赤レンガ倉庫の中にある洒落《しやれ》たメシ屋だ。スマホを取り出して日付を確認《かくにん》する。2023年。1962年なんかじゃない。世界は滅《ほろ》んだりしていない。

「あの。そろそろ手を離《はな》して頂いても、宜《よろ》しいでしょうか」

アルビノの少女が怪訝《けげん》な顔で俺のことを見つめていた。彼女の手を離《はな》す。紅の花のような瞳《ひとみ》。

俺は、初対面の筈《はず》の彼女のことを知っていた。忘れられるわけがなかった。

「……獅子乃《ししの》さん？」

アルビノの少女はぴくんと震《ふる》えた。

「どうして、私の名前……」

(マジか。えっ。マジで『獅子乃《ししの》』が本名なのか？)

目の前に居るアルビノの少女は、さっきまで俺が見ていたおかしな光景の中に居た『獅子乃《ししの》さん』と全く同じ容姿をしていた。違《ちが》うことと言えばメイド服を着ていないことと、身長が随《ずい》分《ぶん》と低いことぐらいなものだろう。つまり、本当に同一人物、なのだろうか？

(ってことはだよ？　今俺が見た光景って、もしかして……)

——前世の記憶《きおく》。ってやつじゃないのか？

それだったら全部の辻褄《つじつま》が合う。夢の中で獅子乃《ししの》は言っていた。『また会える』と。俺たちは『運命』で結ばれているから、『来世』で会えると。1962年の滅《ほろ》びた地球で、俺と獅子《しし》乃《の》さんは愛し合っていたんだ。それが何の因果か知らないが、またこうして巡《めぐ》り合《あ》ったんだ。

(この子は本当に、俺の『運命の彼女』なんだ)

ドクドクと心臓が弾《はず》むのを感じていた。出会うべき人に出会えたんだと気がついた。だって俺はあの頃《ころ》、彼女に伝えたい事が沢山《たくさん》あったんだ。彼女とやりたい事が沢山《たくさん》あったんだ。そんな前世の記憶《きおく》が、胸《むね》の奥にこびり付いている。だけど必死に、平静を装《よそお》う。

俺は彼女の座る席を引いた。獅子乃《ししの》さんは少し戸惑《とまど》っているようだった。何故《なぜ》だろう？　俺は必死にカラカラになった喉《のど》を動かして、初デートに相応《ふさわ》しい言葉を並べる。

「正直、驚《おどろ》きました。……こんなに綺麗《きれい》な方だったなんて」

少しキザかもしれない。でも結婚《けっこん》相手なんだしこのぐらい言っても許されるよな？　そんなふうに思ったのだけれど、彼女の反応は俺の予想と大きく違《たが》えていた。

「は？」

冷たい声。獅子乃《ししの》は俺を、信じられないものを見るような目で見ていた。なんでだ？

「い、いや。お気に召《め》さなかったなら、すいません。ただ、本当に驚《おどろ》いて」

「……こんな見た目ですものね。ギョッとさせちゃいましたよね」

「違《ちが》うんです！　そうじゃなくて。本当に、キレイで……」

彼女は冷たい目で睨《にら》むように俺のことを見ていた。だからマジで、なんでだ？

（もしかして自分の容姿に触《ふ》れられたりするのがイヤなんだろうか。ブラインド婚活《こんかつ》なんてするぐらいだ。あまりそのあたりのことは話さないほうが良《い》いかもしれない）

俺は代わりに、当《あ》たり障《さわ》りのないことを尋《たず》ねる。

「何を飲みます？　ここはワインが美味《おい》しいそうですよ」

「へっ」

「へ？」

キョトンとした表情で、お互《たが》いの顔をじーっと見つめる謎《なぞ》の時間が発生した。

「私、未成年ですけれど。今年で16になりますわ」

…………………………………………………………。

(どういうことだ)

全くわからん。おい待て。どういうことだ？　改めて観察すると、獅子乃《しの》さんは落ち着いて大人びた女の子だったから気づかなかったが、言われてみれば随分《ずいぶん》と幼かった。

(16歳？　16って。そりゃ確かに結婚《けっこん》は出来る年齢《ねんれい》だけどさ)

だけど婚活《こんかつ》アプリって、16歳からでも使えるんだろうか。そもそも何故《なぜ》使ったんだ。

「てことは、獅子乃《しの》ちゃんは高校生？」

「まだ、中3です。子供の頃《ころ》体弱くて、1年遅《おく》れて入学したので」

ちゅうさん。

(えっ待って。マジで。これ、どういうこと⁇⁇)

俺、中3の女子と籍《せき》を入れちゃったってこと？　確かに、俺の方が先に婚姻届《こんいんとどけ》にサインして彼女の方に郵送したから、俺は彼女の実年齢《じつねんれい》を知らない。てっきり、同年代ぐらいだと思っていた。児ポ法の3文字が脳内をよぎる。怖《こわ》すぎた。

「どうかしましたの？　顔真っ青で、随分《ずいぶん》考え事をしてらっしゃるけど」

いや、そりゃ、考える。流石《さすが》にこの年の差はまずいんじゃないか、とか。中3と結婚《けっこん》なんて世間様が許してくれるのか、とか。合意なら犯罪じゃないはず。とか。だけど重要なのは——

(獅子乃《しの》ちゃんは、俺の運命の人だ)

さっき見たばかりの『夢』。1962年の冬の世界。あの夢が何なのか、正直考えがまとまらない。けれど直感で、あれは大事な事なんだってわかっていた。

(俺は前世で獅子乃《しの》のことを愛していたんだ。そして、来世でも愛すると誓《ちか》ったんだ)

——年齢《ねんれい》なんて関係ない。16歳だろうが50歳だろうが、覚悟《かくご》はとっくにできていた。

「俺、獅子乃《しの》ちゃんの事、幸せにするよ」

「へ?」

「一緒《いっしょ》に歳《とし》を重ねて、爺《じじい》と婆《ばばあ》になったら、歳《とし》の差なんて関係ないから。いつか必ず、俺と結婚《けっこん》して良かったたって思わせてみせるから。俺、頑張《がんば》るよ。キミのことを幸せにする」

「あの」

「通話とかチャット、したじゃん? たまに、夕方に通話始めたのに、気がつけば深夜になってたりさ。楽しかった。たくさん一緒《いっしょ》に話して、君となら……幸せな家庭が築けるって思ったんだ、俺。君もそうだと嬉《うれ》しい。これから大変だろうけど。頑張《がんば》ろうね」

俺は彼女の手を握《にぎ》った——だけど、すぐに振《ふ》りほどかれる。

「あの。さっきから。一体、何を仰《おっしゃ》っていますの?」

「へ?」

「何か誤解をしていませんか? あなたって御堂大吾《みどうだいご》さん。ですよね? 本当に?」

「そ、そうだけど。君は、『とわ』だろ?」

「とわ?」

「ハンドルネーム『とわ』。そうじゃないのか?」

彼女はきょとんと目を丸くして俺を見つめた。

「『とわ』は姉ですわ」

「……あね?」

「ちょっと待って。何も知りませんの? 何も兎羽《とわ》から聞いていませんの?」

「ご、ごめん。混乱してる。君は『とわ』じゃないのか?」

彼女は困ったように首を振《ふ》った。真っ白のサラサラとした髪《かみ》が左右に揺《ゆ》れる。

「私は千子兎羽《せんじとわ》の妹、千子獅子乃《せんじししの》。要は、あなたの義理の妹ですわ」

待てよ。じゃあさっきの夢は何だったんだよ? 運命の彼女は、この子だったんじゃないのか? それは全くの見当違《けんとうちが》いでした。ってことかよ? とにもかくにも、つまり——

——運命の人は、嫁《よめ》の妹でした。ってコト?

第2話　ライオンは穴に落ちたりしない

私の名前は千子獅子乃《せんじししの》。千子家《せんじけ》の次女。

千子家《せんじけ》は江戸時代から続く名家で、元々は紡績《ぼうせき》で財を成し、戦後の荒波《あらなみ》を乗り散らし、現代であっても財を成長させ続けている、由緒正《ゆいしよただ》しい身の上。なのだけれど。

――財産争いとか、跡目《あとめ》の相続とか、めちゃめちゃ面倒《めんどう》くさいわけで。

「きゃぁああ!!　救急車呼んで!　救急車ぁ!!」

伯母様《おばさま》が叫《さけ》んで、ホテルの従業員の方たちはてんやわんや。私はおろおろと騒《さわ》ぎ続《つづ》ける人々を眺《なが》めながら、余ったケーキを食べておりました。

「血が!　血がぁああ!!」

叔父様《おじさま》の額にはフォークが刺《さ》さって、ぴゅ――っと水鉄砲《みずでっぽう》のように血飛沫《ちしぶき》が飛んでいます。

その犯人である大叔父様《おおおじさま》は、叔父様《おじさま》に顎《あご》を殴《なぐ》られて気絶しておりました。大叔母様《おおおばさま》は別の叔《お》父様《じさま》と取っ組み合いの喧嘩《けんか》をして、高級なレースをボロボロにしています。争いは大人たちだけでなく、私の5つ上の従兄弟《いとこ》は再従姉妹《はとこ》と大声で叫《さけ》び合《あ》っています。瀟洒《しようしや》なホテルのロビーは最早《もはや》、地獄《じごく》のような有様《ありさま》でした。――この騒動《そうどう》の原因は私の姉にあります。

遺産の正式な相続人であった彼女は『あとはみんなで仲良く決めてね？』という書き置きを

残して失踪《しっそう》しやがったのですから。

（あの、ちゃらんぽらんの、おばかお姉さま！）

いや、とはいえ、気持ちは分かるのです。お祖父様《じいさま》の遺産と言えば、お金に直したら500億円以上の価値があるかしら。そんなにたくさんのお金を貰《もら》っても、人生をぶっ壊《こわ》されるだけ。むしろこんな争いに巻き込まれる前に逃《に》げただけ、賢《かしこ》いとも言えます。

「そうだ！　もういっそ、ここに居る全員で公平に分配することにしよう！」

「……つまり、誰《だれ》か1人が死んだら取り分が増えるということ？」

目をギンギンに輝《かがや》かせた人々が、ナイフを構えて息を荒《あら》くしておりました。マジでヤバい。

「わ、私。ちょっとそろそろ御用《ごよう》がありますので……」

私はホテルからスタコラサッサと逃《に》げ出《だ》すと、千子《せんじ》の屋敷《やしき》に戻《もど》ります。

更《さら》に問題なのは、それから3日後の事でした。

『千子《せんじ》　夢久夫妻《ゆめひさふさい》　死亡』

新聞の見出しに叔母夫婦《おばふうふ》の名前が並んで私は速攻《そっこう》で気が付きました。千子家《せんじけ》はマジの闘争《とうそう》を始めてしまったのです。このままではいつ私に魔《ま》の手《て》が及《およ》ぶか、分かったものではありません。

こんなきな臭《くさ》い事に普通《ふつう》の女子中学生は対処出来ないので、お姉さまに電話をしました。

「お姉さま⁉　今、一体、どこに居ますの⁉」

『えー？　今？　栃木に居る。なんも見どころないの。あははー』

息を吐《は》くように物議を醸《かも》し出《だ》す姉だなホント!

「……実はカクカクシカジカで」

『草』

「マジで1発殴《なぐ》りますわよ」

半分ぐらいあんたのせいだからな。

「最近、屋敷《やしき》の監視《かんし》カメラに不審《ふしん》な人物が映るの。確実にこのままだとヤバいです。わたし」

『そりゃすぐに逃《に》げた方が良《い》いね絶対』

「……でも。逃《に》げる所なんて、無いわ」

だって私、中学3年生だもの。大体のホテルにすら、1人じゃ泊《と》まれない年齢《ねんれい》です。親類は誰《だれ》も信頼《しんらい》できないし、千子《せんじ》グループはあまりに巨大《きょだい》で、どこに目があるかもわかりません。

『うーん。だったら私の夫に頼《たの》もうか?』

「…………………」

——今、この姉は何と言ったのでしょうか?

「夫? は? なんて?」

『最近、籍《せき》を入れたんだ。彼なら信用できると思う』

なにそれ全然聞いてない。え、私のお姉さまったら、結婚《けっこん》なんてしていたの? いつの間に? 一応私たち、唯一《ゆいいつ》の一親等同士なのに、なんで知らなかったの私は?

「ていうかアナタ、まだ学せ……っ！」

『あ、年齢《ねんれい》の話は夫にはナイショね。23歳だって偽《いつわ》っているので』

私は絶句した。

「なんでそんな大事なこと言わないのよ、この秘密主義者～～？」

『ご、ごめんごめん。私もほんとにこんな事になるとは思ってなくて～～？』

男嫌《おとこぎら》いのお姉さまが誰《だれ》かとお付き合いするとも思っていなかったのに。

いつのまにか結婚《けっこん》までしていたなんて。相変わらず無茶苦茶な姉である。

『今日、ちょうど彼と会う約束してたんだ。しぃしぃの事、説明しとくね』

「そ、そうなの。だったらお世話になろうかしら」

『位置情報とかお店とかは後でメッセージ送っとくから』

「了解《りょうかい》。お姉さまも来るのよね？」

『行く予定だったんだけど』

「うん」

『や、やっぱりっ。まだっ。心の準備ができてないよぅ～～っ』

「……なんの話？」

相変わらずよくわからない姉。けれどこの姉が選んだ方だもの。悪い人ではないはず――

――という経緯《けいい》で、私は『御堂大吾《みどうだいご》』さんに出会ったのでした。

「お姉さまから、なーんにも、聞いていませんでしたの？」

「……聞いていませんでした」

彼は顔を真っ青にして、肩《かた》をガクガクと震《ふる》わせながら、汗《あせ》をダラダラ流しています。

（この方が、お姉さまの旦那《だんな》さんなのね……）

どこか頼《たよ》りないような、けれど体つきはたくましいような、男らしいタイプの男の人だな、と思います。我が姉のタイプってこういう感じだったの？　意外。

「うわっ。スマホ、通信止まってた！　もしかして、このせいか？」

彼はスマホを凝視《ぎょうし》しながら呟《つぶや》きます。あぁ。流石《さすが》にあのちゃらんぽらん姉でも連絡《れんらく》ぐらいは入れるわよね。でも、彼のスマホが受信出来なかったのね。

（この人、結構ドジっ子なのかしら）

「あの。それよりどうして、私を兎羽《とわ》と間違《まちが》えましたの？」

「えっ」

「だって、私とお姉さまって似てないし、間違《まちが》える理由がありませんわ」

今度は、彼の方がきょとんとして私を見つめる番でした。

「『とわ』から何も聞いてないの？」

「へ？」

彼は話してくれます。今までのことを。婚活《こんかつ》アプリでお姉さまに出会ったこと。たくさんお話をしたこと。ブラインド婚活《こんかつ》とかいうやつで、籍《せき》を入れるまで1度も会っていないこと。

——そして、今日が2人で出会う初めての日だったこと。

「あ」

「……あ？」

「あの、ちゃらんぽらん姉わぁああああ!!!!」

思わず声を荒《あら》げてしまって、すぐに周りの人の視線に気がついて、こほんと咳《せき》をして座りました。淑女《しゅくじょ》である私としたことが、失態です。落ち着かなければ。

「姉の代わりに謝罪します。頭のおか……個性的な姉のせいでご迷惑《めいわく》おかけしました」

「今、頭のおかしいって言いかけた？」

『ブラインド婚活《こんかつ》』ですって？　いかにもあの姉が考えそうな『遊び』です。あの人はいつだって、自分が楽しければ何でもいいのだ。やりたいことを思いついたら周りの人全員巻き込んで、無茶苦茶にして、お腹《なか》いっぱい笑ったら、すぐに飽《あ》きてまた逃《に》げ出《だ》すのだ。

そういうことを繰《く》り返《かえ》してきた。私の姉は、そういう人。

「身を引いた方が良《い》いと思います。御堂《みどう》さんは騙《だま》されているんです。大方、からかわれているだけでしょう。あなただって不信感ぐらいは覚えているんじゃないですか」

御堂《みどう》さんは、少しだけ困ったように笑います。

「……『とわ』と話すの、本当に楽しいんだ」

「え」

「この人とずっと一緒《いっしょ》にいたいと思った。きっと『とわ』の方もそうだった。俺たちは1度も会ってはいないけど。でも。本気だ。遊びなんかじゃない」

妙《みょう》に実感のこもった言葉。そんなことを言い切れるんだ。この状況《じょうきょう》で？

（おまぬけな人）

まぁ仕方がない。一応注意はしたのだから、後は自分で痛い目を見てもらうしか無いだろう。

「それでは、私は行きますわ」

「え？　どうして？」

「……これ以上、御堂《みどう》さんにご迷惑《めいわく》はかけられませんもの」

彼は笑う。

「困ってるんだろ。帰る場所がないんだろ。大丈夫《だいじょうぶ》。俺がなんとかするから」

「あの。法的には義理の妹だと言っても、あなたにそんな義務は……」

「義務とかじゃなくて」

当たり前みたいに彼は私を見つめた。

「困ってる人がいたら助ける。それだけだよ」

「………」

そんなの全然『それだけ』じゃない。現代社会は複雑だって、気づいてないんだろうか？

（やっぱり、おまぬけなひと）

でも嫌《いや》な『おまぬけ』じゃないな。お姉さまがこの人を選んだ事を少しだけ納得《なっとく》してしまう。

（あれ？）

でも同時に――私は気づいてしまったんです。

（この笑顔《えがお》。どこかで見たことがあるような……？）

どこだったっけ。思い出せない。彼の笑顔《えがお》。確か、忘れてはいけないものだった筈《はず》なのに。

御堂大吾《みどうだいご》さん。今日初めて出会った、姉の夫。それなのに。

（私、この人とどこかで出会った事があるわ）

胸が妙《みょう》にざわついていた。心臓がチリっと痛みを訴《うった》えていた。一瞬《いっしゅん》泣きそうになる。

それが何故《なぜ》なのか、なんにも分かりはしなかった。


夜の横浜《よこはま》の街は色鮮《いろあざ》やかな光に包まれて、夜風が私の髪《かみ》を撫《な》でていました。

「今日はうちに泊《と》まっていくといいよ」

御堂《みどう》さんはそう言って、私の少しだけ前を歩いていくのですけれど。

……ぇ待ってそれって、彼の家に泊《と》まるってこと？

「御堂《みどう》さんって、ご実家暮らしだったり……？」

「俺？　1人暮らしだよ。ワンルーム」

「わん、る……？」

し、知ってますよ。ワンルームぐらい。ドラマとかで見ますもの。アレでしょ？　庶民《しょみん》が暮らしてる狭《せま》い部屋。うちの物置ぐらい。いや。それは知っている。のですけれど。

(ワンルームで、1晩、御堂《みどう》さんと2人きり？)

それってかなり問題なのではないかしら。狭《せま》い密室で男女が2人。1人は既婚者《きこんしゃ》で1人は未成年。かなりヤバいのではないかしら。

(でもせっかく善意で助けようとしてくれてるのに。庶民《しょみん》の間じゃ普通《ふつう》のコトなのかもしれないし……！　そもそも人を疑うのは良くないことだし！)

私は頭の中でグルグルグルグルと考えて、1番重要な事を尋《たず》ねる事にします。

「あ、あのっ。お布団《ふとん》は、二組、あるのでしょうかっ」

「いや違《ちが》う違《ちが》う。俺、アパートの管理人なんだ。空いてる部屋で寝《ね》てもらおうかなって」

なるほど。

「どしたの、獅子乃《ししの》ちゃん。顔真っ赤だけど」

「……独り相撲《ずもう》を取っていただけなので、お気になさらないでくださいまし」

大吾《だいご》さんに連れて行かれたのは、横浜中華街《よこはまちゅうかがい》にある細長いアパートでした。古臭《ふるくさ》いけれどよく手入れのされた、小さな建物。すぐ隣《となり》には大きな中華料理屋《ちゅうかりょうりや》さんが建っていて、門前には焼《や》き栗《ぐり》の屋台が並んでいます。201号室のドアの前で、彼はインターフォンを押しました。

「なんだ？　大吾《だいご》か。……ん？　誰《だれ》だソイツ」

現れたのは黒い髪《かみ》に短いツインテールがぴょこんと伸《の》びた、少女のような女性でした。

（……Tシャツ、1枚！）

彼女はヨレヨレのTシャツを1枚着て、下は下着のまま。何て、はしたない格好でしょう！　こんな格好で殿方《とのがた》の前に出るなんて、私だったらお嫁《よめ》にいけなくなってしまいます。

「こちら義理の妹の獅子乃《しの》ちゃん。獅子乃《しの》ちゃん、こっちはイェン・シーハン。俺の友人だ」

「は、初めまして……」

ふぅん、とイェンさんは私を見つめてから、面倒《めんどう》くさそうに「まぁ入れよ」と呟《つぶや》きます。大《だい》吾《ご》さんはなんてこともなさそうに彼女の部屋に入っていく。

（まるで、慣れてるみたいに！）

私は戸惑《とまど》いながらも彼についていて行く。そこは煙草《たばこ》の匂《にお》いが染《し》み付《つ》いた、小さなワンルーム。

（こんな小さな部屋、テレビ以外で初めて見たわ！　ノームが暮らす物置みたい）

カルチャーギャップを食らいながらも、私は彼女のお世話になる事になったのです。明日からは空き部屋を用意してくれるけれど、今日は一旦《いったん》彼女の部屋に泊《と》めて貰《もら》えるとのこと。

「よ、よろしくおねがいします」

イエンさんは面倒《めんどう》くさそうに、――けれど嫌《いや》な感じはなく――了承《りょうしょう》してくれる。

「それじゃあ、おやすみ。獅子乃《ししの》ちゃん」

「はい。おやすみなさい。大吾《だいご》さん」

私が呟《つぶや》くと、大吾《だいご》さんは小さく笑って『おやすみ』と答えてくれる。

(あれ？　やっぱり――)

彼に『おやすみ』と言う事。『おやすみ』と応えて貰《もら》う事。ほんのちょっぴりの笑顔《えがお》を交《か》わすこと。それがやっぱりどこか懐《なつ》かしくて、気持ちが無性《むしょう》に暖かくなって、なんだか頭がぼーっとしちゃって、胸がきゅ――っと締《し》め付《つ》けられる。

まるで、初恋《はつこい》の人に再会した乙女《おとめ》のように。

(って、私は何を考えてるの⁉)

この人はお姉さまの旦那《だんな》さんなのに。全く、変な風邪《かぜ》でも引いたのかしら。

■

獅子乃《ししの》ちゃんを預けた俺は、電波の良《い》いマンションの屋上まで上っていた。データ料金の支《し》払《はら》いはコンビニで済ませ、『とわ』から来ていたメッセージを確認《かくにん》する。ディナーの約束だったのに行けなくなったこと。急で悪いけれど、妹の面倒《めんどう》を見てやってほしいこと。今は超忙《ちょういそが》しく、会えるのは先になりそうなこと。

そして——今夜、電話したいということ。

俺は少しだけ緊張《きんちょう》しながらも『とわ』に通話した。数度コール。もう寝《ね》ちゃったか？ 少し待って、ごつん、と音。

『イテテ』

彼女の声がした。

「どうしたの？」

『頭、ぶつけたの。いちゃいーっ』

「何で？」

『……だって。大吾《だいご》クン。返信ないし。電話もこないし。私、約束すっぽかしたから、怒《おこ》ってるかなって。ビビってて。着信来た時、お風呂《ふろ》入ってて、ダッシュして、滑《すべ》ってこけたから』

なんだこの嫁《よめ》。かわいいな。会ったことないけどかわいい。

「ごめん。メッセージ気づかなった。獅子乃《ししの》ちゃんは、うちのアパートに泊《と》めてるよ」

『そっかぁ。良かった。……しぃしぃ、大丈夫《だいじょうぶ》そう？』

「しぃしぃって呼んでんの？　いい子だね、獅子乃《ししの》ちゃん」

『ふふーん。少し気難しいけれど、私の可愛《かわい》い妹ですので』

気難しい？　まぁ中学3年生にしては、しっかりし過ぎている気はしたけれど。

獅子乃《ししの》ちゃんについての問題は、それよりも――

（あの、1962年の冬は、なんなんだ？）

俺と獅子乃《ししの》。地球の崩壊《ほうかい》と、カルト教団。俺たちは来世での愛を誓《ちか》い合《あ》っていた。アレは、やっぱりただの夢なのか？　妙《みょう》にリアルだったけど。夢の中で見た獅子乃《ししの》と、今日初めて出会った獅子乃《ししの》ちゃんの表情がやけにダブる。彼女を見ていると、妙《みょう》な感情が湧《わ》いてくる。

俺はできるだけそれを考えないようにしていた。だって、俺の嫁《よめ》は『とわ』だ。

「そろそろ、俺も『とわ』に実際に会いたいんスけどね」

『ぐおっ。ご、ごめん～っ。少し、こっち、手を離《はな》せないっていうか……それだけなので』

「いいさ。人生は長いんだ」

『……ゥン』

心底申し訳無さそうな声。残念なのは確かだけど、こんな声を聞かされたら仕方がない。

『私も。早く。キミに会いたい。ホントだよ？』

「わかってるよ」

わかってる。だから結婚《けっこん》したんだ。この人の事を、わかっているから。

『……しぃしぃって、超美人《ちょうびじん》だったでしょ？』

「あぁ。正直ビビった」

髪《かみ》も肌《はだ》も真っ白のアルビノの少女。まるで絵本から抜《ぬ》け出《だ》した妖精《ようせい》のようで、凛《りん》と真《ま》っ直《す》ぐに背筋を伸《の》ばしていた。美しいという言葉が彼女より似合う人を、俺は知らなかった。

『私は更《さら》にｋａｗａｉｉので』

「……マジ？」

まぁ、いや、でも、そうか。だって獅子乃《ししの》ちゃんと、『とわ』は血が繋《つな》がってるんだもんな。

『こうご期待』

「ハードル上げるねぇ〜。大丈夫《だいじょうぶ》？　俺ぁ全然、犬神家のスケキヨみたいなスタイルで来られても一生愛するよ？」

『あはは。本当にヤベーやつだなぁオメーは』

俺たちは、話し続ける。冬の夜の寒空の下。今日あった事を。お互《たが》いの事を。

『ちなみにだけど』

「うん」

『私、Hカップあるから』

「…………」

一体どんな嫁《よめ》が来るんだ。こええよ、時々。

朝になって、俺は自分のワンルームで目が醒《さ》めた。俺の住む101号室は他の部屋よりも随《ずい》分狭《ぶんせま》いが、どうせ寝《ね》るだけの部屋だから関係ない。あくびをしながら起き上がる。

(シーハンに世話になったし、飯でも奢《おご》ってやんねーとか)

時刻は9時。昨夜は遅《おそ》くまで『とわ』と話していたので少し寝不足《ねぶそく》気味だ。俺は手早く着替《きが》えると、部屋を出た。と思ったら。廊下《ろうか》に人が居た。真っ白の髪《かみ》。——獅子乃《ししの》ちゃんだ。

「ぴにゃ……っ」

彼女は俺を見ると、お風呂嫌《ふろぎら》いな猫《ねこ》がシャンプーされてる時みたいな声を出して飛《と》び退《の》いた。

「あれ？　獅子乃《ししの》ちゃん、どうしたの」

「いや。ぁの。ぇと。その。い、イェンさんが。呼んでこいって」

「あ、そうなんだ。ありがとう」

でも。

「インターフォン押してくれたら良かったのに」

「うっ」

獅子乃《ししの》ちゃんは視線を逸《そ》らす。

「……私、なんだか変なんです」

「どうかしたの？」

彼女は頬《ほお》を多少赤くしながらうつむいた。どこか声が震《ふる》えているような気もした。

「昨日から。何だか。むにゃむにゃ……さんのこと考えると、胸が変になって」

「胸が変？」

俺は彼女の平べったい胸を見つめた。

「今私の貧相《ひんそう》な胸に対して、失礼な事を考えました⁉」

「い、いいえ。別に」

彼女は、ジトーっと俺を睨《にら》んでから、すぐに逃《に》げるように背を向けた。

「と、とにかく。用事は伝えたので。私、行くので」

「あ、待って」

行こうとする彼女の手首を掴《つか》む。

「ぴにゃぁっ⁉」

「大丈夫《だいじょうぶ》？　さっきから顔、真っ赤だけど。風邪《かぜ》でも引いたんじゃない？」

「にゃにも、問題ありませんのでぇ……っ。だからっ、手。手ぇっ」

彼女は俺の手を振《ふ》りほどくと、ふしゃーと猫《ねこ》のように威嚇《いかく》をして、すぐに泣きそうな顔で、顔を真っ赤にしたまま走り去っていった。凄《すご》い速さだ。陸上でもやってるんだろうか。

（獅子乃《ししの》ちゃんの手）

小さくて、冷たかった。俺はやっぱり、彼女の手の感触《かんしょく》を覚えている気がした。

いや、気の所為《せい》だ。首を振《ふ》って、シーハンの部屋に向かう。


「それではぁっ！　メゾン・ド・シャンハイの新しい住人！　千子獅子乃《せんじしの》さんのご健勝？　ご健康？　わからんけど！　を、祈《いの》りマシテ!!　――かんぱーい!!」

「「かんぱーい！」」

どうしてこうなった。

俺たちは昼前の山下公園《やましたこうえん》の海に面した芝生《しばふ》にゴザを敷《し》いて、安い発泡酒《はっぽう》を握《にぎ》っていた。

リンゲイトが金髪《きんぱつ》をなびかせて叫《さけ》ぶ。

「平日の昼間っから飲むビールって最高！　デス!!　ほら獅子乃《しの》ちゃんも飲んで飲んでっ！」

「未成年に飲まそうとするな馬鹿（チョップ）」

「大吾《だいご》はお硬《かた》いデース！（真剣白刃取《しんけんしらはど》り）」

シーハンに面倒《めんどう》かけた代わりに飯でも奢《おご》る——俺がそう言った現場はリンゲイトに抑《おさ》えられ、拡大解釈《かくだいかいしゃく》され、メゾン・ド・シャンハイの暇《ひま》な住人が駆《か》り出《だ》された。うちの住人は、とかく宴《えん》会好《かいず》きなのだ。俺の隣《となり》に座っていたシーハンがヘラヘラ笑う。

「他人の金で飲む酒が1番うめーや。大吾《だいご》。余興やってよ」

「俺は、獅子乃《ししの》ちゃんの部屋を用意せなならんのだぞ。電気入れてガス引いて……」

シーハンは缶《かん》ビールを一気に飲み干して、握力《あくりょく》で缶《かん》を潰《つぶ》す。

「ヘイ。リン」

「ピコーン！　なんデショか」

「歌って」

リンゲイトは70年代のアイドルソングを全力で歌い踊《おど》り始《はじ》めた。

「げらげらげら」

こいつら恥《はじ》も外聞もないのか。山下公園《やましたこうえん》と言えば、横浜《よこはま》でも屈指《くっし》の——いや、神奈川県でも屈指《くっし》のデートスポットである。平日の真昼間とは言え、男女で歩く人も多く、俺たちはめちゃめちゃ悪目立ちしていた。

（獅子乃《ししの》ちゃんは大丈夫《だいじょうぶ》だろうか）

俺は横目で彼女の様子を見る。こんな変な連中に囲まれて、困ってるんじゃないだろうか。

「……」

真っ白の髪《かみ》を揺《ゆ》らして、コンビニのお菓子《かし》を目を丸くしながら見つめていた。一生懸命《いっしょうけんめい》、どれを食べるか吟味《ぎんみ》しているようである。この娘《こ》は大物だな。

「あ、大吾《だいご》さんお疲《つか》れさまですー」

「あ、社長」

不意に俺たちに近づいてきたのは、切れ長の目をした長身のイケメンだった。高そうなスーツをビシッと着こなして大きな紙袋《かみぶくろ》を持ちながら、優《やさ》しそうに笑っている。メゾン・ド・シャンハイの不動産会社の社長——玉ノ井《たまのい》　昌克氏《まさかつし》である。

「え？　社長、なにしに来たんスカ」

「え？　大吾《だいご》さんが話があるからお菓子《かし》とお酒を持ってきてくれって……」

俺たちはキョトンとして目を見合わせた。リンゲイトが、社長の持った大きな紙袋《かみぶくろ》を見て叫《さけ》ぶ。

「食料が来たゾー‼」

「大吾《だいご》の安月給じゃ、たかが知れてるからなぁ」

アパートの住人は社長の食料を奪《うば》い取《と》って物色を始めた。状況《じょうきょう》に気づいた彼が目を見開く。

「……私、騙《だま》されてしまった⁉」

「……せっかくなんで、一緒《いっしょ》に飲みましょうか」

金も才能も容姿もあるのに、とかく優《やさ》しくて騙《だま》されやすいのがこの社長である。メゾン・ド・シャンハイの住人にはよくおもちゃにされている。俺とは同い年なので、個人的にも仲良くさせて貰《もら》っていた。俺たちはゴザの上に適当に座ると、ビールで乾杯《かんぱい》する。

「相変わらず大変そうですね、大吾《だいご》さん」

社長が俺の背後で一層騒《さわ》いでいるアパートの住人を見つめながら呟《つぶや》いた。彼はよく遊びに来るので、俺たちの事情をすっかりご存知《ぞんじ》なのだった。俺は苦笑いしながら曖昧《あいまい》に頷《うなず》く。

「それで社長。獅子乃《ししの》ちゃんのこと、ありがとうございます」

「構いませんよ。アパートの管理は大吾《だいご》さんに任せてますから」

獅子乃《ししの》ちゃんをメゾン・ド・シャンハイの一室に住まわせるんだ。管理会社の人にも話を通しておかないといけない。……まぁお人好《ひとよ》しのこの人だ。二つ返事でオーケーしてくれることはわかっていたんだけどさ。

社長は笑いながら、小さな紙袋《かみぶくろ》を俺に差し出す。

「それより、ご結婚《けっこん》おめでとうございます。これ、結婚祝《けっこんいわ》いのヨーグルトメーカーです」

急に常識的な人の暖かさに触《ふ》れて、なんか微妙《びみょう》に戸惑《とまど》った。

■

私はなんとも騒《さわ》がしい宴会《えんかい》に放り込まれて、目を白黒させておりました。

「げらげらげら！　オラ飲め！　大吾《だいご》飲めぇ!!　うひゃひゃ」

「了解《りょうかい》！　1番大吾《だいご》、行きやす！　テキーラ10連飲み！」

「救済は死ッ!!　死のみデスッ！　生を否定して初めて人は産まれるのデースッ!!」

「あ、見てください皆《みな》さん！　ツバクロエイ！　ツバクロエイ釣《つ》れましたよ!?」

これはひどい。

（大吾《だいご》さんと社長さんは常識人枠《わく》だと思っていたのに）

1番酔《よ》っ払《ぱら》って騒《さわ》いでるのは大吾《だいご》さんでしたし、急に山下公園《やましたこうえん》で釣《つ》りを始めて赤ら顔でツバクロエイの針を外す社長さんは変人以外の何者でもありませんでした。そもそも社長さんに至っては平日の真昼間で社長という役職に就《つ》きながら普通《ふつう》にお酒を飲みだす時点でよくよく考えればヤバい人だった気もしました。

（お酒って怖《こわ》い）

私は大人になっても嗜《たしな》む程度にしよう。駄目《だめ》な大人を観察しながら、決意します。

「──おとなって、大きな重りで心に蓋《ふた》をしてるの。お酒を飲むとそれが少しだけ軽くなる気がするの。気の所為《せい》だけどね。あるいはそれさえも、承知の上なのだけれどね」

不意に隣《となり》で声が聞こえて目を向けると、赤いランドセルを背負った小さな女の子──9歳〜12歳ぐらい？──が気怠《けだる》げに大人を見つめておりました。随分《ずいぶん》かわいい美形の女の子です。

「私、玉ノ井《たまのい》ゆい。あそこにいる、愚兄《ぐけい》のいもうとだわ」

「あ。社長さんの妹さん？」

そう言えば、流し目の感じが似ているかもしれない。兄妹揃《きょうだいそろ》って、驚《おどろ》くぐらいに顔が良《い》い。

「あなた、メゾン・ド・シャンハイの新しい住人さんなんだって？　大変ね」

「今私もそれをヒシヒシ感じ始めてるところですわ」

お姉さまが戻《もど》ってくるまでは、私は大吾《だいご》さんのアパートに厄介《やっかい》になる事が決まっていました。

（……二つ返事で知らない人に部屋を貸すなんて、ホント、おまぬけな人）

いつか騙《だま》されたって知らないんだから。まぁ、私にはどうでもいい事ですけれど。大吾《だいご》さんの事なんて。全然関係ないし。興味もないし。だってただの姉の夫だし。

「あなた、獅子乃《ししの》ちゃんって言うのね。素敵《すてき》な名前ね」

ゆいちゃんは笑った。彼女はビー玉みたいな瞳《ひとみ》で私をジーッと観察してから。

「――大吾《だいご》ちゃんのこと、好きなの？」

「ぴにゃっ」

静かな声色《こわいろ》で。あんまり急に。驚《おどろ》いた私は、固まってしまう。

「なな、なんで急にそんな事を言うのかしら」

「だって。ずっとチラチラ、彼の事を見てるから」

「それはっ」

彼への既視感《きしかん》。懐《なつ》かしい想《おも》い。大吾《だいご》さんの声を聞いていると——顔を見つめていると——胸がバクバクと高鳴って、馬鹿みたいに顔が熱くなる。まるで運命の王子様を見つけた、恋《こい》する乙女《おとめ》のように。

(私ったら一体、どうしてしまったと言うの⁉)

自分でも、自分が、分からない。急に空から押し付けられたみたいな無駄《むだ》に巨大《きょだい》な感情に、私は戸惑《とまど》っていたし持て余してもいたのです。男子を見て胸がドキドキするなんて初めてで。

「一発芸します！　ウミウシー！（大吾《だいご》）」

「マジでつまんねえぞ、引っ込めー！」

……酔《よ》っ払《ばら》っているあの姿を見たら、そんな浮《うわ》ついた心も速攻《そっこう》で冷めるけど。

「ふふ。獅子乃《ししの》ちゃんはまだ、恋《こい》を知らないお子様なのね」

「なんですの⁉」

ゆいちゃんは海外ドラマの女優みたいに笑う。私はアルフォートのチョコを一口齧《かじ》りました。

「わ、私はそもそも、恋《こい》なんて興味ありませんわ。なにせ巷《ちまた》には素晴《すば》らしい物が溢《あふ》れているのよ。恋《こい》なんて自己評価が低い人間が、他人に価値を依存《いぞん》するためだけの行為《こうい》じゃない」

今まで——男の子になんか興味を持った事もない。大吾《だいご》さんのことだって、別に好意を持ってるとかじゃない。ただ、彼を見ていると、無性《むしょう》にモゾモゾとして、息が荒《あら》くなって、顔が熱くなるだけ。胸がドキドキして、下腹部が少しモゾモゾしちゃうだけ。

ゆいちゃんは、大人みたいにくすくすと笑った。

「大丈夫《だいじょうぶ》。今に運命の人が現れるわ」

「！」

「胸が潰《つぶ》れるぐらいの恋《こい》をして、ボロボロになるまで傷ついて、それでもいつまでも諦《あきら》められなくて、いつか本当の愛に出会うのだわ。あなただけの、大切な愛にね」

今どきの小学生女子ってこんなにませてるモノなの?? 何だか私よりよっぽど大人みたい。

私は恋《こい》なんてしたことないし興味もないけど。『運命の人』って言葉が気になった。

(で、でもそれが、大吾《だいご》さんってわけじゃない！)

だってあんなおまぬけな人、私の好みじゃない。それにお姉さまの旦那《だんな》さんなんだもの。そんなわけない。あの人なんて、全然、興味ない！

「――獅子乃《ししの》ちゃん」

その声で名前を呼ばれるだけで、胸が酷《ひど》く大きく高鳴るのを感じた。振《ふ》り向《む》くと、大吾《だいご》さんがいた。けれど振《ふ》り向《む》く前にそれが彼だと気づいていた。

(あれ、この人、こんなに睫毛《まつげ》、長かったんだ)

私はその場でバカみたいに顔を赤くして、固まってしまう。彼はひそひそと呟《つぶや》いた。

「大声出さないで。連中に気づかれるから。今なら全員酔《よ》っ払《ぱら》ってるから抜《ぬ》け出《だ》せるよ」

彼は親指でどんちゃん騒《さわ》ぎをしているメゾン・ド・シャンハイの住人の方々を差してから、

ゆいちゃんに後は任せたと呟《つぶや》いて、オレンジジュースの紙パックを握《にぎ》らせた。

「大人っていつまで、ご褒美《ほうび》をあげたら子供を操《あやつ》れると思っているの？　まぁいいわ」

ゆいちゃんは軽く手を振《ふ》って、しっしっをする。大吾《だいご》さんは私を連れて歩き出す。さっきまでの酩酊《めいてい》の赤ら顔はもう無くなっていた。代わりに私は、頬《ほお》を真っ赤に染めていた。

■

俺は獅子乃《ししの》ちゃんを連れて、横浜《よこはま》の海沿いを歩いていた。目指すは国道沿いにあるメガドンキである。この辺りで日用品を揃《そろ》えるなら横浜駅《よこはまえき》のヨドバシかメガドンキだ。

「社長には話をつけて、電気もガスも業者に頼《たの》んどいたから。古い布団《ふとん》と冷蔵庫ぐらいはあるけど、食器なんかは無いから買った方がいいかもね。えーっとそれであと何が必要かな」

昨夜、俺は『とわ』と獅子乃《ししの》ちゃんの今後について話し合っていた。彼女は両親が既《すで》に死去し、元々千子《せんじ》の屋敷《やしき》に使用人たちと暮らしていたらしい。

（マジなお嬢様《じょうさま》なんだな……）

今はお家騒動《いえそうどう》で使用人たちもお暇《いとま》を貰《もら》ってるとかで、当面の間、住む場所が必要なのだ。

「獅子乃《ししの》ちゃん、荷物とか殆《ほとん》どなかったよね。日用品、今日揃《そろ》えちゃおっか」

「……別に。わざわざ。いいのに」

中学3年生の子がアパートで1人暮らしを始めるんだ。義理の妹でもあるんだし、出来るだけサポートしてあげたい。獅子乃《ししの》ちゃんは今、大変な立場にいるわけだしさ。

「ごめん。急に宴会《えんかい》なんかに付き合わせちゃって。連中、いつも酒飲む口実を探してるんだ」

「いえ。別に」

「コンビニのデザート、めっちゃ食べてたね。甘いの好きなの？」

「まぁ」

あれ。なんだ？　彼女の素っ気ない返答に違和感《いわかん》を覚えた。

（すっげー、冷たい）

昨夜は普通《ふつう》に愛想《あいそ》よく受け答えしてくれてたのに。今日は1トーン声が低くて、どこか突《つ》き放《はな》すような雰囲気《ふんいき》だった。それに、頑《かたく》なに視線を合わせようとさえしない。

（あのバカどもとのどんちゃん騒《さわ》ぎを見られたから、嫌《きら》われちゃったのか）

これから家族になる人とは、仲良くしていきたいのに。ご機嫌《きげん》を取る方法はないか。

「獅子乃《ししの》ちゃん。見てくれ」

「なんでしょう」

「ウミウシー！（爆笑《ばくしょう》一発芸）」

「ぶふ……っ。……………なんですか急に？」

いや吹《ふ》き出《だ》した。今笑ったじゃん。見てたよ俺。安い一発芸で笑ったね今。氷の仮面かぶったじゃん。逆にそれで良《い》いんだ。ちょっと子供っぽい一面を見れてほっこりした。

「なんだか獅子乃《ししの》ちゃん、元気が無い気がして」

「いえ？　別に？　普通《ふつう》ですけれど？」

「そういや朝も、顔真っ赤だったしね。もしかして体調悪い？」

もしかして、俺を心配させないように平静を装《よそお》っているのか。獅子乃《ししの》ちゃんは年齢《ねんれい》不相応に成熟したしっかりした子だから、強がりぐらいは平気でやりそうな気がした。

「ちょっとおでこ貸してね。熱を測るから……」

「ぴにゃっ」

俺が獅子乃《ししの》ちゃんのおでこに触《さわ》ると、彼女はほっぺを真っ赤にして固まった。俺は自分の額と温度を比べてみる。やっぱり、少し熱があるような気もした。

「離《はな》しなさい！」

「⁉　ご、ごめんっ」

「女性の肌《はだ》に許可無く殿方《とのがた》が触《ふ》れるとは何事です。書類送検！　法廷出廷《ほうていしゆってい》！　打首獄門《うちくびごくもん》！」

「こ、怖《こわ》い四字熟語は勘弁《かんべん》してください」

やっぱお嬢様《じょうさま》なのでその辺り厳しいのかな。彼女は、ジトーっと俺の事を睨《にら》んでから。

「私、あなたのこと嫌《きら》いです」

――あまりにも突然《とつぜん》に、そんな宣告をした。

「えぇっ⁉　急に⁉　なんで⁉」

獅子乃《ししの》ちゃんに呆《あき》れられはしても、嫌《きら》いになられる理由は思いつかなかった。

「……な、なんで？　えーっとぉ」

いやそこで悩《なや》むんかい。彼女はたっぷりと理由を考えてから、絞《しぼ》り出《だ》すように呟《つぶや》く。

「……せ、生理的に受け付けませんの」

「鬼《おに》のような容赦《ようしゃ》のなさだな」

どうしようもないじゃんソレ。思春期女子は男性的なものを嫌《いや》がると聞いたけど、そういう感じなんか。内心ショックを受けまくってる俺に、取《と》り繕《つくろ》うように彼女は言葉を続ける。

「いやっその、もちろん感謝はしています。お部屋を貸してくださった事。助けてくれた事。この恩は必ずお返しします。千子家《せんじけ》の人間として、必ず。——例えこの命に代えても」

「命はやめて」

こええよ。

「……とにかく」

彼女はジーッと俺を見つめた。どこか泣きそうで、寂《さび》しげな視線だった。

「近づかないで。見つめないで。……触《ふ》れないで」

獅子乃《ししの》ちゃんは背を向けると、俺を置いてサッサと歩き去ってしまう。

「獅子乃《ししの》ちゃん」

「帰って下さい。あとは私1人で大丈夫《だいじょうぶ》ですから」

それはあまりにも雄弁《ゆうべん》な決別で、俺は彼女を追いかけることが出来なかった。


「ううう〜っ」

数十分後、獅子乃《ししの》ちゃんは俺の隣《となり》でベソかいていた。

「獅子乃《ししの》ちゃん、絶望的な方向音痴《おんち》なんだね」

「ぜ、全然そんな事ございませんから。ただ、今日は地脈が乱れてただけですからっ」

渡《わた》り鳥《どり》かよ。1人で颯爽《さっそう》と歩いていった獅子乃《ししの》ちゃんだったが、数分後には帰路を歩いていた俺とバッタリ出会い、ちょっと間違《まちが》えただけですわと言った数分後にまた俺とバッタリ出会い、俺がコーヒーを飲みながら近くの通りで待っていると、泣きそうな顔で辺りを彷徨《さまよ》う獅子《しし》乃《の》ちゃんの姿を捉《とら》えたのだった。

「失礼ですわ！　私は方向音痴《おんち》などではありません！」

「じゃあ、アパートの方向を指差してみ」

「あっち！」

「逆」

「ぴにゃ」

獅子乃《しし の》ちゃんは恥《は》ずかしそうに、顔を真っ赤にする。

（しっかりしてるように見えても、中学3年生だもんな）

大人の俺が、見てあげないといけない。何だか、前とは正反対だな。思わず笑ってしまった。

（……前？）

いや、前なんて無い。これが俺と獅子乃《しし の》ちゃんの初対面だ。首を軽く振《ふ》って思考を閉《と》ざす。

「私、子供じゃありませんから。１人で大丈夫《だいじょうぶ》ですから」

「次の曲がり角、どっちに曲がる？」

「あっち！」

「逆」

「ぴにゃ」

俺が夢で見た獅子乃《しし の》さんは、こんなに子供らしい人じゃなかった。いつももっとムスっとしていて、偶《たま》に見せる笑顔《え がお》が美しい人だった。弱みなんか絶対に見せない、強すぎる人だった。道を間違《ま ちが》えて恥《は》ずかしそうに誤魔化《ご ま か》すだなんて、天地がひっくり返ってもありえなかった。

（いや、アレがただの夢だなんて、わかりきったことなんだけど）

それでもどうしても比べてしまう。子供の獅子乃《しし の》ちゃんと、夢で見た獅子乃《しし の》さん。

「な、なんで笑ってますの」

「いや。別に。可愛《か わい》いなと思って」

獅子乃《ししの》ちゃんはジブリアニメみたいに全身の毛を逆立てて固まった。彼女の肌《はだ》は真っ白だから、紅潮するとわかり易《やす》すぎるぐらいに頰《ほお》が赤くなる。彼女は唸《うな》りながら俺を睨《にら》んだ。

「……嫌《きら》いです」

「えっ」

「あなたのそういう、軟派《なんぱ》な所が、嫌《きら》いですわっ！」

軟派《なんぱ》。そんな風に言われたのは初めてだ。

「大体！ 妻がいるのに、あんなに沢山《たくさん》の女の子と仲良くして！ 現代日本の貞操観念《ていそうかんねん》はどうなっているのですか！ 皆《みな》さん、妙《みょう》に大吾《だいご》さんと距離《きょり》が近いし！」

「え、そんな風に見えてたの？ 皆《みんな》ただのアパートの住人だよ」

「そもそも出会った事もない女を妻にするなんて、考えなしにも程《ほど》があります！」

「それはそうかも……」

反論はできなかった。

「でもそれ、獅子乃《ししの》ちゃんが俺を嫌《きら》う理由にはならなくない？」

「え」

獅子乃《ししの》ちゃんは、信じられないものを見るような目で俺を見つめてから。

「……嫌《きら》いです」

泣きそうな顔で視線を逸《そ》らした。

■

自動ドアをくぐった先にあったのは、紛《まご》うことなき異界でした。

「ぴにゃ……っ」

悪魔《あくま》の胃《い》の腑《ふ》の如《ごと》く広い店内に並ぶのは見覚えのあるお菓子《かし》や、主張が強すぎるビビッドなポップ、星の数程《ほど》のオモシロ商品。そこは市井《しせい》の民《たみ》がまことしやかに語る天外魔境《てんがいまきょう》――

（――ドン・キホーテ！）

ふにゃらかテーマソング。眩《まぶ》しすぎるぐらいの蛍光灯《けいこうとう》。商品とは全く関係ない大きな水槽《すいそう》！あんまり情報が濃密《のうみつ》な空間で、私の頭は思わずクラクラしてしまいます。

「まず、家電とか見ようか」

「だ、大吾《だいご》さんはついて来なくて宜《よろ》しいですので。私は1人で大丈夫《だいじょうぶ》ですもの」

「でも獅子乃《ししの》ちゃん、絶対迷子になるよ」

そう言って彼はメガドンキの案内図を見せます。数えられないほどの階層！　蟻《あり》の巣《す》のように複雑に入り組んだ商品棚《しょうひんだな》！　人の業《ごう》をぐずぐずになるまで煮込《にこ》んだような純粋《じゅんすい》な物欲！

私は恐怖《きょうふ》し、怯《おび》えました。

「べ、別に迷子なんかにはなりませんけど、あなたがついて来たいのでしたら」

「……ついていきたいです」

なら仕方がない。嫌《いや》だけど。他人の意思決定を邪魔《じゃま》する権利は誰《だれ》にも無いもの。嫌《いや》だけど。

(イヤだけど!)

私はクサクサした気分で視線を逸《そ》らす。『俺を嫌《きら》いな理由にはならなくない?』。その言葉が頭で何度もリフレインしている。胸《むね》の奥《おく》に変な刺《さ》さり方《かた》をしている。それが何故《なぜ》かわからない。

(私にとってこの人は、どうでもいい人の筈《はず》なのに)

ただの姉の夫。私にはあまり関係のない人。殆《ほとん》ど、ただの他人と同義である。だから近づかないで欲《ほ》しい。私だってこれ以上、トゲトゲした気持ちになるのはイヤなんだ。

(大吾《だいご》さんはとてもいい人。私の面倒《めんどう》をみようとしてくれるだけ)

それなのに私が勝手に変な夢を見て、変な気持ちになっているなんて最悪。分かっているんです。分かっているのにどうしようもないんです。彼を見ていると酷《ひど》く不安な気持ちになる。

——けれど、ここはドン・キホーテ!

「まず必要なのは電子レンジかな」

「……レンジがたったの5000円。これは価格破壊《はかい》ではなくて!?」

「それに皿とコップも必要だろー」

「ねこちゃんのお皿! あ、このカップかわいいですわ♪ うーどれにしましょう」

「替《か》えの洋服とかも必要なんじゃない?」

「め、メイド服まで売ってるなんて！　あ、意外と可愛《かわい》い服も揃《そろ》ってる」

きらびやかな世界に翻弄《ほんろう》されて、私は何を悩《なや》んでたかさえ忘れかける。我ながらちょろい。圧倒的《あっとうてき》な資本主義の光に、暗い気持ちは照らされていきました。

「あと……」

彼が言《い》い淀《よど》む。でもすぐに、視線を逸《そ》らしながら店内の奥を指差しました。

「……下着も買った方が良《い》いんじゃない？」

「ぴにゃっ」

私は顔を真っ赤にして、逃《に》げ出《だ》すようにその場を離《はな》れます。実際コンビニで買った下着は穿《は》き心地《ごこち》が最悪だったので必要だったのです。そして私はそれを完全に忘れていたのでした。

「俺、ここで待ってるからー！」

デリカシーは無さそうな人だけど、そこは空気を読んでくれるらしい。私は熱いほっぺを手《て》の甲《こう》で冷やしながら、手早く下着をカゴの一番奥に詰《つ》める。

（あんなにトゲトゲした暗い気持ちだったのにな）

初めてのドン・キホーテは見たこともない物だらけで、楽しくて、少しだけはしゃいでしまいました。大吾《だいご》さんと一緒《いっしょ》に店内を回って、見たことのないものを手にとってみたり、新生活に必要そうなものを探す。それが宝探しみたいで、……嬉《うれ》しくて。

（庶民《しょみん》ってこんなに面白《おもしろ》い所で買い物してたのね）

うちの学園では寄り道は禁止されてるし。うちの執事《しつじ》に繁華街《はんかがい》に行くことは禁じられてるし。物が沢山《たくさん》で、目移りして、ドキドキします。さっきまでの暗いモヤモヤが晴れたせいで、少しだけ私は冷静になってきました。

(彼は私に優《やさ》しくしてくれるのに。私は……彼のこと『嫌《きら》い』だなんて言って)

嫌《きら》いなわけない。あんないい人を、どうやって嫌《きら》いになればいいかさえもわからない。だけど、心の中の防衛本能が叫《さけ》んでいたんです。あの人に近づいたらダメだって。自分の胸の中の『何か』に気づいたらダメだって。彼を少しでも早く遠ざけないといけないって。

(でも、そんなの、非合理的で非論理的な下らない感情だわ)

反省して、深呼吸する。彼はお姉さまの旦那様《だんなさま》になるのだから、仲良くしないとね。私は下着売り場の鏡を見ながら口の両端《りょうはし》を持ち上げて笑顔《えがお》の練習をします。

(よし、うん。大丈夫《だいじょうぶ》)

鏡の中に映った私は上手に笑えてます。これなら彼も、可愛《かわい》いって思ってくれる筈《はず》……？

(いや！　可愛《かわい》いとか思われる必要、全然ないから!?)

やっぱりすぐに変なことを考えちゃう。私は首をぶんぶんと振《ふ》ると、彼の元に戻《もど》ります。

「大吾《だいご》さん、すいません。お待たせし……」

けれど先程《さきほど》まで居たはずの場所に、彼の姿はありません。どこに行ってしまったのかしら。

「大吾《だいご》さん？」

「ぎゃっ」

少し探し歩いて、お店の一画のコーナーで、熱心に何かを凝視《ぎょうし》する彼を見つけます。

「何を見てらっしゃるのですか？」

「いや、これはっ、違《ちが》……っ」

彼が見ていたのは――女性用の下着です。しかも大人向け、というよりも、大きなサイズ向けの。大きいというか、G～Iのカップのブラジャー。そんな物を手にとって、彼はマジマジと見つめていた？　鼻を伸《の》ばした、いやらしい顔で⁉

「……へんたい」

「マジで違《ちが》うんです！」

「何で、そんな、穴の開くような視線でブラを。異常な執着《しゅうちゃく》があるとしか思えません」

「そうじゃなくて！　『とわ』がHカップあるって言ってたから！」

「え」

「ど、どんなもんなんかなと。気になりまして」

そう。お姉さまのおっぱいは大きい。ハグされた時ビビるもの。対する私は惨《みじ》めなもの。Hカップのブラなんかつけたらスカスカでおへその方まで垂れるでしょう。お姉さまは今に大きくなるって言ってるけれどそんな兆候はありません。えーかっぷだもん。私は怒《いか》りで拳《こぶし》を握《にぎ》る。

「……かにして」

「え？　なんて？」

「バカにして！　貧乳だからってバカにして！　哀《あわ》れんだ目で私の胸を見ないで下さい！」

「いや全然そんな目で見てないから⁉」

「じゃあ胸の大きい子と小さい子、どっちが好きですか⁉」

「巨乳《きよにゆう》」

「むきゃ――――‼」

良《い》いもん。今に大きく育つもん。大吾《だいご》さんの好みなんてどうでもいいもん！

私は半べそかきながら、山盛りに詰《つ》め込《こ》まれた買い物カゴをレジに運ぶ。


私は帰路を歩いておりました。横浜《よこはま》の街は相変わらず人々で賑《にぎ》わっています。

「獅子乃《ししの》ちゃん？」

背後になんか居ますが、無視です。

「獅子乃《ししの》ちゃん。聞こえてないの。獅子乃《ししの》さーん」

無視無視。あんな変態人間の言葉なんて、私は聞く耳を持ちません。

「……貧乳」

「命が惜しくないようですね！」

「聞こえてるんじゃん！」

私はお返しにローキックをかますと、すぐに、ふんと大吾《だいご》さんから視線を逸《そ》らしました。

(大吾《だいご》さんのバカ。大吾《だいご》さんのバカ。大吾《だいご》さんのバカ)

おマヌケだし女たらしだし巨乳《きょにゅう》好きだし。やっぱりこんな人大嫌《だいきら》い。生理的に無理。興味なんて全然ないし、彼を見てるとドキドキなんてしてこない。

「ムム!!」

不意に、見知らぬお爺《じい》さんが声を荒《あら》げて立ち上がりました。驚《おどろ》いている私たちを凝視《ぎょうし》しながら近づくと、大吾《だいご》さんの肩《かた》をむんずと強く掴《つか》みました。私は驚《おどろ》いて声すら出ませんでした。

「おお、あんた！　なんて事をしてくれたんじゃ！」

「どうしたんですか？」

お爺《じい》さんは側《そば》の大きな木を指差します。物珍《ものめずら》しい真っ白の花が咲《さ》いていました。

「この伝説の花の下でローキックをした男女は、必ず結ばれるという伝説があるのジャ！」

なんだその無茶苦茶な伝説。

「この木に花が咲《さ》くのは100年ぶり！　ワシでも見るのは初めてじゃわい……！　きっとアンタたち2人は『運命』で結ばれておるんじゃな！　幸せになりなさいよぅ」

お爺《じい》さんは大層満足そうな顔で去っていきました。私と大吾《だいご》さんは、顔を見合わせる。

「め、迷信《めいしん》に決まっていますわ」

「そ、そうだよしょぼくれた老人の世迷《よま》い言《ごと》だよ」

だってありえないもの。運命なんて非科学的な物、この世に存在しませんから。私と大吾《だいご》さんが運命で結ばれてる？　思わず鼻で笑ってしまいます。

（絶対にありえないわ！）

確かに彼を一目見たときから視線が離《はな》せないし、少しお喋《しゃべ》りしただけでドキドキが止まらなくなるし、私が彼の好みの体型でないと知ったとき本気で泣くかと思ったけど。

（私と大吾《だいご》さんが運命の相手だなんて、絶対にありえない！）

不意に一陣《いちじん》の風。ぽすんと白い何かが私の手の中に落ちてきました。

「これは……ブーケ？」

花嫁《はなよめ》さんと花婿《はなむこ》さんがブーケを受け取った私たちを見て笑顔《えがお》で近づいてきます。

「すいません。私、ノーコンで！　良ければそのブーケ、貰《もら》ってくれますか？」

「こ、こ、これ、ブーケトス……？」

私が尋《たず》ねると、花嫁《はなよめ》さんは満面の笑《え》みを浮《う》かべました。

「はい！　すごいですね。教会からここまで随分離《ずいぶんはな》れてるのに、風に乗ってこんなところまで！　まるであなたたちに貰《もら》われるのが『運命』だったみたい！」

花嫁《はなよめ》さんの隣《となり》に立っていた花婿《はなむこ》さんが幸せそうな笑《え》みで呟《つぶや》きます。

「そうだ、俺たちも結婚式《けっこんしき》で出会ったんだよな。この人たちみたいに、君がブーケを取ってさ……」

「ふふ、そうだったわねあなた？　あの時は全然興味も無かったのに、気がつけば愛し合ってたの？　次はお2人の番ですね♪」

幸せそうな2人は、私たちに真っ白なブーケを押し付けて去っていきました。

「――違《ちが》いますから！」

呆然《ぼうぜん》としている大吾《だいご》さんの顔を指でさしながら、私は叫《さけ》ぶ。

「こんなの、ただの偶然《ぐうぜん》ですから！　私たち、別に運命なんかで結ばれていませんからねっ」

「わ、分かってる！　俺だって、もう嫁《よめ》が居るんだし！」

「大吾《だいご》さんなんて、全然私の好みじゃないんだから！」

「俺も、別に獅子乃《ししの》ちゃんは好みじゃないから！」

「はぁぁああ⁉」

「そっちだけキレるのはずるくない⁉」

いや確かにそれはそう。ちょっぴりだけ反省します。男女平等の世の中だもの。そうよね。

大吾《だいご》さんが、私みたいな真っ白け貧乳女、好みなわけないものね。ええ。当たり前です。

「ごめんあそばせ、おほほ」

「怖《こわ》い。笑《え》みが怖《こわ》い」

どうでもいいはずなのに変に過剰《かじょう》反応してしまう。こんな人、興味もないのに。

（一体この気持ちは、何だと言うの）

伝説の花の下とか。花嫁《はなよめ》の真っ白なブーケとか。一目見た時から止まらない胸の高鳴りとか。何の意味もない。そうじゃないと困る。だって大吾《だいご》さんは、私の姉の旦那《だんな》さんなんだもの。

「おっとごめん。なんか電話来た」

大吾《だいご》さんは不意に立ち止まって、震《ふる》えるスマホを取り出しました。

（着信音、私が1番好きなバンドの曲だわ。大吾《だいご》さんも好きなんだ）

一瞬《いっしゅん》そんな事に気づいて胸がまたときめいてしまうけれど、私はぶんぶんと頭を振《ふ》る。

「なんだ？　シーハンか。どうした？　へ？　急にどうしたんだよ」

私には余り明瞭《めいりょう》には聞こえないけれど、イェンさんは焦《あせ》ったような声で、何かを捲《まく》し立《た》てているようでした。私が不思議そうにしていると、大吾《だいご》さんはスピーカーにしてくれる。

『獅子乃《ししの》ちゃんの名字って「千子《せんじ》」だっただろ？　聞いた事あると思って調べたんだ』

これを見てみろ。とイェンさんからアドレスが送られる。大吾《だいご》さんは不審《ふしん》そうな表情を浮《う》かべつつも、試《ため》しにそれをタップしてみました。

『千子家《せんじけ》のお家騒動《いえそうどう》――長女である千子兎羽《せんじとわし》氏の婚約者《こんやくしゃ》・弁護士の工藤刃《くどうやいばし》氏の記者会見』

どうやら千子家《せんじけ》の財産争いについて、千子家《せんじけ》の顧問弁護士《こもんべんごし》でお姉さまの婚約者《こんやくしゃ》でもある工藤《くどう》さんが記者会見したときの記事のようでした。私にとっては既知《きち》の情報でしかありません。

「……婚約者《こんやくしゃ》って。なんだ」

震《ふる》えるような言葉に気がついて、私は彼を見る。開いた瞳孔《どうこう》。嫌《いや》な汗《あせ》をかきながら。

(ああ、もしかして。この人は)

知らなかったのね。お姉さまに婚約者《こんやくしゃ》が居ることを。聞かされていなかったのね。

「獅子乃《ししの》ちゃん。……どういうことか、教えてくれないか」

彼の表情は真っ青に染まっているのでした。

千子家《せんじけ》で最も権力を持つ女性の大叔母様《おおおばさま》が、ある日、お姉さまに言いました。

『この人がお前の許婚《いいなずけ》だ』

そして、そこに居たのが工藤刃氏《くどうやいばし》です。業界で若くして成り上がった大人物と聞いています。しかし、誰《だれ》よりも自由を愛するお姉さまが政略結婚《けっこん》とかやりたがるわけありません。

『もしも許婚《いいなずけ》を断ると言うのなら、別の男を連れてきなさい』

お姉さまは数少ない、千子家《せんじけ》本家の跡取《あとと》りです。血筋を途絶《とだ》えさせるわけにはいきません。

恐《おそ》ろしい大叔母様《おおおばさま》のことです。断ったら無理やりにでも結婚《けっこん》させられてしまうでしょう。

ですがお姉さまに『別の男』なんて居るわけがありません。そもそも彼女は男性不信というか苦手だし（私が1番違和感《いわかん》を覚えていた点でもあります）、男友達や彼氏《かれし》なんて居るはずもないし、作りたくも無いでしょう。彼女は1人で居るのが1番好きな人だから。

（だからお姉さまは、一芝居《ひとしばい》打ったんだわ）

騙《だま》しやすそうな男を探して、ブラインド婚活《こんかつ》とか言い張って、『公的な書類』という、最も信頼性《しんらいせい》の高い証拠《しょうこ》だけを手に入れたのです。彼女は狡猾《こうかつ》で、人を操《あやつ》るのが上手だから。

それだったら、全部辻褄《つじつま》が合うもの。

（頑《かたく》なに大吾《だいご》さんに会おうとしない事。ブラインド婚活《こんかつ》とか急に言い始めた事。それに何より、婚約者《こんやくしゃ》である工藤《くどう》刃《やいばし》氏の事を大吾《だいご》さんに一切《いっさい》話さなかったこと——）

次の日の朝、大吾《だいご》さんは部屋から出てくることはありませんでした。

（昨夜のことがショックだったのかしら）

私は、すべてを彼に話しました。それが彼女の妹である私の義務だと思ったのです。何度も何度も謝罪したけれど、彼は顔を真っ青にして生返事するばかりで、胸が痛んだのを覚えてる。

「大吾《だいご》さん。また朝食、行きませんかって。イェンさんが」

私は部屋のインターフォンを押すけれど、部屋の中からは何も聞こえません。私は諦《あきら》めて離《はな》れると、イェンさんとリンゲイトさんと合流して『黄龍亭《こうりゆうてい》』に向かいます。

「大吾《だいご》は、便利に使われちまったわけだ」

私の姉は自由を愛する人。誰《だれ》にも興味を抱《いだ》かず、好き勝手やって、1人でぷかぷか笑っている人だもの。自分の自由のためなら、なりふり構わずに何でもするぐらいに。

「……私、やっぱりアパートを出ていった方が良《い》いですよね」

「あ？　何で」

「だってお姉さまは、大吾《だいご》さんを騙《だま》してたんだし……」

彼を酷《ひど》く傷つけてしまった筈《はず》だ。大吾《だいご》さんは私の顔なんて見たくもないんじゃないかしら。

それにもう、私の面倒《めんどう》を見る義務だって無いはずだもの。だけどリンゲイトさんは笑いました。

「大吾《だいご》はそんなに器用じゃ無いデス」

「……器用？」

「真《ま》っ直《す》ぐすぎるから。1度世話を見出した子を放り出すなんてできる訳ありまセン」

その奇妙《きみよう》な信頼《しんらい》に、私は少しだけ目をぱちくりさせる。だけど――

（――私はそれを、知っている気がする）

御堂大吾《みどうだいご》。あの子にそんな事が出来るわけがない。だって優《やさ》しい人だから。そのせいで何度も傷ついてる癖《くせ》に、やめたりしない人。私は何度も彼のその不器用さに救われてきたのだから。

（あれ。また私、変なこと、考えてる）

私と大吾《だいご》さんは初対面なんだもの。それなのに、何、知ったかぶりをしているのだろう。

「ふむ」

私が困っているのかと思ったのかイェンさんは気遣《きづか》うような視線を向けて、小さく笑います。

「ま、悪いと思ってるなら元気づけてやってくれよ。落ち込んだら長いタイプだから」

それは確かに一理あるかも。と私は思います。

（私には、一宿一飯の恩義があるのだし）

今こそ、返さなければ。義理を！　この命に代えても！

「私……頑張《がんば》ってみます！」

「おぉー。がんばれがんばれ～」

「お2人も手伝って頂けますか？」

尋《たず》ねると、リンゲイトさんとイェンさんは声を揃《そろ》えて「それはめんどい」と応えるのでした。


と言うわけで一宿一飯の恩義の為《ため》に、私は大吾《だいご》さんを元気づける事にしました。

(でも一体、何をしたら良《い》いのかしら？)

大の大人の人を、どんなふうに元気づけたら良《い》いかとか分かりません。

「……これ、コンロ？　よね？　どうやって使ったら良《い》いのかしら」

大体、このワンルームにあるＩＨコンロの使い方さえよく分からないのに。私は首を捻《ひね》りながら、ＩＨのスイッチを適当に押してみる。庶民《しょみん》ってこんな狭《せま》いキッチンで、どうやってブイヨンを煮込《にこ》むのかしら。

考えると、ピンポーン、という間延びした音。私は部屋のドアを開けます。

「あら、不用心ね」

小さな女の子がランドセルを背負っていました。確か社長さんの妹の――ゆいちゃんです。

「駄目《だめ》よ。女の1人暮らしなんだから。まずは、相手が誰《だれ》か確かめないとね。ほら、のぞき穴も、チェーンもせっかく付いてるのだから」

本当にそのとおりです。こんな小さな女の子でも知ってることさえ分からない世間知らずの自分が恥《は》ずかしくなる。恥《はじ》を覚えながら、私は彼女に尋《たず》ねました。

「それでゆいちゃん、どうしたの？」

「うちの愚兄《ぐけい》が持っていけって。賃貸契約《ちんたいけいやく》の書類とか。あと、1人暮らしに便利なグッズいろいろ」

「ありがとう。ほら、上がって？」

相変わらず大人っぽい女の子。それなのに、赤いランドセルに小さなブザーを付けて、可愛《かわい》らしい。私はドンキで揃《そろ》えたお茶セットで紅茶を淹《い》れると、カップに入れて差し出します。

「大吾《だいご》ちゃんのこと聞いたわ。彼、随分《ずいぶん》参ってるんですってね」

「……そうなんですの」

「私も部屋に寄ったのだけれどね。酷《ひど》い顔色で、目にクマまで作って。なんだか昔みたい」

ゆいちゃんは大吾《だいご》さんに会えたんだ。私は声も聞かせて貰《もら》えなかったのに。……いや。そんなことどうでも良《い》いじゃない。集中しなさい、私。いま大事なのは、彼の事です。

「『昔』って？」

「3年前、奥さんと別れた時。あの時は——随分尾《ずいぶんお》を引いてね」

そう言えば、イェンさんから聞いていました。大吾《だいご》さんって、バツイチなんだって。

「ほら、彼、基本、犬だから。思い込みが激しいと言うか……愛が重いと言うか……裏切られることとか全然考えないで、誰《だれ》かを信じられる人だから。わかるでしょ？」

「……」

「それは、とても素敵《すてき》なことなのだけれどね。綺麗《きれい》よね。信じた分だけ、傷も深くなるものなのに。普通《ふつう》はあそこまで、無防備にはなれないわね。あの人はいつもそう」

ゆいちゃんは紅茶を上品に飲む。私は頭の中でぐるぐると考えが回って、まとまらなかった。だって知っているんだもの。知らないはずなのに、知っているんだもの。

(そう。彼はそういう人なの。優《やさ》しすぎて自分ばかり傷つく子なの)

『ブラインド婚活《こんかつ》』だなんて胡散臭《うさんくさ》い提案をされた時も、きっと彼は信じてしまったんだ。だってあの人は、愛してしまった人のことを無条件で信じちゃうから。犬だから。

「どうしたら、大吾《だいご》さんは元気になってくれるでしょうか」

「あら？」

「気になるとかそういうのじゃ全然無いんですけど!!」

くすくすとゆいちゃんは笑います。

「あの子は、分かりやすいオトコノコだから。オトコノコが好きなものって、分かる？」

「スポーツとか……？」

「酒・ギャンブル・女」

そんな昭和な。

「お酒は私たちには無理。ギャンブルするお金も無い。でも最後のは出来るんじゃない？」

「お、おんな？」

「獅子乃《ししの》ちゃんに水着で優《やさ》しくされたら、案外簡単に立ち直っちゃうと思うけどね。あの子」

「ぴにゃっ！」

私が。水着着て。大吾《だいご》さんに。優《やさ》しく？　そ、そんな事許されるのかしら。犯罪なんじゃないかしら。優《やさ》しく、だなんてどうしたら良《い》いかわからないけれど。でも。……水着か。

（少しは、喜んでくれるのかしら）

巨乳《きよにゆう》好きらしいけど。私の貧相《ひんそう》な胸でも元気出るかしら。考えてたら少しムカついてきた。

「あら？　冗談《じようだん》だったのに、随分《ずいぶん》本気で考え込むのね」

「ちぎゃ……っ、違《ちが》いますから!!　ぜんっぜん!!」

顔を真っ赤にして焦《あせ》る私を見て、ゆいちゃんはまた笑った。本当に小学生なのかしら、この娘《こ》。

「くすくす。とりあえず、ご飯でも作りに行ってあげましょうか」

「え？」

「あの子、こうなったらなんにも食べなくなるから。お腹《なか》へったら、もっと悪い方に考えがいっちゃうから。だから、お昼、作ってあげよ。獅子乃《ししの》ちゃんも手伝ってくれるでしょ」

そのぐらいだったら。別に、恩返しとしては妥当《だとう》なんじゃないかしら。


――でも、そろそろ、気づいたって良《い》いんじゃないの？


自分の中から響《ひび》いた声に、ぴくんと震《ふる》えて。私は私の中に自分以外の何かがある事を知る。

（さっきから私、一体どうしてしまったって言うの？）

私の知らない感情が、私の中にずっといる。

（大吾《だいご》さんが悲しそうにしてるだけで、どうして私までこんなに苦しくなるの）

護《まも》らなきゃ。と思ってしまう。無条件で。反射的に。それは、親猫《おやねこ》が子猫《こねこ》を護《まも》るような感情に似ている気がした。欲望というよりは呼吸に近い。絶対的に必要な感情だった。

（……最初は所謂《いわゆる》、『ひとめぼれ』かと思ったのだけれど）

ドキドキとか。胸の高鳴りとか。そういうの。少女漫画《まんが》でしか知らない感情だけど、だって、あまりにあからさまでしょ？　でも本の中のヒロインと私では、あまりに違《ちが》う。

「獅子乃《ししの》ちゃん？　どうしたの？」

急に固まった私を心配してゆいちゃんが尋《たず》ねるけれど、私はそれに応える余裕《よゆう》がなかった。

心臓が内燃機関みたいに激しく躍動《やくどう》して、内側から吐瀉物《としゃぶつ》を吐《は》き出《だ》しそうになっていた。

（あれ？　地面が、揺《ゆ》れている）

私はいい加減、思い出さないといけなかったんだ。知らないふりはもうできなかったんだ。

——不意に、ごうんと鐘《かね》の鳴る音がした。

何かが私の中に入ってくる。無遠慮《ぶえんりよ》に。お構いなしに。それは多分——記憶《きおく》だった。

第3話　ライオンと青色隕石《あおいろいんせき》のバラード・前

――西暦《せいれき》1960年の秋。

「ん」

私は真っ暗な空間に居た。身体《からだ》は動かない。まるで凍《こお》りついているみたいに。

『起動シークエンスを開始。ニューラルネットワークを確認《かくにん》。神経の損傷12パーセント。肉体の損傷3パーセント。破損した箇所《かしょ》の修復を行います。5，4，3，2，1……終了《しゅうりょう》しました。77421の項目《こうもく》をチェック。GO／NOGO判断――GO。肉体を再起動』

ハッチの扉《とびら》が開く。目蓋《まぶた》の外側に光を浴びる。

『まだ目を開けないでね。身体《からだ》を慣らしていかないと。今、筋肉をマッサージするからね～』

体中をスライムのような何かが這《は》う感触《かんしょく》があった。

「おはよう。Sena」

未《ま》だ視界は真っ暗だったが、その脳天気な声の主が誰《だれ》なのかは分かっていた。

『獅子乃《ししの》ちゃん久しぶり～』

彼女はAIのSena。ノーバディ――肉体を持たない主義のAIで、様々な機械に彼女がインストールされている――の少女で、私の古い友人だ。未《ま》だ稼働《かどう》しているとは思わなかった。

「Ｓｅｎａ。１５０年ぶりかしら？」

『ううん。獅子乃《ししの》ちゃんがコールドスリープしてから未《ま》だ70年しか経《た》ってないの』

私は首を捻《ひね》る。私は１５０年分のコールドスリープをクリニックに依頼《いらい》した筈《はず》だ。当然、最後に眠《ねむ》ってから１５０年の時間が経《た》っている筈《はず》だ。途中《とちゅう》で起こされたと言う事だろうか？

「何があったの？」

『非常事態が起きてね。すべてのコールドスリープ患者《かんじゃ》は施術《しじゅつ》の中止を義務付けられたの』

なんだそりゃ。確かコールドスリープの中止は、患者《かんじゃ》の命に危害が及《およ》ぶ場合じゃない限りは行われない筈《はず》だったんだけど。そして彼女は何でもなさそうな声で笑った。

『――なんせ、もうすぐ地球が滅《ほろ》んでしまうもんだから』

「は？　なに言って……ぎゃっ！」

私は思わず目を見開いて、70年ぶりの光で瞳《ひとみ》を灼《や》かれた。

私はクリニックの無機質な扉《とびら》を出ると、色鮮《いろあざ》やかなネオンで輝《かがや》くビル群を見つめた。

ベトナムのホーチミンは世界最大の都市である。その中でもひときわ高いビル——ホーチミン市ビンタイン区のランドマーク81000が天高くそびえ立っているのが印象的だ。軌道《きどう》エレベーターとしての役割も持つそれは、私の視界を綺麗《きれい》に2つに分断していた。

「げっ」

私は自分のウォレットを確認《かくにん》する。記された金額は雀《すずめ》の涙《なみだ》。コールドスリープの代金は返還《へんかん》された筈《はず》なのに。馬鹿みたいに物価の高いベトナムじゃ、1週間だって暮らせやしない。

『獅子乃《ししの》ちゃーん。お身体《からだ》の具合はどう〜？』

視界にホログラムが映し出される。真ピンクの髪《かみ》でナースの格好をした人魚の少女。地球上最も普及《ふきゅう》したコモン（偏在《へんざい》する）のAI——Ｓｅｎａである。要はさっき話した友人だ。

「Ｓｅｎａ。私のウォレットが全然残って無いのだけれど。なんで？」

『ハイパーインフレの結果だねぇ。70年前の通貨なんてどれも紙くず同然！　当然、獅子乃《ししの》ちゃんの持ってた株や債券《さいけん》も軒並《のきな》み暴落したよ〜。資本主義だって虫の息だし！』

「なァっ!?　あれだけ稼《かせ》ぐのに、一体どれだけ働いたと思っているのよ〜!?」

70年前、私は自分の有り金全部を投資に充《あ》てて、コールドスリープを依頼《いらい》した。それは決して冒険《ぼうけん》や賭《か》けなどではなく、貧困層《ひんこんそう》にはよくある中庸《ちゅうよう》な投資だったのだ。

『良ければ資産運用の相談に乗るけど〜。それとも、かわいい猫《ねこ》の動画を見せようか？』

「それより、仕事は無いかしら」

私はネットワークを検索《けんさく》しながら尋《たず》ねた。どこのニュースも地球崩壊《ほうかい》で持ち切りのようだ。10年前に発見された隕石《いんせき》による地球崩壊《ほうかい》の前兆は3年前に証明された。後数年以内にほぼ100％の確率で地球は滅《ほろ》ぶ。それだけは確かな事実らしい。

（でも私にとってそんな事どうでも良《い》いわ！　明日も知れぬ身なのだから）

地球が滅《ほろ》ぶとかどうよりも、明日の夕食代を稼《かせ》がなければ。

『給料安くていいなら、色々あるけど。時給120ウォレットで高層ビルの清掃《せいそう》』

「内容は何でも良《い》いから、とにかく高収入のやつ」

Ｓｅｎａは心配そうに私を見た。今どき人類の高単価の仕事なんて危険な物しか無いからだ。

『国外で良ければ、いい仕事があるよ』

「……どこの国？」

『日本』

日本。少し興味が湧《わ》いた。私は日系人だが、生まれは月面基地だ。日本には1度も行ったことがない。だいたい、何があるのかも知らないし。自分のルーツ。興味はある。

『依頼《いらい》は現地で説明するんだって。大丈夫《だいじょうぶ》？』

「構わないわ。報酬《ほうしゅう》が高いんだったら何でも」

『いかがわしい仕事かも！』

「馬鹿ね」

今どき、人間の娼婦《しょうふ》なんて誰《だれ》も買いたがらない。ネットワークで好みのAIを作るサービスが幾《いく》らでもあるんだもの。よっぽど上等で、安く済む。

『求人条件、ホール・ガン《穴あけ銃》の扱《あつか》いに長《た》けている者ってあるけど問題ないよね？』

「……仕方がないわ」

だってこんな時代だもの。

（人類はお払《はら》い箱《ばこ》で、地球は崩壊《ほうかい》寸前！）

ちょっとぐらいの危険は我慢《がまん》しないとね。

「Sena！　逃走《とうそう》ルートを検索《けんさく》して」

横浜《よこはま》は、無法地帯と化していた。

『あいあいさ～』

全速力で走る私たちの背後が、ごうん、と酷《ひど》く巨大《きょだい》な地響《じひび》きで揺《ゆ》れた。振《ふ》り返《かえ》ると、横浜《よこはま》のレンガの街にえぐり取られたような巨大《きょだい》な穴が開いている。私は思わず呆気《あっけ》にとられた。

「何なのよ、あいつらはー！！？」

依頼《いらい》で日本にやってきた私を出迎《でむか》えたのは、虫の頭と人間の頭の2つを持つ、ギギギギという音で会話している連中だった。虫人間たちは津波《つなみ》のような速さと勢いで私を追いかける。

『アレはペダゴウグの人。教師《たち》警備会社の1つだねぇ』

私の隣《となり》で浮《う》かびながらふにゃふにゃとSenaが笑う。呑気《のんき》なのがムカついた。

「何で私を追ってくるの？　私の依頼人《いらいにん》と揉《も》めてるとか？　懸賞金《けんしょうきん》がかけられてる!?」

『心臓が欲《ほ》しいんじゃないかなぁ』

「……なに？」

『今、人間の心臓が高く売れるんだよぅ。ほら、天然素材だから』

「こんなとこで死んでたまるかぁあああ‼」

必死に走りながら、私はセーフワードを唱える。指先でホール・ガンが起動する。

『ハザードレベル0・7以上。発砲《はっぽう》許可を申請《しんせい》。受諾《じゅだく》。GO／NOGO判断――GO！』

ほ――ん、と言う甲高《かんだか》い音が響《ひび》いて、私の指先から細長い糸が亜光速《あこうそく》で発射された。それらはギザギザの軌道《きどう》で宙を駆《か》けると、虫人間たちの顔面に軒並《のきな》みハンドボール大の風穴を開けた。

「やりましたわ！」

『獅子乃《ししの》ちゃん、相変わらず上手だねぇ』

こんな連中まで現れるなんて。きっと政府機関がまともに機能していないのでしょう。

（本当に世界は滅《ほろ》んでしまうのね）

私がコールドスリープする前は警察なんかの政府組織が、警備会社の諍《いさか》いを抑《おさ》えていた。世界滅亡《めつぼう》の混乱で警察は最早《もはや》機能していないのだ。古臭《ふるくさ》い価値観──『暴力』が、地球の倫理観《りんりかん》を征服《せいふく》してしまっている。きっとこれから、もっと酷《ひど》くなっていくのだろう。

「さて、それじゃあ依頼人《いらいにん》の所に向かいましょうか」

私が呟《つぶや》くと、Ｓｅｎａはワナワナと震《ふる》えながら私の背後を指差していた。かすかに聞こえる『ギギギギ』という音。それがどういう意味なのかわからないけれど、酷《ひど》く怖気《おぞけ》がした。

「……え？」

振《ふ》り返《かえ》ると、顔面に穴の開いた死体の群れが、震《ふる》えるように揺《ゆ》れていた。虫人間の股《また》が急に裂《さ》けたかと思うと、流体演算器と共に山のような小さい何かが溢《あふ》れ出《だ》していた。

（まるでカマキリの卵から子供が孵《かえ》るみたいに──）

──それは、極小の虫人間たちの群れだった。不格好な姿で地面を這《は》うと、巣を作る蜜蜂《みつばち》のように固まり始める。すぐにそれは巨大《きよだい》な群体になって不器用に立ち上がった。

「ひっ」

きもすぎて声が出た。

「ギギギギ」

産まれたばかりの虫人間の群体は、細長い球状に固まって、ミミズのような動きで私たちを追いかけようとする。つまり、私の心臓を高値で売るために。

『あー。中枢機能《ちゆうすうきのう》を分散させているんだねぇ。あぁいうの最近のはやりだよ』

「呑気《のんき》してないで、逃《に》げるわよ!?」

私たちはまた、必死に横浜《よこはま》の町中を走り始めた。狭《せま》い路地裏を抜《ぬ》け、塀《へい》を駆《か》け上《のぼ》って、泥《どろ》の中に身を潜《ひそ》める。けれど虫人間たちは疲《つか》れも飽《あ》きも感じないのか、ただ『ギギギギ』という耳《みみ》障《ざわ》りな音と共に私たちを追いかけ続けた。獰猛《どうもう》な狼《おおかみ》よりもずっと合理的な速度。

(はぁ、はぁ。もう体力も保《も》たない)

ヘラヘラと笑いながら私たちを見物する連中や、我関せずの立場を取る用心棒たちが視界を掠《かす》める。今どき、他人のために何かをしようとする人なんて居ない。私も逆の立場ならそうするだろう。だから恨《うら》み言《ごと》を言うつもりは無かった。倫理《りんり》なんて世界と一緒《いっしょ》に滅《ほろ》ぶのだ。

「ギギギギ」

小さな虫たちが足首を捉《とら》えた。私はその場に倒《たお》れて、頭を強く打ち付ける。

(なるほど。私どうもここで死ぬみたい)

思った以上の恐怖《きょうふ》に襲《おそ》われて驚《おどろ》いた。私みたいな冷血人間でも、死の恐怖《きょうふ》は人並みなのね。何だか皮肉めいていて笑いそうになってしまう。クソッタレ。

「諦《あきら》めて、たまるか」

必死に生きて必死に死ぬ。ただそれだけを決めていた。

死の恐怖《きょうふ》に立《た》ち竦《すく》んで動けなくなって、硬直《こうちょく》したヤギみたいに死ぬのだけはゴメンだ。どんなに無様でみっともなくても、最後の最後まで必死に足掻《あが》く。私はただそれだけでいい。

「ぉぉおおおおおおおおおおおッッ！」

ホール・ガンの出力を高めて、指先を地面に向けた。特有の、ほーん、という起動音。虫は私の体を覆《おお》って、溶解液《ようかい》で肉を分解し始めていた。悶絶《もんぜつ》する痛みが体中を覆《おお》うけど、知るもんか。

——瞬間《しゅんかん》、炎《ほのお》が私の体を覆《おお》った。

「ぐっ」

私がホール・ガンで撃《う》ち抜《ぬ》いたのは横浜《よこはま》の地下10mを走る発電網《はつでんもう》だ。発電網《はつでんもう》は常に高温の炎《ほのお》をまとっている。ホール・ガンの特性によって一瞬《いっしゅん》真空になった空間に、瞬間的《しゅんかんてき》に凄《すさ》まじい速度で空気が送り込まれ、高温の炎《ほのお》は荒《あ》れ狂《くる》う火柱と化した。その火柱は私の損傷した機械の体から漏《も》れるオイルに引火して、私の体を火だるまにする。

(ああ、クソ。熱い。何だこれ。今にも意識が飛びそう)

神経の痛覚を遮断《しゃだん》する。熱感覚を遮断《しゃだん》する。皮膚《ひふ》呼吸が出来なくて酸素が足りなくなっている事に気がつく。肺の設定を更新《こうしん》して運動機能を最適化する。

「でも、これで。勝ち」

私は炎《ほのお》で燃え落ちる虫人間たちの群体を見下した。虫人間たちは1匹《びき》1匹《びき》が小さい分、燃《ねん》焼《しょう》に対する抵抗力《ていこうりょく》は私より遥《はる》かに低いようだった。酷《ひど》い痛みと傷と引《ひ》き換《か》えに、私は辛《かろ》うじて生き残る。いつも通りのことを、いつも通りにした。それだけだった。

『……いつもながら、獅子乃《ししの》ちゃんの生き汚《ぎたな》さには溜息《ためいき》が漏《も》れるよ』

「……Ｓｅｎａ。あなたいつの間にか1人で逃《に》げてやがったわね」

『だって親友が殺される場面とかトラウマ必至で見たくないもん！』

このスチャラカＡＩは本当に全くどうしようもない奴《やつ》である。だが仕方がない。私はボロボロになった体を引きずって動き始めた。弱った。驚《おどろ》くぐらい体がまともに動かない。

（全く、なんて惨《みじ》めな姿かしら。まぁ、お姫様《ひめさま》でもあるまいし。構わないけれど）

ギギギギ。

（今の音は何）

ギギギギギギギギ。

（ああ、クソ。本当に最低。くそったれ）

ギギギギギギギギギギギギギギギギギギギギギギギギギギギギギギギギギギギギギギ。

要は単純な話。必死で生きて必死に死ぬ。そんなの誰《だれ》だって同じだってだけ。

『獅子乃《ししの》ちゃん』

Ｓｅｎａが泣きそうな顔で私を見つめていた。……いや違《ちが》う。私の背後を見つめていた。私はきしむ体を必死に動かして、後ろに居るであろう化け物の姿を目視した。

（あ。これは。本当に終わった）

巨大《きよだい》な化け物が居た。その高さは80ｍほどだろうか？　真っ黒でシンプルで生物としての機能美をあまり感じさせない、どこかミミズに似た動きの人型の化け物だった。

(なるほど、街中の虫人間を集めたってわけね)

昔見た戦隊モノで出てくる怪人《かいじん》たちが、最後にあんな大きさになるのを思い出す。と言っても私は戦隊どころか1人だし、巨大《きょだい》ロボが出てくる訳もない。

(まぁ良《い》いか。流石《さすが》に腕《うで》の1つも上がらないし)

どれだけ必死でも無駄《むだ》な物は無駄《むだ》。死ぬ奴《やつ》は死ぬ。納得《なっとく》いかなくても。下らない理由でも。

(これが映画やドラマだったなら——)

逆転の奇跡《きせき》の1つでも用意しているもんなんだろう。所謂《いわゆる》ご都合主義。都合の良《い》い幕引き。

或《ある》いは『運命』だなんて呼ばれる馬鹿げた妄想《もうそう》。

「くそったれ」

私は呟《つぶや》いて、中指を立てる。

(もしも『運命の人』が居るんだったら——)

子供の頃《ころ》、信じていたの。誰《だれ》しも運命の人が居て、いつか王子様みたいに迎《むか》えに来てくれるんだって。私はその時まで死ぬつもりは無かったの。それだけの理由で生きていたの。

「だから私、愛なんて信じていないのよ」

巨大《きょだい》な虫人間の手が私に迫《せま》る。それは私を押《お》し潰《つぶ》そうとする。傍《かたわ》らを見ると、Ｓｅｎａはそこに居なかった。それでいい。親友に惨《みじ》めな死体なんか見てほしくないし。私はナノチップを操作して、恐怖《きょうふ》と悲しみの感情を規定値に戻《もど》した。私の死を少しでも感じるために。

（あぁ、本当に怖《こわ》いな）

目を閉じる。その瞬間《しゅんかん》を覚悟《かくご》する。心臓が恐怖《きょうふ》に怯《おび》えて強く震《ふる》える。誰《だれ》かが私の手を握《にぎ》る。風を感じる。重力の抵抗《ていこう》を覚える。キーン、と甲高《かんだか》い音がする。それはアンチグラビティシューズの駆動音《くどうおん》だ。だが、やけに、小さい。きっと、とっても小型のエンジンだ。

「って。なんで⁉」

私は目を開けた。視界に広がるのは真っ青の空だった。上空２００ｍほどの高度だろうか。

（こんなに空って青かったっけ）

千切れたような雲を尻目《しりめ》に、遥《はる》か眼下で虫人間の塊《かたまり》が必死に私たちに手を伸《の》ばしていた。

「ひーっ。怖《こわ》かったー！」

少年が居た。彼は私の体を抱《だ》き上《あ》げて——所謂《いわゆる》お姫様抱《ひめさまだ》っこというやつで——真っ青の世界を空飛ぶ靴《くつ》で駆《か》けていた。身長は私より低いぐらいだろうか。顔つきも随分《ずいぶん》、幼い。

「あなた……は……」

「喋《しゃべ》らないで大丈夫《だいじょうぶ》。喉《のど》まで焦《こ》げているんだろ」

それでも尋《たず》ねなければいけないことがある。どんなに苦しくても痛くても喋《しゃべ》るのが大変でも、彼に聞かなければいけなかった。それは私の矜持《きょうじ》であり、魂《たましい》の形そのものだった。

「――あなたは、どうして私を助けたの」

炎《ほのお》で焼けた喉《のど》で発生した声は掠《かす》れていたが、その意味は彼に届いたようだった。彼は少しだけ呆気《あっけ》に取《と》られてから、一生懸命《いっしょうけんめい》考えて、真《ま》っ直《す》ぐに私の目を見つめる。

「困ってる人が居たら助ける。それだけだよ」

心臓を射抜《いぬ》かれたような衝撃《しょうげき》があった。ああ、きっとこの子は、その他愛のない言葉で私がどれだけ救われたか気づいていないのだろう。一生気づく事が無いのだろう。

（もしも私に運命の人が居るのなら――）

私は出会ってしまった。この小さな少年に。優《やさ》しい少年に。愛する価値の在る物に。

――それが、私と御堂大吾《みどうだいご》さまの出会いだった。

私はそれから色々あって、御堂大吾《みどうだいご》さまのお家《うち》でメイドとして働くことになった。初めは自分の感情に怯《おび》えて彼を遠ざけて、必死に運命に抗《あらが》おうともした。でもそれは無理で結局私は彼に口説き落とされてしまった。それは私の人生一の思い出で、きっと永遠に忘れないだろう。

（だから、終わりの夜だって、忘れない）

永遠に似た真っ黒な夜空。悍《おぞ》ましい程《ほど》に美しい真っ青の隕石《いんせき》。遥《はる》か彼方《かなた》に伸《の》びる銀河鉄道。

『だって私たち、運命で結ばれているんだもの。今日死んでしまっても、またいつか会えます』

私が言うと、彼は泣きそうな表情で私を見つめた。ああ、こんな顔をさせたくなくて、私は必死だったのに。彼を幸せにしてあげたくて、毎日一生懸命頑張《いっしょうけんめいがんば》ったのに。でもどうしようもない。だってどんなに必死に生きても、死ぬときは死ぬ。だけど絶望したりはしない。

『だから』

私は彼に笑《え》みを浮《う》かべていた。最期《さいご》の瞬間《しゅんかん》だ。１９６０年代の御堂大吾《みどうだいご》と千子獅子乃《せんじししの》が死を覚悟《かくご》した瞬間《しゅんかん》、私たちはぎゅっとお互《たが》いの手を握《にぎ》り合《あ》って、目を見つめていた。愛を信じていた。いつかまた会えると信じていた。その時もきっと、私は彼を愛するだろう。

『次に出会ったときは、きっとお嫁《よめ》さんにして下さいませ』

ね、覚えているわよね。千子獅子乃《せんじししの》。私の愛を。私の――『運命』を。

第4話　この三角、角が1つ足りないんですけど

「え」

微《かす》かな声。俺が視線を向けると、病院のベッドで寝《ね》ていた獅子乃《ししの》ちゃんが起き上がっている。

視線はぼんやりとして、自分がどこに居るのか分かってないようだ。

「良かったぁ。目を覚ましたんだね」

俺が安心しながら呟《つぶや》くと、獅子乃《ししの》ちゃんは目をまん丸にして、俺の事を見つめていた。まるで信じられない物でも見るみたいに。幽霊《ゆうれい》か何かを観察しているみたいに。

「……大吾《だいご》さま」

「へ？」

不思議な敬称《けいしょう》で呼ばれた気がした。でもそれは俺の気の所為《せい》だろう、という気もした。尋《たず》ね返《かえ》すのも何だか不自然で、俺は彼女の次の言葉をゆっくりと待つ。

「ここ、どこですか」

震《ふる》えるような声。病《や》み上《あ》がりだからだろうか。

「病院だよ」

「え？」

「昼間、倒《たお》れたんだ。急に。ゆいちゃんが教えてくれて。すぐ救急車を呼んだ」

医者には貧血《ひんけつ》と過労のせいだろう、と言われていた。だけど心配で今にも吐《は》きそうだった。

「……また。助けてくれたんですね」

「大げさだな。助けてくれたのは病院の人たちだよ」

しかし『また』って言うのはどういう意味なんだろう。アパートの部屋を貸した事を指すんだろうか。この子、変に義理堅《ぎりがた》いからな。でも綺麗《きれい》な所だよな、とも思う。

「ごめんね」

「何がですか？」

「俺が早く気づくべきだった。獅子乃《ししの》ちゃんは未《ま》だ子供なのに。お家騒動《いえそうどう》なんかに巻き込まれてさ。大変じゃないわけが無いんだ。それなのに俺は、自分の事で精一杯《せいいっぱい》で……」

情けなくて、自分を恥《は》じる思いでいっぱいだ。唯一側《ゆいいっそば》に居てあげられた大人なのに、彼女が倒《たお》れるまで気づかないなんて。もっと早く休ませてあげるべきだったんだ。

「そんな」

彼女は泣きそうな顔で俺を見つめた。――いや。睨《にら》んでいた。

「そんなの……あなたには、関係無いじゃないですか」

傾《かたむ》いた夕陽《ゆうひ》が、真っ白な彼女の髪《かみ》に反射して、微《かす》かに輝《かがや》く。

「あなたの悪い癖《くせ》ですわ……。勝手に他人に同情して、義理も無いのに必死になって」

「癖《くせ》？」

彼女はハッとしたような顔で、口を噤《つぐ》んだ。頭を振《ふ》って、何かを考えるみたいに黙《だま》り込《こ》む。

「……ご迷惑《めいわく》おかけしました。体調はもう問題ありません」

「無理しなくていいんだよ。まだ顔色が悪いぜ」

「それは」

獅子乃《ししの》ちゃんは目を閉じる。なにかをゆっくりと、ゆっくりと、考えているみたいだった。

「少し。夢を見ただけ」

「怖《こわ》い夢だったの？」

「いえ」

彼女は自分の胸に触《ふ》れて、大事そうにそれを抱《かか》えた。

「とても……不思議な……夢でした……」

噛《か》みしめるような、泣きそうな声色《こわいろ》。

「今日は、どうする？　一応病院に泊《と》まってもいいとは言われてるけど」

「大吾《だいご》さんはどうするんですか？」

「俺は帰るよ？」

ていうか、それ以外の選択肢《せんたくし》は無い。戸籍上《こせきじょう》は既《すで》に俺と獅子乃《ししの》ちゃんは義理の兄妹《きょうだい》と言っても、この部屋の簡易ベッドで眠《ねむ》るわけにもいかないし。

「だったら……私も……帰ります」

「そう？」

「うん」

彼女は子供みたいに頷《うなず》くと、ベッドから立ち上がる。確かな足取りで少し安心した。でも時折俺の方をチラチラと見ては泣きそうな表情を浮《う》かべているのが、何だか妙《みょう》に気になった。


病院から出てタクシーを呼ぼうとすると、そこまでしなくて大丈夫《だいじょうぶ》です、と獅子乃《ししの》ちゃんに制された。正直金欠なので微妙《びみょう》に助かって、やっぱり自分が情けなくもなった。アパートまでの帰り道を歩く。会話は少ない。獅子乃《ししの》ちゃんは何か考え事をしているみたいだった。

（そんなに不思議な夢を見たんだろうか？）

俺も最近見た『不思議な夢』の事を思い出して、すぐにその妄想《もうそう》を振《ふ》り払《はら》う。

「大吾《だいご》さん。帰り、スーパー寄っていってもいいですか」

「もちろん」

顔色はもう悪くはない。体調自体は元気になったみたいで安心した。でも、これからはもっと彼女に注意を払《はら》ってあげないとな。なんせ近くに居る唯一《ゆいいつ》の大人なんだし。

獅子乃《しの》ちゃんはスーパーに寄ると、おっかなびっくりで食材の吟味《ぎんみ》を始めた。お嬢様《じょうさま》だし、こういう場所は慣れていないんだろう。猫《ねこ》の目《め》みたいに瞳《ひとみ》をまん丸にしてるのが可愛《かわい》い。

「大吾《だいご》さんは……」

「ん？」

「夕飯。今日。どうするんですか」

「あー。適当にコンビニ飯で済ませようかなって」

彼女は俺の顔をじっと見上げる。

「だったら。大吾《だいご》さんの分も、作りましょうか」

「えっ。いいよ。倒《たお》れたばっかで、疲《つか》れてるでしょ」

「大丈夫《だいじょうぶ》です。もう平気だもの」

「でも、悪いし」

「私如《ごと》き小娘《こむすめ》が作った料理なんて、食べられないと言うおつもり？」

圧をかけられた。冷静な声色《こわいろ》だが、有無《うむ》を言《い》わせない迫力《はくりょく》がある。

「……いただきます」

獅子乃《しの》ちゃんが笑う。

「冗談《じょうだん》ですわ。でも遠慮《えんりょ》しなくて結構です。だって私には一宿一飯の恩義がありますもの」

（あっ）

思えばそれが、彼女の初めて見た笑顔《えがお》だった。小さな白い花が咲《さ》いているみたいに可愛《かわい》らしくて、少しの間見惚《みと》れて、一瞬《いっしゅん》、動けなくさえなってしまう。

（って。俺は何考えてるんだ。相手は中学生だぞ⁉）

しかも俺は婚姻届《こんいんとどけ》目当てに結婚《けっこん》されたばかりである。そんな事考えてる場合じゃなさ過ぎる。

「大吾《だいご》さんはあれから、お姉さまと連絡《れんらく》は取れたのですか？」

「あぁ。昨晩、電話したよ」

俺と『とわ』は婚活《こんかつ》アプリで出会ってから、毎晩のように電話していた。当然、昨日だって話をした。色々尋《たず》ねるべき事があったし、その答えを彼女の口から聞きたかった。

「婚約者《こんやくしゃ》が居た事を尋《たず》ねた瞬間《しゅんかん》、即切《そくぎ》りされて、着拒《ちゃっきょ》」

「……ホント、あの身内の恥《はじ》に代わって私が謝罪させて頂きます」

苦虫を噛《か》み潰《つぶ》したような表情の獅子乃《ししの》ちゃんを見て、俺は思わず笑ってしまった。だって彼女が申し訳なく思う必要なんて無い。間抜《まぬ》けな俺が悪かったんだ。

「あの姉は本当どうしようもない。都合が悪くなったら全部投げ出してすぐに逃《に》げるの」

「俺も逃《に》げられたってわけか」

まぁ理由の説明でも言い訳ですら無く、『着信拒否《ちゃくしんきょひ》』だからな。完全にこれ以上俺には用事が無いって言ってるようなもんだろ？　立つ鳥跡《あと》を濁《にご》さずってぐらいの綺麗《きれい》な『逃《に》げ』だ。

（『とわ』が俺の運命の人だって、本気で信じてたんだけどな）

確かに、顔は1度も見たことなかったけどさ。でも、性格とか、どういう人かなんて、何時間もずーっと一緒《いっしょ》に喋《しゃべ》ってたら分かるじゃん？　……いや、分かると思っていたんだ。結局俺には、人を見る目が無いのかもな。それが問題なのかもな。

とんとんとんとん、と一定のリズムで包丁が食材を刻んでいた。

「……」

俺は獅子乃《ししの》ちゃんの部屋にお呼ばれしていた。

（まだ1晩しか泊《と》まってないのに、もう獅子乃《ししの》ちゃんの匂《にお》いするんだな）

無機質な剝《む》き出《だ》しの部屋。ドンキで揃《そろ》えた家具が床《ゆか》に直《じか》に置かれている。

（誰《だれ》かに料理を作ってもらうなんて、久しぶりだな）

3年前は仕事から帰ると妻が手料理を作ってくれた。彼女だって忙《いそが》しかったくせに……。

「ぐぉぉおおお」

「どうかしましたの？」

「……勝手にトラウマを思い出してただけ」

獅子乃《しの》ちゃんが料理を運んでくれたのは、それから20分ぐらいした頃《ころ》の事だった。白い皿には、几帳面《きちょうめん》に料理が盛り付けられていて美しい。でも俺はその料理名1つわからなかった。

「おぉ。美味《うま》そう。でもこれ、何て料理？」

「生春巻きとバインセオ。それに牛肉のフォーですわ」

「……どこの料理？」

「ベトナムです」

また意外な料理が出てきたな。

「ベトナム料理作れるの凄《すご》くね？」

「……私も驚《おどろ》いてます。まさか本当に作れるとは」

何で獅子乃《しの》ちゃんも驚《おどろ》いてるんだよ。1口食べてみる。

「うおっ。これめっちゃうめー⁉」

「そうですか」

「待って。マジでコレ。1番まである。今まで食ったもので優勝かも」

「そうやって安易におだてても、ご自身の言葉を軽くするだけですわ」

いや、おだてとかじゃなくて本気でそう思ったんだ。高級なホテルのディナーとか高い寿司《すし》より、俺はこの味が好きだった。美味《うま》い。美味《うま》いだけじゃなくて……なぜか少し懐《なつ》かしい。

「まぁ。何となく。大吾《だいご》さん。好きだろうなって。この料理」

「なにそれエスパー？」

「そんな非科学的なものは宇宙にございません」

と言いつつ、獅子乃《ししの》ちゃんも自信は無さそうだった。なんでだマジで。

「獅子乃《ししの》ちゃんと結婚《けっこん》する男は幸せだな」

「ぴにゃっ」

彼女は俺の方を見つめて、頬《ほお》をりんごみたいに真っ赤にして固まっていた。

「あ、いやごめん。結婚《けっこん》するのが男だってのは古い考え方だったな。性別に関係なく獅子乃《ししの》ちゃんのパートナーになれる人は幸せだなって」

「……別に、そこで反応してしまった訳ではありませんが」

獅子乃《ししの》ちゃんは、うーっと唸《うな》りながら俺を睨《にら》む。

「せくはらですから。それ」

「そっちか。いやそっちもそうだな。ごめん。正直に思った事を言っただけなんだ」

ふん、とそっぽを向きながら獅子乃《ししの》ちゃんは唇《くちびる》を尖《とが》らせる。

「……そのせいで勘違《かんちが》いする女の子居ても、知らないんだから」

「勘違《かんちが》い？」

「ぴにゃ……いや違《ちが》う。そういう意味じゃない。ただ、セクハラってだけ！」

獅子乃《ししの》ちゃんはぷんぷんと怒《おこ》りながら、バインセオ（ベトナム風オムレツ）を口に入れる。少し子供っぽくて、なんか笑った。

「大吾《だいご》さんは夕食、いつもコンビニとかで済ませているの？」

「うん、まぁ大体。後はスーパーの半額弁当とか」

そう。と相づちを打って、獅子乃《ししの》ちゃんは何かを考え込んだ。やがて、小さな声で呟《つぶや》く。

「だったら、夕食、私が作りましょうか。……別に、毎日でも」

「いや毎日は流石《さすが》に申し訳ないって！」

「……私の料理、お口に合いませんでしたか？」

しゅんとした表情で言われた。

「それはずるい。禁じ手」

「あら。このぐらいの女の嘘《うそ》なら、わかるのね」

獅子乃《ししの》ちゃんはくすくすと笑って、からかうように視線を絡《から》める。


飯を食い終わって、少しした頃《ころ》だった。スマホがぽこんと鳴って、メッセージが飛んできた事に気がつく。ディスプレイに映る差出人は社長のようだった。

『今から、飲みにいきませんか？』

顔を上げると、獅子乃《ししの》ちゃんは心配そうな顔で俺の事を見ていた。

「どうかしましたの？」

「いや。社長から。飲まないかって」

「それは……行った方がいいですわ」

気遣《きづか》うような表情。言いたい事はわかる気がした。

「そう？」

「ええ。私はもう大丈夫《だいじょうぶ》ですので。お気になさらず」

ここで断って、獅子乃《ししの》ちゃんに『やっぱりお姉さまに騙《だま》されて元気が無いのね』なんて不要な心配をかけるわけにもいかないだろう。それが例え本心だとしてもさ。

（それに今1人で部屋に帰っても、嫌《いや》なことがぐるぐる頭の中を回るだけだし。行くか）

俺は彼女に礼を言うと部屋を出て、夜の横浜《よこはま》の街を歩き始めた。

社長が指定した場所は、桜木町駅《さくらぎちょうえき》から5分ほど歩いた場所の——都橋商店街《みやこばし》だった。大岡川沿《おおかがわぞ》いに小さなバーや居酒屋が何十軒《けん》も詰《つ》め込《こ》まれている。ちょっとディープな雰囲気《ふんいき》なので観光客は来づらいが、名店も多い。

「ここです」

社長と合流すると、店を紹介《しょうかい》される。古い店が多い都橋《みやこばし》商店街では少し異端《いたん》な、黒い壁《かべ》に小さな灯《あか》りが目立つ小綺麗《こぎれい》なバーだった。店名は『ウォーターシップ・ダウン』。

「いらっしゃい」

店内は暗いが洒落《しやれ》ている――と言うよりは趣味的《しゆみてき》で、雰囲気《ふんいき》の良《い》い間接照明や絵画なんかが飾《かざ》ってある癖《くせ》に、戸棚《とだな》には古いロボットアニメの超合金《ちようごうきん》が並んでいたり、変身ヒーローのバイクがデカデカと飾《かざ》られている。どこかチグハグな感じが面白《おもしろ》い。金髪《きんぱつ》のバーテンダーは俺たちを見ると、暗い店内には不似合いな向日葵《ひまわり》のような笑《え》みを浮《う》かべた。

「ダイゴ！　社長～！　来てくれたんデスネ」

「へ？　リン。お前、こんなトコで働いてたのかよ」

メゾン・ド・シャンハイの住人、リンゲイト・暁《あかつき》・ホーエンハイムはいつもの安いチャイナドレスでは無く、バーテンダーの……確か、カマーベストって言うんだっけ？　あれを着ていた。タイトな白いシャツと黒いベスト。チャイナドレスよりよっぽど似合っている。

「それで大吾《だいご》さん。結婚詐欺《けつこんさぎ》にあったんですって？」

社長がカクテルを頼《たの》みながら呟《つぶや》く。俺も適当に日本酒を注文した。

「え。何で知って……あ、ゆいちゃんかぁ」

「ふふ。うちの妹は、シャンハイ荘《そう》の皆《みな》さんによく懐《なつ》いてますからね」

社長が流し目で笑った。それにしても、マティーニの似合う男である。どうやらこの人は俺の噂《うわさ》を聞いて、愚痴《ぐち》の相手にでもなるつもりで呼んだのだろう。底抜《そこぬ》けの良《い》い奴《やつ》なのだ。

俺は最初は話すのを渋《しぶ》っていたが、当たり前と言うか何と言うか、酒が次第《しだい》に入るにつれて口が軽くなっていった。最終的に赤ら顔になりながら、社長とリンゲイトに愚痴《ぐち》り始める。

「俺はただ、誰《だれ》かと結婚《けっこん》して、幸せな家庭を持ちたいだけなんです。ただ、この人だ！　と思った人と、ずっと一緒《いっしょ》に居たいってだけなんです。だって、死ぬ時は1人だとしても、墓の中は誰《だれ》かと一緒《いっしょ》に居たいじゃないですか。本当に愛せるような人と」

社長は3杯《ばい》目のカクテル――飲んでいるのは確かギムレットだ――を傾《かたむ》けた。

「私は結婚《けっこん》願望とか余り無いので分からないですね。死んだらバクテリアに分解されて何も無くなる。余り死に意味を感じないのもありますけど、それで良《い》いなと思います」

グラスを洗いながら、リンゲイトが尋《たず》ねた。

「社長、マジで異性に興味ないデスヨネ。アパートの女の子たちの間じゃゲイなんじゃないかって、色めきたっていマス。実際のところはどうなんですか？」

「えー？　あはは。いえ、ストレートですよ。好きです。女の子」

確かに社長からは異性の香りがしない。

「社長でもAVとか見るんすか」

「見ますよ。FAN○Aに見放題chってあるの知ってます？　月額の。あれ、入ってます」

全くの恥《は》じらいもなく言い切った。マジのイケメンだなこの人。

「男の子って、ホントにえっちな動画とか見るんデスネ。社長はどんなん好きなの？」

いや。それは流石《さすが》に言えんよ。リンゲイトとは言え女子だもん。性癖《せいへき》語りとか、流石《さすが》に無理。

「――剛毛《ごうもう》、ですかね。硬《かた》めの」

この漢《おとこ》には人間的に勝てない。

「私、余り知らないのですけれど。前の奥さんとは、なんで別れちゃったんですか？」

今度は社長が俺に尋《たず》ねる。酒の場らしい、ぶっちゃけた質問だ。

「あ、それ私も思ってマシタ！　だって、あんなに仲良かったのに」

余り他人に話すような事でも無い。その理由を知っているのは、親友のシーハングらいな物だ。でも、まぁ良《い》いかと、俺は慣れないカクテルを飲みながら呟《つぶや》いた。

「子供がね。ほしかったんですよ」

「え？」

「でも彼女は……欲《ほ》しくなかったんです。子猫《こねこ》を抱《だ》くのも怖《こわ》がるような人だったから」

臆病《おくびょう》な女性だった。でもそんな所が好きだった。男らしく、護《まも》りたいだなんて思ったわけですよ。単純なバカみたいにね。でも根本の何処《どこ》かで、俺たちは求める物が違《ちが》っていた。

「まだ好きなんですね、奥さんのこと」

イケメンのスマイルで、社長が笑った。

（そりゃ、そうだ）

愛した人だ。一生を共にすると誓《ちか》った人だ。きっと俺は一生彼女の事を好きなままだろう。

でも、前に進まないとな。そう思って、婚活《こんかつ》を始めたんだ。『とわ』に出会ったんだ。

「……前に進めると、思ったのになぁ！」

俺は叫《さけ》んで、一気に酒を呷《あお》った。リンゲイトが笑う。

「そうデス、ダイゴ！　どうしようも無い時は、逃《に》げるしかありまセン。いざ、酒！」

「いざ、酒！　リン、テキーラだ！　テキーラをくれー！」

洒落《しゃれ》たバーで、俺たちは馬鹿みたいに騒《さわ》ぎ続《つづ》けた。一通り騒《さわ》いだ後にカクテルが1杯《ぱい》1700円もすると知って、背筋が凍《こお》りついたのはここだけの秘密だ。


随分《ずいぶん》長いこと酒を飲んでいたと思っていたが、外に出ると未《ま》だ21時を回った所だった。社長はまだ中で、リンゲイトと一緒《いっしょ》に飲んでいる。あの人、なにげにうわばみだからな。バーの酒はやっぱ高いので、俺はそこそこで切り上げていた。随分《ずいぶん》2人からは引き止められたが、これが最後の1杯《ぱい》だから！　と言われた酒を飲み干すと、あっさり解放してくれた。

社長たちとした会話や、『とわ』との事を思い出して、ため息を吐《つ》く。

「はぁ。……俺の運命の人は、一体どこに居るんだよ」

高望みなのはわかってる。ただ、俺が愛せる人を、俺を愛してくれる人と、一緒《いっしょ》に暖かい家族を作りたい。あんまり今風じゃなくて笑ってしまう。全く本当に、どこにいるんだか。

「――大吾《だいご》さん」

澄《す》んだ氷のような声色《こわいろ》に振《ふ》り向《む》く。真っ白の髪《かみ》が藍色《あいいろ》の空の下、飲み屋街のライトに照らされて淡《あわ》く輝《かがや》いていた。どこかチグハグな奇跡《きせき》めいた美しさに、俺は一瞬《いっしゅん》固まってしまう。

「獅子乃《ししの》……ちゃん……？」

彼女は困ったような、拗《す》ねるような、曖昧《あいまい》な表情で立っていた。もしかして、バーから出てくるのを待っていたんだろうか。だとしたら、一体、いつからここに？

「社長からゆいちゃんに電話が行って。今、ここで飲んでるって聞いて。大分酔《よ》ってるって。……昼間は大吾《だいご》さん、顔、真っ青だったから。落ち込んで、飲み過ぎたら、大変だから。1人で帰るの。大丈夫《だいじょうぶ》かなって。リンさんに、迎《むか》えに来たほうが良《い》いかもって言われて。それで」

ああ、それでか。リンゲイトと社長が随分《ずいぶん》引き止めるから、何でだと思っていたんだ。面白《おもしろ》がって、獅子乃《ししの》ちゃんが来るまで時間稼《じかんかせ》ぎしてたんだな。

「こんな遅《おそ》いのに、1人で出歩いたら危ないだろ」

21時とは言えこの子は中学生である。それも、飲み屋街の真ん中で。往来に人は決して少なくない。だけど不健全なのは確かだ。俺に叱《しか》られて、獅子乃《ししの》ちゃんは唇《くちびる》を尖《とが》らせた。

「そんな顔真っ赤の人に言われても、説得力ありません」

「本気で言ってるんだ。二度とこんな事しないで」

「私、そんなに子供じゃないわ」

子供だよ。全然。だって中学3年生だぞ？　俺がその歳の頃《ころ》なんてもっと馬鹿でもっと幼かった。友達とゲームばっかりして、真っ暗な夜道を歩くなんてまだ怖《こわ》かった筈《はず》だ。

「……ごめんなさい。もうしません。約束します」

「うん」

心配してくれたのは分かった。獅子乃《ししの》ちゃんって、本当に優《やさ》しい子なんだな。俺が凹《へこ》んでるのを知っていて食事を作ってくれたり、迎《むか》えに来てくれたり。少し過保護かもしれない。

「それじゃ、帰ろっか」

「はい」

暗い帰り道を2人で歩く。関内《かんない》方面から中華街《ちゅうかがい》の方向へ。お互《たが》いに会話は少ない。

(俺が『とわ』に騙《だま》されたからって。引け目でも感じてるんかな)

自分だって大変なときだろうに。自分だって倒《たお》れたくせにさ。俺みたいなヤツの面倒《めんどう》を見て。どれだけ律儀《りちぎ》で、真面目な……お人好《ひとよ》しなんだろう。引け目なんて感じてほしくないな。

「獅子乃《ししの》ちゃんは、部活とか入ってるの？」

当《あ》たり障《さわ》りのない会話。俺は多分、彼女と仲良くなりたいと思っていた。義理の妹とか、引け目とか関係なしに、人間と人間として。彼女の事をもっと知りたいと思った。

「剣道部《けんどうぶ》ですわ」

「……なるほど」

「なるほどって何」

「イメージ通りだなと思って。絶対、風紀委員だろ」

彼女はムッとして、可愛《かわい》らしく睨《にら》む。

「また馬鹿にして」

「馬鹿にしてないから。それに、またってなに」

「……ひんにうとか」

颪に飛ばされて、何言ったか分からなかった。代わりに彼女はまくしたてる。

「大吾《だいご》さんって私のこと『子供だから仕方がないか』みたいな目で見ますわ。私が怒《おこ》ったり、理不尽《りふじん》な事言っても、ぷかぷか笑ってます。馬鹿にしてるわ。喧嘩《けんか》売ってる」

「馬鹿にしてないから！」

「じゃあ、子供扱《こどもあつか》いしてないの」

「そこは、中3だからなぁ」

ふんだ、と呟《つぶや》いて、彼女はソッポを向いた。子供らしく。中学3年生年相応に。そうだ。中学3年生だぞ？　そんな子に心配させて、ホントみっともねえったらありゃしねえ。

「……子供の成長は早いんだから」

獅子乃《ししの》ちゃんは俺の方を振《ふ》り返《かえ》ると、あっかんべーをした。やっぱり子供らしい仕草に、思わず笑ってしまう。それを見て、彼女はもっと唇《くちびる》を尖《とが》らせる。可愛《かわい》い女の子だな。

「ありがとうね」

「なんですの？」

「元気出た」

「え」

「俺、結構落ち込んでたんだ。『とわ』の事で。でも、もう終わりにしないとな。俺は間抜《まぬ》けだったけど、別に世界の終わりじゃないんだ。また1から婚活《こんかつ》すりゃ良《い》いだけさ」

最初からやる。そんなの慣れたもんだ。根性《こんじょう》とか気合いとか、そういうのには結構自信があるんだ。成功するまで諦《あきら》めない。口で言うほど簡単では無いけど、どうせやるしかない。

「まぁ、そしたら、獅子乃《ししの》ちゃんが義理の妹じゃなくなるのは、残念だけどさ」

「それは……私は……別に……むしろ良《い》いのだけれど」

獅子乃《ししの》ちゃんは視線を逸《そ》らしながら呟《つぶや》いた。やっぱり手厳しい女の子である。まぁ、でもそこは仕方がない。彼女には情けないトコばっかで、良《い》いとこは見せられてないし。

「大吾《だいご》さんは」

不意に彼女は視線の底を覗《のぞ》き込《こ》むようにして、俺を見つめた。

「――運命の人を探してるの？」

さっきのバー前での独り言を聞かれちゃったんだろうか。普通《ふつう》に恥《は》ずい。痛い奴《やつ》じゃん。

「そういう人がいたら、1番良くね？」

「……」

「分かってるよ？　そんなの幻想《げんそう》だってさ。運命なんて無いよ。漫画《まんが》みたいに空から女の子が降ってくるだなんてありえないだろ？　宇宙はそこにあるだけなんだ。分かってるけど……」

『運命の人』。それが居たら、どれだけ世界は美しいのだろか？　誰《だれ》かを愛するということ、愛されるということ。それはあんまり難しい。だけどもし、完全無欠のソレさえあれば。

「運命の人なんていないのは、分かってるんだけどさ……」

俺が苦笑《くしょう》気味に呟《つぶや》くと、獅子乃《ししの》ちゃんは真《ま》っ直《す》ぐに俺の視線を見つめた。紅い瞳《ひとみ》は今まで見たどんな宝石よりも美しくて、思わず体が固まってしまう。

「いるわ」

夜が深まってきた。真っ黒の空だ。暗闇《くらやみ》の近づいた世界で、彼女の真っ白の髪《かみ》は汚《けが》されることと無く輝《かがや》いていた。それは暴力的な純粋《じゅんすい》さに、夜の方がビビって近づけないせいだ。

「大吾《だいご》さんは運命の人に出会えます」

臆《おく》する事も躊躇《ためら》う事も苦笑い1つ浮《う》かべる事すら無く、彼女は言い切った。

「……もしかしたらもう、あなたの近くにいるのかも」

「それは……どういう……」

俺が尋《たず》ねると、ブレることのなかった彼女の視線が一瞬《いっしゅんゆ》揺らいだ。頬《ほお》が紅潮している。彼女の肌《はだ》は真っ白だから、気の毒なぐらいにそれがはっきり分かった。息もどこか荒《あら》いような気がした。緊張《きんちょう》している。彼女は唇《くちびる》の端《はし》をキュッと結んで、決心したように口を開く。

「私はあなたの」

「──ぎゃぁあああああ!! 誰《だれ》か助けてぇええええええ!!!!」

獅子乃《ししの》ちゃんの言葉は、必死な悲鳴に掻《か》き消《け》されてしまった。俺は辺りを見渡《みわた》す。

(どこからだ!? ……あそこか!)

高いビルの1室で、誰《だれ》かが窓から落ちそうになっていた。いや、殆《ほとん》ど落ちていた。その人は『助けて』と叫《さけ》んでいた。だったら選択肢《せんたくし》なんて必要ない。俺は地面を蹴《け》り上《あ》げた。

「大吾《だいご》さん!」

背後で獅子乃《ししの》ちゃんが叫《さけ》んでいた。だけど立ち止まる余裕《よゆう》はなかった。時は一刻を争う。『誰《だれ》か』は窓から飛び降りた。マジか。ヤバい。間に合うか。いや、間に合わせるしかない。

俺は一層必死に腕《うで》を振《ふ》って、腿《もも》を上げた。こんなに懸命《けんめい》に走ったのは一体いつ以来だろう?

空から女の子が降ってきた。

俺は手を伸《の》ばす。なんとか間に合いそうだ。でもそれだけじゃ駄目《だめ》だ。勢いを殺さないと。膝《ひざ》と腰《こし》をクッションにして、空から落ちてくる彼女を受け止める。

（いや、これは、当たりどころが良くないかも……！）

彼女を受け止めると同時に、俺の膝《ひざ》からバキン、と嫌《いや》な音がした。

「イテテ」

俺の腕《うで》の中で、黒髪《くろかみ》の少女が呟《つぶや》いた。どうやら無事なようで安心する。

「……大丈夫《だいじょうぶ》か？」

「君が助けてくれなかったら、大丈夫《だいじょうぶ》じゃなかった。ありがとね……っ」

ホっとしたような声。全く、どうしてビルから飛び降りなんてしたんだ？　自殺だなんて風には見えなかったけれど。そこで俺は初めて、彼女の顔を見た。言葉を失った。彼女は笑う。

「教えて。君の名前は？」

「おえ？　あっ……えっ……」

――美しい、なんてのは陳腐《ちんぷ》な形容だった。獅子乃《ししの》ちゃんの雪の結晶《けっしょう》のような儚《はかな》い美しさとは違《ちが》う。もっと肉食めいた、姫《ひめ》のように自信を纏《まと》わせた、宝石を想起させる美しさだった。見るだけで圧倒《あっとう》される。こんな綺麗《きれい》な女の子に触《ふ》れてるのか？　どくどくと、心臓に血流が集まるのを感じた。ヤバい。タイプだ。一目惚《ひとめぼ》れした。

（もう1度婚活《こんかつ》を再開しようと決意したら、空から女の子が落ちてくるなんて）

これこそ『アレ』なんじゃないの。あからさまなぐらいに『運命』って奴《やつ》なんじゃないのか。

このチャンスを絶対に逃《のが》したら駄目《だめ》だと思った。俺は必死に冷静を装《よそお》って、口を開く。

「俺は、御堂大吾《みどうだいご》です」

「げっ」

げって何だ。彼女の顔色は真っ青だった。頬《ほお》には、たらりと汗《あせ》が流れていた。高い所から落ちてどこか痛めたとかじゃなさそうだ。彼女は俺の名前を聞いてから顔色を変えたんだから。

「あっ」

獅子乃《ししの》ちゃんの声が背後に響《ひび》く。彼女は俺の腕《うで》の中に居る少女を見てワナワナと震《ふる》えていた。

「おねえさま」

お姉さま。彼女は今、そう言ったのか？　千子獅子乃《せんじししの》の姉。それはつまり――

「……はじめまして大吾《だいご》クン。私は千子兎羽《せんじとわ》。君の愛するお嫁《よめ》さんだヨ」

――背後で、獅子乃《ししの》ちゃんがブチ切れる音がした。

第5話　真打ち登場（雑魚《ざこ》）

千子兎羽《せんじとわ》はふにゃふにゃと笑いながら、俺のアパートで胡座《あぐら》をかいていた。

「これ修羅場《しゅらば》？　ジャパニーズ修羅場《しゅらば》ってやつデスカ？」

「リン。撮影《さつえい》しろ。スマホスマホ」

リンゲイトとシーハンが部屋の外から覗《のぞ》いていた。速攻《そっこう》で締《し》め出《だ》す。リンの奴《やつ》は仕事はどうしたんだよ？　さっきまでバーで働いてたくせにもうデバガメしてやがる。

「……それで、お姉さま！」

獅子乃《ししの》ちゃんが兎羽《とわ》を睨《にら》んだ。兎羽《とわ》は冷《ひ》や汗《あせ》をかきつつ視線を逸《そ》らした。

「大吾《だいご》クン。Ｓｗｉｔｃｈ持ってるんだ。今度すぷらやろうぜーい」

とぼけた。こいつマジか。

「お姉さま！」

のらりくらりと躱《かわ》そうとする兎羽《とわ》。ぷんぷん怒《おこ》る獅子乃《ししの》ちゃん。

(何となく2人の関係性が分かった気がするな……)

獅子乃《ししの》ちゃん、振《ふ》り回《まわ》されて来たんだろうなぁ。

「人様を騙《だま》し、挙げ句全てほっぽって逃《に》げるとは。千子家《せんじけ》の恥《はじ》にも程《ほど》があります」

「……今日もカワイイね、しぃしぃ？」

獅子乃《しの》ちゃんの視線が凍《こお》った。絶対零度《ぜったいれいど》に。

「大吾《だいご》さん。長めの棒ありますか。先端《せんたん》に棘《とげ》があるとなお良《い》いです」

「落ち着いて」

棘《とげ》付きの棒とか無いよ。あったら怖《こわ》いよ。

「獅子乃《しの》ちゃん。ちょっと俺と兎羽《とわ》と2人だけにさせて貰《もら》って良《い》いかな」

本来なら俺はもっと怒《おこ》って、兎羽《とわ》に文句の1つでも言うべき所だったのかもしれない。だけど獅子《しし》の如《ごと》く怒《おこ》る獅子乃《しの》ちゃんを見ていると、俺は寧《むし》ろ妙《みょう》に冷静になっていた。

「あ、分かりました。では私は遺体を運ぶ車を用意してきます」

「姉を謀殺《ぼうさつ》しようとしないでよ⁉」

叫《さけ》ぶ兎羽《とわ》を、獅子乃《しの》ちゃんは猛獣《もうじゅう》の視線で睨《にら》んだ。

「冗談《じょうだん》ですわ、お姉さま。……でもそれぐらい怒《おこ》っているということをお忘れなく」

獅子乃《しの》ちゃんは去っていく。

（……怒《おこ》った獅子乃《しの》ちゃん、怖《こわ》すぎるぜ）

俺は改めて、兎羽《とわ》と真《ま》っ直《す》ぐ向き合った。

（胸でっか……⁉）

まずそこに思考が絡《から》め取《と》られかけたけど、頰《ほお》を叩《たた》いて邪《よこしま》な考えを振《ふ》り払《はら》う。

「あ。大吾《だいご》クン、今胸見た」

「今邪《よこしま》を払《はら》ったトコなんで、そこつつかないでもらっていいですかね」

兎羽《とわ》は胸を強調してウインクした。何てふにゃらかな女の子なんだろう。

「それで、何があったんだよ？」

「うーん」

「あんな高い建物から飛び降りるなんて……」

「あ、そっち？」

「そっちしか無いだろ」

無くは無いけど、と兎羽《とわ》は呟《つぶや》いてから。

「私が君を騙《だま》した話はしなくていいの？　あのかったるい婚約者《こんやくしゃ》から逃《に》げるために……」

「あぁ。まぁそっちの話もあるか」

「私は法的には君の妻なのに、着拒《ちゃっきょ》して逃《に》げ回《まわ》ってたわけだし」

「……改めて考えると、ほんとヒデー話だなぁ」

これ俺、出るとこ出れば普通《ふつう》に裁判とか勝てるんじゃないか。いや絶対しないけどさ。たぶん俺はそういう事にエネルギーを使うのが苦手だ。もっと下らない事だけしていたい。

「でもやっぱまずは飛び降りの方だよ。兎羽《とわ》は何か、不手《まず》い事に巻き込まれてるのか？」

「えっ」

「誰《だれ》かから逃《に》げるみたいだっただろ。大丈夫《だいじょうぶ》なのかよ」

「…………………」

兎羽《とわ》はジーッと、俺の表情を観察するように見つめた。彼女の視線は酷《ひど》く静かで、何を考えているか分からなかった。触《ふ》れ合《あ》い動物園のポニーとかと少し似た瞳《ひとみ》だと思った。

「……君は本当に、大吾《だいご》クンだなぁ」

彼女は本当に嬉《うれ》しそうに、にへっと笑った。

「えっ。何だよ⁉」

「ううん。たださ。電話で話してた通りの人だなって」

それは、俺も感じていたことだった。兎羽《とわ》のこの人を食ったような感じ。ふにゃふにゃ笑ってのらりくらりしてる感じ。何を考えてるかわからなくて、霧《きり》や霞《かすみ》を押すような感覚。

——それは全部、電話をしていた時の『とわ』そのものだった。

「飛び降りたのは、ただねぇ。変な幻覚《げんかく》を見てただけと言うか」

「は？」

「最近、ナース服の人魚みたいな幻覚《げんかく》が見えるんだよねぇ。それから逃《に》げようとしてたの」

だからマジかこの人。

「……ほんとにヤベー嫁《よめ》だな」

幻覚《げんかく》て。それならまだ借金の取り立てから逃《に》げてたとかの方が安心出来たぞ。

「あ、変な薬とか茸《きのこ》とかはやってないので。多分、ただの過労だと思う」

彼女は取り立てて気にしていないようだった。俺はかなり気になるんですけどね。例え過労でもよ。それって相当ヤバい状況《じようきよう》なんじゃないか？　けどそれよりも話したい事があるようだ。

「それでー」

兎羽《とわ》は視線を逸《そ》らしながら、困ったような顔で呟《つぶや》く。

「離婚《りこん》、する？」

「何？」

「だってほら。私のこと、嫌《きら》いになったでしょ。こんな最低人間。もう顔も見たくないでしょ。あ、それとも裁判で詐欺《さぎ》だって訴《うつた》えて婚姻無効《こんいんむこう》、の方が良《い》いのかな。好きにして」

「あー」

確かにその問題があったか。思い出して、流石《さすが》に重い気持ちになるのだけれど、話し合う必要は絶対にあるだろう。俺は視線を逸《そ》らしながら、頭を掻《か》く。

「必要なんだろ？　結婚《けっこん》証明書」

「えっ」

「全部終わってからでいいよ。そっちのゴタゴタ。俺も当分、彼女とか出来ないだろうし」

「………………」

「ただ、着拒《ちやっきよ》はもうやめてくれよな。別に嫌《きら》いとか。そんな風には思ってないからさ」

呟《つぶや》いて、兎羽《とわ》の顔を見た。彼女は泣きそうな顔で、俺のことを見つめていた。彼女がそんな表情をするだなんて、露《つゆ》ほども思わなかった。俺は思わず、言葉に詰《つ》まる。

「なんで……」

彼女はくしゃりと表情を歪《ゆが》ませて、かき集めるみたいにして言葉を並べた。

「なんで……そんなに、お人好《ひとよ》しなのさ……」

俺は少しだけ笑ってしまった。なんだか嬉《うれ》しかったんだ。やっぱり彼女は――『とわ』だ。俺の知っている通りの人だった。何百時間もお喋《しゃべ》りした時間は無駄《むだ》じゃなかった。

「邪魔《じゃま》するぞー」

不意に部屋の中に、シーハンの奴《やつ》が入ってきた。兎羽《とわ》は驚《おどろ》いてぴくりと震《ふる》えて、俺は何となく来そうな気がしていたのでため息を吐《つ》く。こいつには隠《かく》し事《ごと》を通せた試《ため》しがない。

「そろそろ行くぞ馬鹿」

シーハンが俺の肩《かた》を摑《つか》んで、無理やり立ち上がらせた。

「えっ。なに。どこ行くの？」

兎羽《とわ》の当然の質問に、シーハンは面倒《めんどう》くさそうに眉根《まゆね》を寄せる。

「こいつの骨、折れてる。いい加減病院連れて行かんと」

「へっ？」

「顔色わりーし。汗《あせ》すげーし。……はぁ。お前ホント、痩《や》せ我慢《がまん》も大概《たいがい》にしろよな」

飛び降りた兎羽《とわ》を抱《だ》きとめた時のことだ。多分、俺の足の骨は折れて、腰《こし》の方もいわしていた。先に兎羽《とわ》と落ち着いて話したくて、後でこっそり病院に行こうと思ってたんだけど……。確かにそろそろ限界で、痛みがヤバい。正直、1人で歩くのだって無理そうだ。

「下にタクシー呼んでるから。行くぞ」

シーハンの肩《かた》に寄りかかりながら歩き出す。

「あ。あの。……えっ」

兎羽《とわ》が心配そうな声で手を伸《の》ばした。

「大丈夫《だいじょうぶ》。オオゴトじゃ無いからさ。今度落ち着いて話そうよ」

完全に勘《かん》だけど、きっと着拒《ちゃっきょ》は解いてくれるだろう。彼女と顔を見合わせて話して、なぜだかそれを明確に感じた。『兎羽《とわ》』は『とわ』だ。それだけわかればよかったんだ。

「またね」

小さな部屋に、兎羽《とわ》が1人だけでぽつんと取り残されていた。

■

私——千子《せんじ》獅子乃《ししの》は、自室にて1人、ソワソワとしておりました。

（お姉さまと大吾《だいご》さん、どうなっちゃうのかしら）

まさか大喧嘩《おおげんか》、とかはなっていないと思うけど。２人の性格的に。大吾《だいご》さんはノホホンとして喧嘩《けんか》だなんて嫌《きら》いだろうし、お姉さまはビビリなのでそんな風になる前に逃《に》げるだろう。

（……やっぱり。離婚《りこん》。ってことになるのかしら）

1番中庸《ちゅうよう》な判断はそれだ。

（だったら……大吾《だいご》さんは独身、に、なるのよね）

誰《だれ》と付き合ったって構わない身分になる。だったら、私だって……。

（って、一体、何を考えてるのよ私はぁ⁉）

姉と離婚《りこん》したばかりの男性をそんな視線で見るなんて、流石《さすが》に不潔過ぎます。人としての品性の問題。大体、私は大吾《だいご》さんの事なんて、なんとも思ってないし。

（確かに、あの『夢』は気になるけれど――）

西暦《せいれき》1960年代の私。メイドさんをやっていて、腕《うで》にはホール・ガンを仕込《しこ》んでいて、ナース服の人魚みたいなＡＩと一緒《いっしょ》に路地裏を泥《どろ》だらけで這《は》いずり回《まわ》る。なんて酷《ひど》くて滅茶苦茶《めちゃくちゃ》な、夢らしい夢。まとまりが無いのが何ともソレらしい。

（あの夢の、ちっちゃな大吾《だいご》さん。……可愛《かわい》かったな）

小さな私のご主人さま。私はいい歳《とし》なのに、彼に惹かれていて。きっと、多分、好きだった、のだと思う。その恋心《こいごころ》が、目覚めた今でも妙《みょう》に胸にこびりついたままで、私は彼を見るとドキドキが止まらなくなっていた。

（こんなのきっと勘違《かんちが》い。わかっているんです。分かっている。分かっている、のだけれど）

――生春巻きとバインセオ。それに牛肉のフォー。1960年代の私が、よくご主人さまに作ってあげた料理。料理なんてしたことも無かったのに、子供の頃《ころ》食べた味を一生懸命《いっしょうけんめい》思い出して、調理したんだ。大吾《だいご》さまはそれが好きでいつも嬉《うれ》しそうに食べていたのを、思い出す。

（現実の私はベトナム料理なんて作ったこと無いのに）

どうして、手慣れた手付きで調理することが出来たのだろうか？　まさかあれは……。

（あんなの、夢。夢に……決まってる……）

だってそうじゃなかったら――困るもの。

（あれが私たちの『前世』だったら？　私の『運命』の人が大吾《だいご》さんだったら？）

大吾《だいご》さんはお姉さまと結婚《けっこん》してるのよ。例えそれが形だけの物でも。心なんて無くても。

「しぃしぃ～。今入って良《い》い～？」

ドア越《ご》しに声が聞こえて、私はのぞき穴からその人物を確認《かくにん》する。

「お姉さま」

ドアを開くと、見慣れた長身の女性が立っていました。相変わらず同性の私が見ても息を呑《の》むほどの迫力《はくりょく》を持った美しさで、まるで彼女の立っている所だけ重力が歪《ゆが》んでいるみたい。

（……こんなの、勝ち目があるわけ無いわ）

比べて私は、ちびのちんちくりんだし。肌《はだ》も髪《かみ》も目もヘンテコな色で気味が悪いし。

「この辺で食べれるトコってあるかな。コンビニでも良《い》いんだけど」

お姉さまは、ぐぅ。とお腹《なか》を鳴らしていた。


お姉さまはミラノ風ドリアに山程《やまほど》粉チーズをかけていた。不健康である。

「それで、そっちの方はどう？　問題は無い？」

サイゼリヤの特有な雰囲気《ふんいき》の中で、私はドリンクバーから持ってきたコーヒーで唇《くちびる》を湿《しめ》らす。

横浜中華街《よこはまちゅうかがい》は飲食店でいっぱいだけど、観光街なので閉店する時間が早い。この時間にはもうやっているお店は少ないので、私たちは近くのサイゼリヤを訪《おとず》れていた。

「そんなことより」

私は彼女を見つめた。……というより、睨《にら》んだ。

「大吾《だいご》さんの事、余り困らせないで下さい」

「へっ」

大きな目をパチクリとさせながら、お姉さまは驚《おどろ》く。

「どうしたの。珍《めずら》しいね、君がそんな事を言うなんて」

「そうかしら？」

「だって。しぃしぃって基本、他人に興味無いでしょ」

そう言われると、私は少し言葉に詰《つ》まった。確かにそう。いつもだったらお姉さまが他人に何しようと気にしない。私は大吾《だいご》さんとは違《ちが》う。そう簡単に他人に深入りしない。

「私はただ、大吾《だいご》さんに恩があるだけ。一宿一飯の恩がね」

私は我ながら苦しい言い訳を並べてごまかした。私——千子獅子乃《せんじししの》の事を世界で1番理解しているのは、この姉——千子兎羽《せんじとわ》なのだ。そしてそれは、逆にも全く同じ事が言える。

「相変わらず、義理堅《ぎりがた》いねぇ」

「お姉さまほど、ちゃらんぽらんではありませんので」

私たち程《ほど》正反対の姉妹《しまい》も中々居ないだろう。真っ白な髪《かみ》の私に、真っ黒な髪《かみ》の彼女。完璧主《かんぺきしゅ》義者で潔癖《けっぺき》の私に、刹那《せつな》主義的で適当な彼女。テレビの趣味《しゅみ》も好きな歌手も何もかも違《ちが》う。

私たちは反対過ぎて、お互《たが》いが分かり合う事なんて1度も無かった。けれどその違《ちが》いを、私たちは大切に思っていた。理解出来ない事。それは決して悪いことだけでは無いからだ。

「……大吾《だいご》クンって、どんな人？」

お姉さまは真緑のメロンソーダをストローで弄《いじ》る。

「どんな人と言われても」

未《ま》だ出会って2、3日の仲だし。余り深い会話とかしたわけでもないし。彼の事を語るには、私は彼の事を知らなさすぎる。余りペラペラ喋《しゃべ》るのは礼を失しているように感じた。

（1960年代の彼のことなら、いくらだって知っているのに）

そんな下らない勘違《かんちが》いに苦笑《くしょう》しながら、私は口を開く。

「真面目な人。バカがつくぐらい」

「うん」

「面倒《めんどう》見が良すぎる。お人好《ひとよ》しね」

「そうなんだ」

「あと、頭が悪いのかなってぐらい……」

私は少しだけ言《い》い淀《よど》んだ。何故《なぜ》だかそれを、お姉さまに言いたくなかったんだ。その想《おも》いを自分の物だけにしたいという、願望があった。けれどそれを認めてしまうと私は崩《くず》れてしまいそうで、懸命《けんめい》に言葉を続ける。続けなければいけなかった。それは義務に近かった。

「……やさしい」

大吾《だいご》さんはいつでも私に優《やさ》しくしてくれた。それだけは確かだ。

「何か、ちょい悪口入ってんね」

お姉さまは笑う。だって仕方がない。この人の前で、私は彼の良《い》い所を話したくなかった。

「それでお姉さまはこれから、どうするの」

彼女は少しだけ困ったような顔をした。珍《めずら》しい。この人はいつもふにゃふにゃ笑って、他人に感情を見せないようにしてるのに。まるで本当に他人のために悩《なや》んでるみたいだ。

「お姉さま、何かあったの？」

「あったと言うか、なかったと言うか」

私は首を傾《かし》げた。彼女は続ける。

「……私てっきり、大吾《だいご》クンに会ったらビンタぐらいはされるかなって思ってて」

「甘すぎ。それで済んだら御《おん》の字《じ》だから。裁判沙汰《ざた》だからねこんなの」

お姉さまは、しぃしぃは厳しいなぁと笑った。私は多分、彼女のしたことを許せていないんだろう。だけど心の整理は付かなくて、厳密に定義するのは難しい感情だった。

「でも、何もしなくてさ。あの人、困ったみたいに笑ってるだけでさ」

彼女は静かな声色《こわいろ》で呟《つぶや》く。

「……いっそ叩《たた》いてくれたら良かったのに」

何となく、お姉さまならそう思うだろうな、と私は感じた。表面上の痛みを怖《こわ》がるような人では無いから。けれど臆病《おくびょう》過ぎるぐらいに臆病《おくびょう》で、人の心から逃《に》げてばかりの人だから。

「お姉さま。もう大吾《だいご》さんに近づかないで」

「え？」

「あなただってこれ以上のトラブルはごめんでしょ。これ以上踏《ふ》み込《こ》む勇気はないでしょ」

大吾《だいご》さんは優《やさ》しい人だ。私の恩人でもある。これ以上、煩《わずら》わせたくない。

「どしたの、しぃしぃ。本当にらしくないね」

私たちは正反対で、お互《たが》いを全く理解出来ない。だからこそ、お互《たが》いのやることに文句をつけた事はなかった。それが私たちのリスペクトで、心地《ここち》の良《い》い距離《きょり》感だ。

「流石《さすが》に今回はやりすぎ。分かっているんでしょ？」

私が尋《たず》ねると、お姉さまは笑った。

「マジでなに？　あはは。——まさか大吾《だいご》クンに惚《ほ》れちゃったわけ？」

彼女は古臭《ふるくさ》い出来の悪いジョークでも言うみたいに笑っていた。まるでＵＦＯが牛を連れ去ってしまったみたいな、ナンセンスな都市伝説でも話すみたいに。

「どしたのしぃしぃ」

「……何がですの？」

「だって君。人でも殺しそうな目で私を見るから」

私は苦笑《くしょう》した。

「お姉さまは、被害妄想《ひがいもうそう》が過ぎますわ」

「人を誇大妄想狂《こだいもうそうきょう》みたいに言わないで」

「実際それなりにそうでしょ。この秘密主義者の人間不信」

「あは。人を非難できるわけ？　この友達０人の冷血人間」

２人で言い合って、すぐに２人でクスクス笑った。私たちはあんまり欠点まみれで、だからこそ一緒《いっしょ》に居ると安心する。それが私の彼女を愛する理由で、きっと彼女も同じだろう。

「ねえ、お姉さま。私ずっと、不思議だった事があるの」

「何？」

「大吾《だいご》さんのこと騙《だま》すつもりだったんでしょ。利用するつもりだったんでしょ？」

「まあね」

「それなのに——どうして毎晩、彼に電話してたわけ？」

面倒《めんどう》くさがりのあなたが。狡猾《こうかつ》で賢《かしこ》いあなたが。他人と触《ふ》れ合《あ》う事を極度に避《さ》けるあなたが。

お姉さまは静かな表情でそっぽを向くと、興味無さげにミラノ風ドリアをスプーンで掬《すく》った。

それを見て、私はやっぱり、私たちが姉妹《しまい》なんだと思い知る。

■

帰りのタクシーの中で、俺はため息を吐《つ》いていた。

「ギプスなんか大げさだ」

「一応ヒビは入ってんだし仕方がないだろ、大吾《だいご》」

シーハンはスマホをぽちぽちと触《さわ》りながら応えた。画面を見ると、ソシャゲの周回をしている所だった。最近宣伝をよく見る、女の子が銃《じゅう》を持って戦うゲームだ。

「付《つ》き添《そ》い、サンキューな」

今度は彼女の方がため息を吐《つ》く番だった。

「お前ね。それはマジだぜ。ボクが出張らなかったらどうする予定だったんだよ」

「『耐《た》える』1択《たく》！」

軽く頭を小突《こづ》かれる。実際、真紫《まむらさき》になっていた足は痛み止めがあってもジンジンと痛みを訴《うった》えていた。だが今はそんな事よりも考えるべきことが俺にはあるのだ。

「……俺、これからどうしたら良《い》いのかな」

俺は親友に泣き言をほざいた。彼女は鼻で笑う。

「恋《こい》バナがしたいならリンに頼《たの》めよ。全部間違《まちが》った方向に導いてくれるぜ」

「そう言わずに！　お前しか頼《たよ》れる奴《やつ》が居ないんだよ～！」

シーハンは面倒《めんどう》くさそうに俺を見た。

「ボクだったら、全部清算する。犬に噛《か》まれたと思って、さっさと次に進むね」

「……そうだよな。……そうする、べきだよな」

彼女は俺の視線を観察して、まさか、と呟《つぶや》く。

「未練があるんだな」

「ぎくっ」

「お前の好みだろうなと思ってたんだよ！　あーいう女好きだもんな。性格悪い女！」

「せ、性格悪いは言い過ぎだろ。それにあかね（元妻）は、そういう人じゃなかったし」

それはそうだけど、と彼女は眉根《まゆね》を寄せる。

「お前……振《ふ》り回《まわ》されたい願望があるからなぁ……。マゾなんだよ、マゾ」

「ええい、黙《だま》れぃ」

「学生の時。エロい店で亀頭《きとう》ローター責めする玩具《おもちゃ》買っててさ、ドン引きしたもんね」

「い、いやアレは友達に誕生日プレゼントで送っただけだし。お、俺のじゃないし……」

幼馴染《おさななじみ》はこれだから困る。ガキの頃《ころ》のイタい思い出とか普通《ふつう》に覚えてんだもんな。

「それより、俺にアドバイスでも何でも良《い》いからくれよう」

「うーん。ならボクがNYで学んだことを教えてやろう」

彼女はタクシーの窓から、横浜《よこはま》の夜景を眺《なが》めていた。

「言うだろ。心のままに従えとか、やらない後悔《こうかい》よりやる後悔《こうかい》とか。ああいうアドバイス」

「うん」

「下らないデマだよ」

「何？　後悔《こうかい》してんの。なんか」

「まぁそりゃあるさ。結局やるかやらないかなんて自分の頭で考えるしか無いんだ。正答は無い。失敗もするし後悔《こうかい》もするだろ。誰《だれ》も負け犬にインタビューなんてしないから、まるで挑《ちょう》戦《せん》をすることが正義みたいな面してるけど。5歳児でも知っているような事だよ、カスみてぇな一言で片が付くほど、人生が複雑で簡単じゃないなんて事はさ……」

イエン・シーハンは皮肉っぽく笑って、視線をスマホに落とす。

「ちょっと待て。それで終わりか？　結局何が言いたいんだよ」

「他人にアドバイス垂れる事自体——そしてそれを求める方も——クソって話だ」

友達とは思えない酷《ひど》い言い草である。

「好きに生きて、好きに死ぬ。ボクたちは本質的に、それ以外の事は出来ないよ」

何とも彼女らしいシニカルな論理だ。それは俺が持つことは無いだろう信念だ。俺はそんなこの親友が嫌《きら》いではない。だからずっと、誰《だれ》よりも一緒《いっしょ》に居続けたのだから。

「複雑で簡単じゃないから、俺は誰《だれ》かと一緒《いっしょ》になりたいのかもな」

「しょーもない雑魚《ざこ》だな」

彼女は薄《うす》く笑ってから、スマホの画面をタップし始める。


アパートに戻《もど》って部屋に帰る。見慣れた自室で、俺は一息ついた。

（朝から夜まで色々あって、大変な1日だった……流石《さすが》に疲《つか》れたな）

ズボンをさっさと脱《ぬ》ぐと、冷蔵庫からビールを取り出す。

「ぎゃ」

背後の声に振り向《む》く。――兎羽《とわ》が居た。

「……大吾《だいご》クンてトランクス派なんだ」

「ぎゃっ」

次はこっちが叫《さけ》ぶ番だった。速攻《そっこう》でズボンを穿《は》く。

「ま、未《ま》だ部屋に居たのか!? てっきり帰ったもんだと」

彼女は真っ黒な髪《かみ》を靡《なび》かせて、窓の外を見た。

「私たちって一応、今、夫婦《ふうふ》なわけじゃない」

「……それは、そうだね」

「電話とかで。私たち、一緒《いっしょ》に住もうって話してたわけじゃない」

「それもそうだね」

「君が足を骨折したのは私を助けたせいじゃない」

「どうしたの？ なんの話してる？」

「うーん。外堀《そとぼり》を埋《う》めてる？」

兎羽《とわ》は人懐《ひとなつ》っこくふにゃふにゃ柔《やわ》らかく笑っているくせに、その感情を読ませない。獅子乃《ししの》ちゃんのいつもムスっとしているくせに感情の起伏《きふく》が分かりやすい所と正反対だ。

「――私。このままこの部屋に泊《と》まっていこうと思って」

兎羽《とわ》は当たり前の事を言うみたいに笑った。俺は石像のように固まった。

（え。どういう事だ。急に、何の心変わりなんだ⁇）

だって昨晩は着拒《ちゃっきょ》されてたんだぞ。俺は騙《だま》されてて、夫婦《ふうふ》生活は終わりを告げたんじゃなかったのか。いや、待って。この部屋に住むって？　この狭《せま》いワンルームで？　こんな……綺《き》麗《れい》な女性と一緒《いっしょ》に？　それは何だ。何て言うか。何だ。急過ぎやしないか。

「俺。全然、心の準備が出来てないんですけど」

彼女はへらっと笑った。

「私も～」

そっちもなんかい。

「男子の部屋に泊《と》まるとか初めて。彼氏《かれし》居た事ないし。膝震《ひざふる》える程《ほど》ビビってるし。処女だし」

「そんな真《ま》っ直《す》ぐな目でよー言えたな」

なんてハートが強いんだ。

「……でも一応未《ま》だ妻なんだから。義務があるというか権利があるというか」

「えーっと。それはアレ？　罪滅《つみほろ》ぼし的な、そういうやつ？」

「う――――ん。まぁそんな感じかなぁ……強《し》いて言えば……？」

全然自信無さそうじゃん。じゃあ逆に何でなんだよ。マジでわかんねぇよ。怪訝《けげん》そうな顔をしている俺を見て、兎羽《とわ》は流石《さすが》に恥《は》ずかしそうに視線を逸《そ》らす。

「だって……大吾《だいご》クン、私のこと、嫌《きら》いとかにはなってないって、ゆった」

「そ、それは……言ったけど」

「じゃあ。まだ。好きなの」

真《ま》っ直《す》ぐに尋《たず》ねられて、狼狽《うろた》える。今更《いまさら》だが、俺はこの人の性格と顔が滅茶滅茶《めちゃめちゃ》好みなのである。ぶっちゃけかなり未練がある。チャンスがあるなら縋《すが》りたい。男らしくないのは承知だけど。だけど！　だけどぉ！　え、良《い》いのか？　ここで流されちゃって、良《い》いのか⁉

「……兎羽《とわ》は俺と結婚《けっこん》生活をする気が、未《ま》だあるってこと？」

彼女は急にすっと静かな表情になる。

「別に私は、離婚《りこん》したいとかゆってないし」

「着拒《ちゃっきょ》したじゃん」

「……それは……だって……色々あったっていうか」

色々って何だよ。気になるけど、今尋《たず》ねるべきなのはもっと根本のところだ。

「兎羽《とわ》は、俺の事、好きなの」

静かな表情――ではなく、彼女の頬《ほお》は真っ赤に染まっていた。必死にそれを隠《かく》していたんだ。

今思えば彼女は最初からそうだった。ずっと表情を偽《いつわ》っていた。

「と、とにかく！　いーじゃん！　私たち夫婦《ふうふ》なんだから。大吾《だいご》クンは、イヤなんですか！」

そこで逆ギレするんかい。俺は酷《ひど》く狼狽《うろた》えていた。マジでどうすれば良いんだ、俺は⁉　でも、何となく分かった事があった。

（これ別に、脈が無いって訳でも無いのか……？）

兎羽《とわ》からは完全に騙《だま》されているだけで、俺に対しての感情が無いのかと思っていた。でも見た感じ、そういう訳でも無さそうだ。彼女の気持ちは分からない。

（俺との結婚《けっこん》は、『許婚《いいなずけ》』と別れるための口実じゃなかったのか……？）

何もわからない。けれどここで彼女を拒《こば》むのは、違《ちが》う気がしたんだ。

「良《い》いよ。俺たちは夫婦《ふうふ》なんだから。好きなだけ泊《と》まっていけばいい」

兎羽《とわ》は小さな声で、おっけ。と呟《つぶや》いた。静かな声色《こわいろ》。静かな表情。けれどやっぱりほっぺだけが真っ赤で、そういう所、良《い》いなと思った。

「それじゃあ大吾《だいご》クン。早速《さっそく》……」

「何？」

「一緒《いっしょ》にお風呂《ふろ》、入ろっか」

この嫁《よめ》、ほんとヤベーやつだな。

かぽーん、というアニメとかドラマとかでよく聞くお風呂《ふろ》の擬音《ぎおん》、あれって一体何なんだろうね？　俺は脱衣所《だついじょ》で震《ふる》えていた。一方、兎羽《とわ》は静かな表情で当たり前みたいに佇《たたず》んでいた。

「はい大吾《だいご》クン、まず上から脱《ぬ》がすよ。ばんざーい」

「ね、ねえ。マジなの？　今、マジなのか、兎羽《とわ》!?」

彼女は子兎《こうさぎ》のように首を傾《かし》げる。

「だって足骨折させちゃったの私だし。お風呂《ふろ》1人で入って滑《すべ》ったら大変だし」

「あの。滅茶滅茶《めちゃめちゃ》恥《は》ずかしいんですけど」

兎羽《とわ》はふにゃっと笑った。

「私も〜」

無敵かよ。

「ぶっちゃけ、なんかえっちじゃないこれ？　羞恥心《しゅうちしん》で死にそう。心臓ばくばく」

「……その割に余裕《よゆう》そうな顔してるけど」

「そんな事ないよ。私、映画の濡《ぬ》れ場《ば》とかも早送りするぐらい苦手だし」

とか言いつつ、ふにゃふにゃ笑っている。何て得体の知れない女性なんだろう。

「あ、でも大吾《だいご》クン。同じ部屋に居る上で守って欲しい事があるんだけど」

「なんスカ」

「エッチな事は、ナシで」

「えっ」

「何だその反応は。もしかしてがっつくつもりだったな」

いや、がっつくとかでは、無いけれど。かなり期待していた気持ちは勿論《もちろん》あった。男だもん。

「……だって……まだ……心の準備、出来てないし」

彼女は顔を真っ赤にして呟《つぶや》いた。俺はそれを見て何となく気がつく。

「もしかして、兎羽《とわ》って……」

「何？」

「意外とビビリ？」

「は？　雑魚《ざこ》じゃないが」

「胸触《むねさわ》っていいか」

「ナナナナナ」

兎羽《とわ》は顔を真っ赤にして、俺から距離《きょり》を取った。

「……かかってこい。君が襲《おそ》ってきた瞬間《しゅんかん》、ジョルトブローでその顎《あご》を打《う》ち砕《くだ》く」

普通《ふつう》に手を伸《の》ばした。

「にゃ――――!!」

兎羽《とわ》は泣きながら逃《に》げていった。

（……なんて人間的に弱いんだ）

俺は今がチャンスだとばかりに急いで服を脱《ぬ》いで、風呂《ふろ》に入る。

「ふぅ」

温かいお湯に漬《つ》かって、次こそ俺は一息ついた。ギプスは濡《ぬ》らせないので、狭《せま》い浴槽《よくそう》から足だけを出しておく。すぐにガラリと浴室のドアが開いて、黒髪《くろかみ》が視界で揺《ゆ》れた。

「……私を締《し》め出《だ》すためにビビらせたな」

「ぎゃ！　ちょっ、入ってこないでよ⁉」

「妻を害獣《がいじゅう》のように追《お》い払《はら》うとはどういう了見《りようけん》だ。アライグマか私は」

「夫を着拒《ちゃっきょ》した妻に言われてもね」

ちょっと待ってねと、呟《つぶや》いて彼女は洗面所に戻《もど》っていった。何だ？　すぐに気づく。そっちから衣擦《きぬず》れの音が響《ひび》いている事に。マジか。こいつ。もしかして服を脱《ぬ》いでいるのか。

(待った待った。それは流石《さすが》に心の準備ができてないって！)

がらり、と浴室のドアが開く。

「せめてお背中ぐらいは流させて貰《もら》うよ、大吾《だいご》クン」

「……その格好は、ナニ」

「あ、これ？　ダイビングスーツ。乾《かわ》くの早いんだ」

何でそんな物を。とか。せめて水着が良かった。でもちょっとこの展開は読めてたな。とか色々思いはしたけれど。俺は、ぶくぶくと風呂《ふろ》の中に沈《しず》んでいく。

人間が眠《ねむ》る時に使う物と言えば、皆《みな》さんご存知《ぞんじ》お布団《ふとん》である。

「こっちからこっちまで私の領土ね。こっちに入ってきたら戦争するから」

兎羽《とわ》は可愛《かわい》らしいパジャマを着つつも、警戒心《けいかいしん》剝き出《だ》しで唸《うな》った。

「……そんな警戒《けいかい》するなら、泊《と》まっていくとか言わなかったら良かったのに」

「だ。だって。……私、未《ま》だ、妻だもん。妻と夫は一緒《いっしょ》に寝《ね》るんだよ」

妻、なんだな。妻って言ってくれるんだな。

「言うて、妻は布団《ふとん》の領土アピールとかしないと思うんですけどね」

一体、兎羽《とわ》は何を考えてここに泊《と》まると言い出したんだろうか？　正直サッパリ分からない。

介護《かいご》は献身的《けんしんてき》にしてくれて、そこはありがたかったけど。

「一応言っとくけど兎羽《とわ》。今アンタ、襲《おそ》われても文句言えんからね」

「け、けーさつ呼ぶから」

「……何て言うんだ？　夫に寝込《ねこ》みを襲《おそ》われましたって？」

「あぅうう」

彼女は目を回していた。レスバが弱いぞこの人。

「大丈夫《だいじょうぶ》。そんな事しないよ。そっちの気持ちが固まるまで、怖《こわ》がらせるような事はしない」

「……大吾《だいご》クン」

彼女はジーッと俺の表情を見つめる。

「──ホントに、私の魅力《みりょく》にメロメロなんだねぇ」

「え？」

「ごめんね罪作りな女で。流石《さすが》に私かわいすぎるよね……分かる」

「…………」

「あんな身勝手な振《ふ》る舞《ま》いされるのにそんな優《やさ》しくしちゃうなんて。着拒《ちゃっきょ》して一生逃《に》げ回《まわ》ろうとした女にだよ？　よっぽど私のことが好みなんだね。かわいそぉ……」

1回マジで討伐《とうばつ》したほうがいいんじゃないか、この妻。

「でも私、まだ自分の気持ちに戸惑《とまど》ってるっていうか！　ほんとに結婚《けっこん》なんかするつもりなの？　ってビビってるっていうか！　もーちょっとだけ振《ふ》り回《まわ》されて。お願い！」

「そんな無茶苦茶なお願いがあるか」

つーか『ほんとに結婚《けっこん》なんかするつもりなの？』ってなんだ？

「もうしてるんだよ！　法的に娶《めと》ってるんだよ、アンタを!!」

「……ま。まぁ。その。そうなんですけど。嫁《よめ》、なんですけど」

兎羽《とわ》はもじもじと前髪《まえがみ》をイジる。その小動物みたいな仕草が妙《みょう》に可愛《かわい》くてこれ以上何も言えなくなってしまった。要は彼女の言う通りなのである。

「……とりあえず。電気消すよ」

うん、と彼女は呟《つぶや》いた。俺たちは背中を向けながら布団《ふとん》の中にもぞもぞと潜《もぐ》り込んだ。一瞬《いっしゅん》、足の指先が触《ふ》れ合《あ》って、彼女がビクン、と震《ふる》えるのが分かった。緊張《きんちょう》しているのか、背後から聞こえてくる呼吸は不規則で浅い。男と同じ部屋で寝《ね》るのなんて初めてなんだろう。

（何でこんなにビビってるのに、うちに泊《と》まるとか言い出したのか）

考えれば考えるほど訳の分からない状況《じょうきょう》だ。でも必死に考えて、もしかして——と思う。

「俺、兎羽《とわ》のこと」

「ん？」

「一応……妻だって、思ってて良《い》いのかな」

背後からの音は無い。イヤに静かで、外の酔《よ》っ払《ぱら》いが叫《さけ》ぶ音だけがこだました。ずっと無言で。それこそ1分ぐらいずーっと無言で。不意に、ぽつりと彼女が呟《つぶや》く。

「君がそう思ってくれるなら」

未《ま》だ、測りかねている、俺たちの距離感《きょりかん》。色々話したり、決めたりしなきゃいけない事がある。

だけど、向いている方向は同じなのかもしれない。

第6話　Rabbit down the Hole

——私の名前は千子《せんじ》兎羽《とわ》。

今をときめくJK2。基本的に不登校で、親の遺産を食《く》い潰《つぶ》しながら好き勝手に生きている。座右《ざゆう》の銘《めい》は『死なばもろとも』。好きな食べ物はホタルイカ。趣味《しゅみ》は生存。得意な事は河原の石を積み上げること。苦手なことは犬を撫《な》でること（噛《か》まれそうで怖《こわ》いので）。

私が御堂大吾《みどうだいご》という男性に出会った時の話をしたい、と思う。まぁそれを語るには面倒《めんどう》な状況《じょうきょう》説明とか色々あって少し長くなってしまう事をご容赦《ようしゃ》頂きたい。

そもそも私と彼は、今日が初対面でも何でもなかったのだから。

少なくとも彼はそう思い込んでいたようだけれど。私は昔から彼のことを知っていた。と言っても、ご大層な思い出がある訳でもない。あれは10年前。私が小学3年生の頃《ころ》だった。県内でも有名な高校の文化祭があって、私は1人でそれに乗り込んだのである。小学3年生の目線から見れば大冒険《だいぼうけん》だが、今の私から見れば随分《ずいぶん》可愛《かわい》い探検だ。

当時から私は執事《しつじ》やらメイドやらから厳重に監視《かんし》されていて、それに反発しまくっていた。

魔王城《まおうじょう》に立ち入る勇者みたいな気持ちで『高校』という魔境《まきょう》に乗り込んだ私は、色鮮《いろあざ》やかな世界に目を白黒させていた。大人ではないお兄さんやお姉さんたちが、お店をやったりきぐるみを着たりして、楽しげに活動している。私はそれが、酷《ひど》く羨《うらや》ましく見えたんだ。

「君、大丈夫《だいじょうぶ》？」

小学3年生の私が1人で居るのが気になったのか、とあるお兄さんが声をかけてくれた。私は怖《こわ》くて逃《に》げようとしたが、美味《おい》しそうなクレープを奢《おご》ってくれるというので素直《すなお》に話をすることにした。……今思えば、執事《しつじ》たちが外に行かせないようにしたのは大正解だったな。あんな世間知らずの子供、誘拐犯《ゆうかいはん》のおやつである。

「高校生って、すごいね！」

目をキラキラさせてクレープを食べる私を見ながら、彼――御堂大吾《みどうだいご》――は、優《やさ》しく笑っていた。私は彼に全部を話した。屋敷《やしき》に縛《しば》り付《つ》けられていること。自由が欲《ほ》しいこと。今日は冒険《ぼうけん》に来たんだということ。

彼はすごいねと褒《ほ》めてくれて、私は妙《みょう》に誇《ほこ》らしくなった事をよく覚えている。

「俺もその冒険《ぼうけん》、一緒《いっしょ》に行っていいかな」

私は嬉《うれ》しくて、勿論《もちろん》と応えた。2人で文化祭を回って、ステージの人混みの中では肩車《かたぐるま》までしてくれた。それは産まれてから今までで、1番楽しい思い出だった。

「……ひぐっ」

夕方になった頃《ころ》に泣き出していた私を見て、彼はどうしたの、と尋《たず》ねる。

「帰ったら……すっごい、怒《おこ》られるから。怖《こわ》いの」

彼はそっか、と呟《つぶや》いて、私の頭を撫《な》でると、私を私の屋敷《やしき》まで連れて帰ってくれた。事前に電話までしてくれていたらしい。執事《しつじ》は帰ってきた私の事を抱《だ》きしめて、泣きそうな顔をしていた。その時初めて、私はどんな悪い事をしてしまったのかを知る。

「おにーさん。また、遊べる？」

尋《たず》ねると、彼は、勿論《もちろん》と笑って、また頭を撫《な》でてくれた。執事《しつじ》たちが私を叱《しか》らなかったのは、彼が言《い》い含《ふく》めてくれたおかげだった。何度も謝りながら、怒《おこ》らないであげてください。と頭を下げていた。今思えばあの人は昔から、そういう人だった。


さて、というわけで彼に恋心《こいごころ》が芽生えた――なんて簡単に済まない複雑な生き物が人間である。遠くに住む憧《あこが》れのお兄さん。それが彼だった。基本屋敷《やしき》に拘束《こうそく》されていた私は、小さい頃《ころ》からPCを使いこなしていた。所謂《いわゆる》キッズである。マイクラばっかやってたなあの頃《ころ》。

彼の名前で検索《けんさく》して、SNSのアカウントぐらいは知っていた。私はなんとなくそれをフォローして、偶《たま》にこっそり眺《なが》めて楽しんでいた。

さてここから数年が経《た》ち、思春期のフェーズに入ってくるわけである。要は男性的なものを忌避《きひ》する時代だ。私もそれの例に漏《も》れず、なんとなく男の人が苦手だった。そのくせ、ＢＬとかは普通《ふつう》に読んでた。中学時代の私は、あまり異性に興味もなくて、何度か告白とかはされたりしたけどなんか気持ち悪くて断ったりしていた。

当然、お兄さん――御堂大吾《みどうだいご》さん――の事も、時々ＳＮＳで見る人、という認識《にんしき》になっていた。ちなみに、時々リプとかしていた。

問題はここから。高校生になった時のことだった。

普段《ふだん》は全く顔を出さない大叔母様《おおおばさま》が、入学祝いだとか言って私をホテルのディナーに招待した。好《す》き嫌《きら》いとかは無いけど基本的に私は人類が苦手なので断りたかったが、彼女は一応私の後継人《こうけいにん》になっている。無下には出来ない。

「そろそろ将来の事も話し合っておかないとね」

その時に彼女の隣《となり》に居たのが、工藤刃氏《くどうやいばし》である。年齢《ねんれい》は当時、30代の前半だろうか？　大《だい》吾《ご》さんよりよっぽど年上の筈《はず》だ。この人があなたの婚約者《こんやくしゃ》だ、と大叔母様《おおおばさま》は宣《のたま》った。そんなのイヤ過ぎる。男の子と付き合うのもまだほんのりイヤだった頃《ころ》なのに、知らないおじさんと結《けっ》婚《こん》させられるとかマジの無理だ。

大叔母様《おおおばさま》というのが本当にアクの強い人で……レスバが強いんだぁ……。私がなにか言っても平然として、重みのある言葉で決断だけを下すの。そういう人っているでしょ？　あんまり分からない場合は、黒《くろ》○徹子《てつこ》さんを想像してくれたら大体それとおんなじです。

戦中生まれで昭和の時代を女だてらで乗り切る豪傑《ごうけつ》ってやつ。そんな人にただのJKである私が勝てるわけないっての!

というわけでこいつはトントン拍子《びょうし》で私の知らない間に全部決まってしまうやつだ、と怯《おび》えていると、大叔母様《おおおばさま》は1つの条件を付けた。

「まぁあなたに心の決めた人とか出来たなら、そっちの方が良《い》いのかも知れないけどね」

なるほど。そういうわけね。とにかくその日は大叔母様《おおおばさま》の異常な熱に焼けてヘロヘロになりながら、家へと帰る。真っ白なベッドに寝転《ねころ》がって、私は『恋《こい》』とか『愛』について考えていた。誰《だれ》かを好きになるということ。誰《だれ》かと結婚《けっこん》するということ。

(私がこの生涯《しょうがい》で好きになった人といえば)

——御堂大吾《みどうだいご》さん。年上の高校生のお兄さん。小学3年生の頃《ころ》の淡《あわ》い思い出なのだけれど。

なんとなく気になって、久しぶりに彼のSNSを見に行った。

「……えっ。離婚《りこん》。したんだ」

結婚《けっこん》したのは知っていた。それを知った時、胸が締《し》め付《つ》けられるような痛みを勝手に覚えた。

「婚活《こんかつ》」

SNSでは、婚活《こんかつ》するぞ! と息巻いている。普段《ふだん》のSNSの投稿《とうこう》を見て、彼が横浜《よこはま》の中華《ちゅうか》街《がい》に住んでいるのは知っていた。婚活《こんかつ》。彼も、恋《こい》とか愛を探しているんだ。なんて渡《わた》りに船。

――初めは、ちょっとした悪戯心《いたずらごころ》だったんだ。

主要な婚活《こんかつ》アプリで中華街《ちゅうかがい》に住んでいる人を片《かた》っ端《ぱし》から探した。思ったよりも簡単に彼は見つかった。彼はネットリテラシーが低いので、ネトスト気質の私には造作もなかった。

(もし結婚《けっこん》するなら、好きな人が良《い》いよね～)

なんて。ヘラヘラ笑いながら。要はあの頃《ころ》と一緒《いっしょ》だった。小学3年生の時、高校の文化祭に潜《もぐ》り込《こ》んだ大冒険《だいぼうけん》。ドキドキと胸が高鳴っていたが、それは恋《こい》のドキドキとかじゃなくて、イタズラをする時のドキドキで。

『は、はじめまして。御堂大吾《みどうだいご》です』

彼と幾《いく》つかチャットをして、すぐに電話でのコミュニケーションに切《き》り替《か》えた。緊張《きんちょう》して上《うわ》擦《ず》っている彼の声を聞いて、私は思わず笑ってしまいそうになった。

「……は、はひっ。はひめま……はんどるネーム『とわ』です」

でも私はもっと恥《は》ずかしい声を出してしまって、1人で顔を真っ赤にした。

(大吾《だいご》さんって、こんな人だったんだ)

初めての通話は、ドキドキして心臓が口から飛び出しそうだった。子供の頃《ころ》からうっすら憧《あこが》れていたお兄さん。その人と、対等な男と女として話すということ。楽しくて、ふわふわして、でも1番驚《おどろ》いたのは——話がすっごく弾《はず》んだという事。

「いや大吾《だいご》さん。それ、変だから。もしかして結構馬鹿だなー？」

『初会話でバカ扱《あつか》いは酷《ひど》くない⁉』

私たちは初めっから長話して、気がつけばド深夜で、名残惜《なごりお》しく電話を切った時、私の胸はバクバクと弾《はず》んでいた。最初の頃《ころ》は、3日に1回ぐらいの通話にしてた。だってあんまりしつこいと鬱陶《うっとう》しいかなって。

でもすぐに電話は1日1回になっていた。昼間に面白《おもしろ》い物を見ると、この話をしよう。って楽しくなって、夜には約束の時間までスマホの前で正座していた。

偶《たま》に電話した過ぎて、真っ昼間から電話をかけていた。彼は困ったように笑いながら、夜にかけるからと約束してくれた。

イタズラをする時のドキドキは、恋《こい》のドキドキに変わっていった。

『兎羽《とわ》。そろそろ……1回、食事とか……どうっすかね』

「そ、それは……」

ある日切り出された。何度かそれは言われていたことだった。いつもはのらりくらりと躱《かわ》していたけれど、限界だった。

(大吾《だいご》くんは、結婚《けっこん》相手を探しているんだもの)

どんなに楽しく電話をしても、それだけじゃ意味がないんだ。私は困った。滅茶滅茶《めちゃめちゃ》困った。

彼とずっとお話をしてたかった。でも実際に出会うのは怖《こわ》かった。もしも彼が私の顔を覚えていたら？　女子高生だということがバレてしまったら？　会ったらきっと捨てられる。

「最近、ブラインド婚活《こんかつ》っていうのが流行《はや》ってるんだよ」

だから私は、苦《くる》し紛《まぎ》れのウソで乗り切ったのだ。

『なにそれ？』

「お互《たが》い1度も会わずに婚姻届《こんいんとどけ》を出すの。お互《たが》いの気持ちとか……相性《あいしょう》みたいなものだけで、相手を選ぶの。それって真実の愛じゃない？　タマシイの愛だよね」

『……兎羽《とわ》ってそういうの信じるタイプか？』

「意外とそういう一面もあるってこと」

彼は納得《なっとく》してないみたいだったけど、まぁ良《い》いか、とその時は許してくれた。私はほっと胸を撫《な》で下《お》ろす。私は彼との関係を終わらせたくなかった。このぬるま湯みたいに幸せな関係。だってさ。私の毎日が本当に色づいたんだよ。彼の事を、運命の人だって、思ったんだ。いつの間にか、ずっと彼と居られたら、なんでも良くなっていた。それだけだった。

『兎羽《とわ》。俺と結婚《けっこん》してくれ』

電話を始めてから半年ほどして、彼に言われた。私は泣きながら、はい、と答えた。本気で好きになった男の人に、一生一緒《いっしょ》に居てほしいと言われること。それが余りに嬉《うれ》しくて。

嘘《うそ》だらけの私は、彼に会うことすら出来ないのに。


——って事で今私は大吾《だいご》クンの部屋でガチガチに緊張《きんちょう》しながらお布団《ふとん》に包《くる》まってるってわけ。

(ひぃぃんっ。大吾《だいご》クンが近いっ。近いよぉっ)

人生経験ぺらっぺらだし、ネットのせいで耳年増のくせに男の子と手を繋《つな》いだ事さえないし、罪悪感がエグいし、その癖《くせ》彼とは一緒《いっしょ》に居たいしで、私は泣きそうになっていました。

(絶対変な女だって思われてるよ〜!!)

どこから間違《まち》えてこうなってしまったんだ？　と考えたら思えば最初からなのだけれど、1つのターニングポイントとしては私が彼を着拒《ちゃっきょ》してしまったせいだろう。

『婚約者《こんやくしゃ》から逃《に》げるために、ブラインド婚活《こんかつ》とか言って俺を騙《だま》したんじゃないのか？』という彼の予想は全然的外れな物だった。けれどそれを否定する材料は1つも無かったんだ。

私が彼に近づいたキッカケは、確かにそれが原因だったたし。JKだった事を隠《かく》していたからブラインドした——なんて真実は言えない。だって未《ま》だ彼、気づいてないんだもの。

(大吾《だいご》クンから、怒《おこ》られて、嫌《きら》われるのが怖《こわ》くて)

彼から距離《きょり》を取ったわけだ。物理的に逃《に》げた。私の悪い癖《くせ》だ。逃《に》げ癖《ぐせ》があって、真《ま》っ直《す》ぐ何かに挑《いど》めない。未練たらったらで、昨日なんてほぼ1日泣きながら過ごしていたくせに。

（でも今、私はここに居る）

彼の隣《となり》に。同じお布団《ふとん》に。自分の心臓の音が煩《うるさ》すぎて、絶対に眠《ねむ》れない。

「……兎羽《とわ》」

彼の声がして、私の心臓は狼《おおかみ》を見つけた兎《うさぎ》のように跳《は》ね上《あ》がった。

「もう寝《ね》た？」

「……寝《ね》たよ」

「起きてるジャン」

大吾《だいご》クンの声。私の好きな人の声。眠《ねむ》いのか、彼の声は掠《かす》れてて、ちょっとセクシーで、死にそうなぐらいドキドキする。だって——彼の言った通り——いつ抱《だ》かれても、文句、言えないもん。今の私。妻だし。布団《ふとん》に潜《もぐ》り込《こ》むし。2人っきりだし。

「兎羽《とわ》は明日、何か予定あるの」

「え？　いや。……ないけど」

本当はある。普通《ふつう》に学校である。まぁ不登校なので別に良《い》いけど。

「夕方には仕事終わるから。そしたら……」

「うん」

「どっか、行く?」

それは、つまり。

「……デート誘《さそ》ってるの?」

「や、野暮《やぼ》だぜそれを聞くのは」

だってしょーがないじゃん。わかんないんだもん。難しいんだもん。乙女《おとめ》だもん。

「別に良《い》いけど」

私は静かな、感情の籠《こ》もっていない声で呟《つぶや》いた。内心ではどんちゃん騒《さわ》ぎで、もうパニックである。やっぱり彼は私のこと、見捨ててはないみたい。

(……お人好《ひとよ》しすぎるよ。大吾《だいご》クン)

でもそこが好きなの。底抜《そこぬ》けに優《やさ》しくておバカな所。かっこよくてかわいくて、ぎゅーって抱《だ》きしめてあげたくなる。——デート。初めての大吾《だいご》クンとのデート。何度そんな妄想《もうそう》したか、わかんないぐらい。嬉《うれ》しい。でも緊張《きんちょう》で、今から死にそうだ。

「ってか兎羽《とわ》って結局、何の仕事してんの」

「え? …………え————っと」

私は必死に考えた。

「ニート」

それならずっと一緒《いっしょ》に居られる! と名案のように答えたのだけれど、冷静になった今、それは悪手だった。今どき、最初っから専業主婦狙《ねら》いの女なんて地雷《じらい》以外の何者でもない。

「あっ。いや。ていうか。家事手伝い。的な。勉強中。的な」

「あー。資格取ろうとか、そんな感じ？」

「そ、そうそう。それ。資格」

こうして、人はまた嘘《うそ》を重ねてしまうのだ。罪悪感でそろそろ吐《は》きそうだ。大好きな人を騙《だま》している。それはアイスピックで抉《えぐ》るように心臓を刺《さ》す痛みだった。

「おやすみ、兎羽《とわ》」

「……うん」

でも優《やさ》しく名前を呼んでもらうだけで、その痛みを負う価値があると気づいてしまう。

（ごめんなさい。悪い女で。ごめんなさい）


その晩、夢を見た。

むしろあの状況《じょうきょう》でよく眠《ねむ》れたな、という感じだ。自分を褒《ほ》めるトコだろう。夢だと気がついたのは、境界線が曖昧《あいまい》だったからだ。自分と世界の境界。肌《はだ》と空気の境界。

「なにこれ」

靴《くつ》が並んでいた。色とりどりの靴《くつ》だ。

スニーカー、ハイヒール、革靴《かわぐつ》、ピエロが履《は》くようなぱふぱふ言う靴《くつ》、スリッパ、運動靴《うんどうぐつ》、義足、重厚《じゅうこう》な鉄靴《てつぐつ》、蹄鉄《ていてつ》、スノーブーツ、足袋《たび》、見たこと無い車輪の付いた宙に浮《う》かぶ靴《くつ》、ワラチ（メキシコのサンダル）、カンフーシューズ、ローファー、羽根製の靴《くつ》、トウ・シューズ、パンプス、底から溶岩《ようがん》を噴《ふ》き上《あ》げる靴《くつ》、血だらけのガラスの靴《くつ》。

それらは美しく整列しながら、まるで履《は》いている人間が居るように微《かす》かに動いている。靴《くつ》の上には小さな机があって、大昔に新聞紙を作るのに用いられた活版印刷みたいに、小さなハンコを並べて文字で筆記していた。何かを必死に。懸命《けんめい》に。

「変な夢」

呟《つぶや》くと、頬《ほお》を何かが濡《ぬ》らした。振《ふ》り向《む》くと、水面を叩《たた》きながら、人魚が泣きそうな顔をして立っていた。看護師の格好をした半透明《はんとうめい》の人魚。ヒレがしなやかに駆動《くどう》する。

「で、出たな。お前は……!!」

最近時々見る私の幻覚《げんかく》だ。ショーウインドウや鏡、テレビの画面に反射して、いつも私に何かを叫《さけ》ぼうとしている。ナース服を着た人魚。彼女は、私をジーッと見つめて呟《つぶや》いた。

『――あなたは負け犬』

滅茶苦茶《めちゃくちゃ》失礼な事を言われて、一瞬《いっしゅん》、呆気《あっけ》に取《と》られた。

『あなたは運命の人ではないのだもの。ただの当て馬なのだもの。彼に恋《こい》をしてしまった時点で、これは決まっているんだもの。敗北者。あなたはそれ以上でもそれ以下でもない』

「……彼って。大吾《だいご》クンの事？」

『彼の運命の人は、千子獅子乃《せんじししの》。それはずぅ――っと昔から決まってる事なんだよ』

獅子乃《ししの》？　え。しぃしぃ？　意外な人の名前が出てきて、驚《おどろ》いた。確かに大吾《だいご》クンに懐《なつ》いているみたいで、少し違和感《いわかん》はあったけど。彼女はそう簡単に誰《だれ》かに懐《なつ》いたりしない。だって孤《こ》高《こう》の獅子《しし》だもの。餌《えさ》なら自分で捕《と》れる。誰《だれ》かに依存《いぞん》する必要がない。

「何言ってんの？　ただの夢のくせに」

『あなたが私の夢だとは思わないの？』

ナースは笑った。彼女はホログラムみたいで、時折、ジ、ジーっと音を立てながら歪《ゆが》む。

『あなたは負け犬。敗北者。当て馬。脇役《わきやく》。馬に蹴《け》られる愚《おろ》か者《もの》。惨《みじ》めな噛《か》ませ犬。部外者。存在感のない邪魔者《じゃまもの》。何でも無い障害。退屈《たいくつ》なサブヒロイン。愚《おろ》かな添《そ》え物《もの》』

「……」

ムカついたので渾身《こんしん》の右ストレートを放ったが、それはホログラムをすり抜《ぬ》ける。

『ごめんね。別に怒《おこ》らせたい訳ではなかったの』

「だったら他に言い方があったと思うけどねぇ！」

『私たちは、ただ――』

不規則に動いていた靴《くつ》たちが、ピタリと足を止める。

『あなたに、運命を乗《の》り越《こ》えてほしいだけ』

泣きそうな顔で。悔《くや》しそうな顔で。私を見る。ホログラムは更《さら》に乱れて、彼女の声さえとぎれとぎれになる。その密度の高い感情に触《ふ》れて、私は酷《ひど》く不安な気持ちになった。

「待って。あなたは何なの？　何が言いたいの⁉」

『あなたは運命の人じゃない。だって、1960年代の思い出に繋《つな》がれてすらいないんだもの。だからいつか必ず敗北する。最初っからそう決まっているの。でも、だからこそ――』

彼女は私の腕《うで》を摑《つか》んだ。強い力だった。

『私達は負け犬だけど、諦《あきら》めて降参したりしない。――そうでしょう？』

ナースの人魚は、ぱりん、と割れて桜の花びらのように細切れになった。

「わぁ⁉」

それは凄《すさ》まじい風と共に私の胸の中に飛び込む。私は驚《おどろ》いてその場から後退《あとずさ》る。靴《くつ》が跳《は》ねる。リズムを刻む。ピアノの鍵盤《けんばん》のように美しく。活版印刷の小さな文字の判子が竜巻《たつまき》みたいに吹《ふ》き上《あ》がる。いずれそれは規則正しく整列する。ガ、ガ、ガ、ガ、と音がした。それは文字と文字が繋《つな》がる音だ。整列した文字列がひっくり返ると、それは巨大《きょだい》なモニターになる。

白黒の画面の中で、2人の男女が手を握《にぎ》り合《あ》っていた。

『だって私達、運命で結ばれているんだもの。今日死んでしまっても、またいつか会えます』

巨大《きょだい》な彗星《すいせい》が降り注ぐ丘《おか》の上に、メイドさんと小さな少年が立っていた。

(あれは、しぃしぃと——大吾《だいご》クン⁉)

2人とも、私が知っている姿とはほんの少し違《ちが》う。けれどその気配が、視線が、紛《まぎ》れもなく彼らなのだと語っていた。2人は愛《いと》おしそうに見つめ合いながら、顔を寄せる。

『だから』

真っ白のメイド——千子獅子乃《せんじししの》は泣きそうな顔で笑った。

『次に出会ったときは、きっとお嫁《よめ》さんにして下さいませ』

やめて、と呟《つぶや》く前に、2人の唇《くちびる》は触《ふ》れ合《あ》おうとする。まるで映画の主人公たちみたいに。

私はその画面の前で、何も出来ずに佇《たたず》んでいた。


汗《あせ》をびっしょり掻《か》きながら、目が醒《さ》めた。

(今の——夢は——なに——)

大吾《だいご》クンとしぃしぃが、運命の人。そして私は、ただの負け犬。夢に決まっている。だけど妙《みょう》に実感を伴《ともな》った、怖《おそ》ろしい夢だった。私は、明るい朝陽《あさひ》に胸を撫《な》で下《お》ろす。

「あほくさ」

夢は夢だ。神経の中だけで繰《く》り広《ひろ》げられる質量を伴《ともな》わないものだ。そんなものに振《ふ》り回《まわ》される程《ほど》私の心は弱くない。私が怯《おび》えるのは、質量を持った他人ぐらいだ。

「すぅ……すぅ……」

隣《となり》で大きな犬みたいな人が寝《ね》ていた。

(そうだ。ここ、大吾《だいご》クンの部屋)

改めて辺りを見ると、それなりに片付けられた部屋だった。ただどうしても狭《せま》いので、荷物が雑多に並べられている。布団脇《ふとんわき》にゴムボールが落ちていた。一体何に使うんだろう?

(……寝《ね》ててもカッコイイ)

彼のシャツが寝汗《ねあせ》で肌《はだ》に張り付いてて、なんかえっちだ。ドキッとする。

(好きだから。カッコイイって。思うのかな。客観的にはそこまでのはず)

何で女の子は好きな男の子と居るとこんなにドキドキするんだろう? 男の子もそんな風に、思ってくれているのかな。私は寝《ね》ている彼の頰《ほお》に触《ふ》れようとして、怖《こわ》くなって引っ込めた。

「ふあ」

彼の体が身じろぎした。起きるのかな? ——って、ヤバい。

(私、今、寝起《ねお》きじゃん)

髪《かみ》の毛《け》ボサボサかもしれないし、顔むくんでるかもしれないし目やにとか付いてるかもしれない。可愛《かわい》いから許されてる私から可愛《かわい》いを引くと、ただの面倒《めんどう》くさくて変な女しか残らない。

私があわあわしながらその場から急いで逃《に》げようとしたけれど、衣擦《きぬず》れの音が大きくなる。

「……おはよ。兎羽《とわ》」

「…………おはよ」

寝《ね》ぼけたような視線で、彼が私を見つめていた。

(かわいい)

ばかばかばか私のばか。寝起《ねお》き見れただけでそんなにキュンキュンするな。乙女《おとめ》か。中学生の恋愛《れんあい》とかじゃないんだぞ。――私はとっさに、自分の顔を隠《かく》した。

「どしたの?」

「い、いや。なんでもない」

ドキドキして、吐《は》く。吐《は》いちゃう。でも少なくともこの顔だけは、見せられない。彼に可愛《かわい》くない所なんて見せたくない。見せたら死んじゃう。彼は寝《ね》ぼけながら私の腕《うで》を摑《つか》む。

「あうっ」

「大丈夫《だいじょうぶ》?」

大吾《だいご》クンが腕《うで》を取って、私の顔を覗《のぞ》き込《こ》む。

(近い近い近い近い近い近い近いっ)

——駄目《だめ》だ私。こういうの免疫《めんえき》がなさすぎる。我ながらここまで雑魚《ざこ》だとは。

「別に、なんでもないから……っ」

彼の腕《うで》を振《ふ》りほどこうと力んで——


——ぷぅ。


小さな甲高《かんだか》い音が響《ひび》いた。空気が漏《も》れるような、音。

「へ」

いや。それは。私の手がゴムボールを潰《つぶ》した音だった。だけど今の状況的《じょうきょうてき》に絶対、力んだ私が……お尻《しり》から、その、空気を。出してしまったみたいにしか聞こえなくて。私は咄嗟《とっさ》に言い訳しようとするけど、羞恥心《しゅうちしん》で頭が真っ白になって、喉《のど》が絞《し》まる。

「だ、大丈夫《だいじょうぶ》。人間なら誰《だれ》でもやることだから。寝起《ねお》きってお腹緩《なかゆる》くなるし、匂《にお》いとか特に感じなかったし……っ！　全然、気にしなくたって大丈夫《だいじょうぶ》だから……っ！」

大吾《だいご》くんの捲《まく》し立《た》てるフォローが胸に刺《さ》さる。なので私は全力で——

「違《ちが》いますからあああああああああああ!!」

顔を真っ赤にしながら、彼の部屋から逃《に》げ出《だ》すのでした。

第７話　ラブコメなんすよ、これ。

私――千子《せんじ》獅子乃《ししの》が凹《へこ》んでる大吾《だいご》さんを見つけたのは、朝食を誘《さそ》いに来た午前８時の事。

「あら。こんな所に芋虫《いもむし》が」

彼はドアの前で俯《うつむ》きながら、ぷーぷーとゴムボールの玩具《おもちゃ》を鳴らしています。

「もしかして、兎羽《とわ》ってさ」

「はい」

「超《ちょう》・恥《は》ずかしがり屋《や》だったりする？」

あー。と、私は納得《なっとく》してしまう。

「メンタルがトランプタワーなの。プライド高いくせに、不器用だから、すぐに崩《くず》れて。逃《に》げ出《だ》すの。あの人の悪い癖《くせ》ですわ。子供の頃《ころ》から、ずぅーっとそうなの」

「……なるほど。よく分かってんだね」

「姉妹《しまい》ですもの」

いつも肩肘《かたひじ》を張って、静かな表情を貼《は》り付《つ》けて、強く見せようとするお姉さま。その癖《くせ》、責められると全部投げ出して逃《に》げ出《だ》してしまう。私はそんな彼女が、嫌《きら》いではない。

「それで、何かありましたの？」

「あぁ。昨日、兎羽《とわ》が家に泊《と》まっていってさぁ」

「……は？」

待って。お姉さまが彼の部屋に泊《と》まっていった？　泊《と》まるってつまり——そういうこと？

え————っと。あダメだ。頭の中が真っ白で思考がまとまらない。

(大体あの人、このアパートから出ていったんじゃなかったの⁉　昨晩サイゼリヤで別れた時『ダイビングショップ寄って行かなきゃ』とか言ってたじゃない！)

てっきり今頃《いまごろ》、伊豆《いず》の方に1人旅にでも行ってると思ったのに。

「昨晩仲良くしてたんだけど、朝にやらかしちゃって。逃《に》げられてしまった」

『仲良く』って何⁉　『やらかして』って何⁉　お姉さまと大吾《だいご》さんに何があったの⁉

「大吾《だいご》さん」

とにかくこのままでは駄目《だめ》だわ。私がなんとかしないと駄目《だめ》かもしれません。

「えっなに」

「これ以上あの姉に関わったらダメ。騙《だま》されているんです。きっと未《ま》だ何か企《たくら》んでます」

「よーそんな真《ま》っ直《す》ぐに実の姉を疑えるな……」

だってお姉さまってそういう人だもの。私が楽しみに貯金していた『100万円たまる貯金箱』にこっそりゲーセンのコインを入れて、もうこんなに貯《た》まったー！　って喜んでた私を眺《なが》めて笑っていた姉だもの。

「私はお姉さまの事、好きです。家族ですもの。愛していますわ。でもそれとこれとは別」

「それとこれ」

「あの人は——魔女《まじょ》、です」

大吾《だいご》さんは絶句していました。『魔女《まじょ》』は子供の頃《ころ》、私がこっそり付けてた渾名《あだな》。私だって言いたくは無いけれど、これ以上この人が彼女の玩具《おもちゃ》にされるのは、見てられない。

「お姉さまは思いつきで行動して全部をぐちゃぐちゃの固結びにして、どうしようもなくなったのを見て1人で逃《に》げ出《だ》して行く人だわ。行動力あるくせにビビりなの」

「……逃《に》げ癖《ぐせ》があるのは知ってる。着拒《ちゃっきょ》までされたわけだし」

「大吾《だいご》さん。これ以上、お姉さまの玩具《おもちゃ》になったらダメです」

私は彼の瞳《ひとみ》をじっと見つめる。優《やさ》しげな視線。少し困ったように笑っていた。

「だって……あなたは……」

優《やさ》しいのに。真面目なのに。こんなに真《ま》っ直《す》ぐな人なのに。あの魔女《まじょ》に騙《だま》されて、面白半分《おもしろはんぶん》でからかわれているなんて、酷《ひど》すぎる。私は段々腹が立ってきました。

「あの姉、次見かけたらしばき倒《たお》してやりますわ……」

「ど、どーどー獅子乃《ししの》ちゃん落ち着いて」

お姉さまが大好き。彼女の弱さも強さも愛している。けれど、これは度が過ぎている。大体婚活《こんかつ》サイトで大吾《だいご》さんに近づいたのだって、面白半分《おもしろはんぶん》だったんじゃないの（※合ってる）。

「心配してくれてありがと。獅子乃《しの》ちゃん」

「！」

彼は苦笑《くしょう》して、私の頭を優《やさ》しく撫《な》でる。

（また、子供扱《こどもあつか》いして……！）

彼の大きな手に包まれた感覚。優《やさ》しくて、心地《ここち》よくて、心臓がきゅーっと締《し》め付《つ》けられる。

「でも俺、まだ頑張《がんば》ってみるよ」

「えっ」

「確かに、兎羽《とわ》の気持ちはわからないけどさ。でも……歩み寄ってはくれてると思うんだ」

「……」

「だから頑張《がんば》らないと。夫婦《ふうふ》なんだし」

そんなの、言葉だけだわ。だって昨日が初対面だったくせに。婚姻届《こんいんとどけ》が欲《ほ》しくて騙《だま》されただけのくせに。でも、彼の優《やさ》しい表情を見ていると、そんな文句は出てこない。

「――それより。いつまで頭触《さわ》ってますの。だから、セクハラ、ですから」

代わりに私はペン、と大吾《だいご》さんの手を払《はら》いのけると、彼はやっちまったって顔になる。

「私じゃなかったら裁判起こしてるんだから」

そんなの嘘《うそ》。本当は嬉《うれ》しい。彼に触《ふ》れられて、心臓がドキドキして止まらなくなっている。

だけど、違《ちが》うよね。ダメ……だよね。そんな権利は私にはない。

（大吾《だいご》さん。お姉さまと頑張《がんば》るって決めたのね）

だったら私はそれを応援《おうえん》するべき。そうでしょう？　そうに決まっているでしょう？


今日も中華街《ちゅうかがい》の裏路地にある黄龍亭《こうりゅうてい》で、私たちは中華粥《ちゅうかがゆ》を啜《すす》ります。初めは中華街《ちゅうかがい》の特有な雰囲気《ふんいき》も、微《かす》かに香る漢方の匂《にお》いも物珍《ものめずら》しかったものだけれど、今はちょっとずつ慣れてきた。

「獅子乃《ししの》ちゃん、おはようございマース！」

リンゲイトさんとイェンさん。メゾン・ド・シャンハイの皆《みな》さんは今日も元気。

「あれ？　そーいやさぁ」

イェンさんが小さなツインテールをぴょこぴょこさせながら私を見ました。

「獅子乃《ししの》ちゃんって、中坊《ちゅうぼう》だろ？　学校行かなくて大丈夫《だいじょうぶ》なの？」

「当分は休学するんです。未《ま》だ屋敷《やしき》のゴタゴタが続きそうなので」

まぁ、大叔母様《おおおばさま》が元気になればこの騒動《そうどう》も収まるでしょう。とりあえずそれまでは、私は大《だい》吾《ご》さんのアパートにお世話になることになっていました。大吾《だいご》さんが呟《つぶや》く。

「家賃とか、いらないのに」

「そういうわけにもいきませんわ」

既《すで》に数ヶ月分の家賃も支払《しはら》い済《ず》み。とはいえ好意に甘えている立場なのは変わりません。

「はぁ〜。獅子乃《ししの》ちゃんはしっかりものデスねぇ。私が16歳の頃《ころ》なんて……」

「何してたんだ、リン」

「ニューエイジ思想にカブれて北インドのマクドナルドでアルバイトしてマシタ〜」

私たちはスマホをチラチラと見ながら、深く掘《ほ》り下《さ》げないようにしようと意思疎通《いしそつう》しました。イェンさんはスマホをチラチラと見ながら（ゲームをしているのかしら？　器用だわ）、呟《つぶや》く。

「ってか、獅子乃《ししの》ちゃん、昼間は何してんの」

「読書したり勉学に励《はげ》んだりしておりますわ」

「はー。そりゃ退屈《たいくつ》だろ。大吾《だいご》、お前どっか連れてってやれよ。えのすいとか」

えのすい？　と私が尋《たず》ねると、リングゲイトさんがスマホの画面を見せてくれる。

新江《しんえ》ノ島水族館《しますいぞくかん》で、えのすい。結構有名な観光地らしい。ここから電車で1時間ぐらいかしら。大きな水族館みたいで、カピバラとかも居るらしい。カピバラ！　水族館なのに！

「いや俺今日仕事だし」

「こんな目をキラッキラにさせた子の前でよく言えマスネ！」

リングゲイトさんがビシッと私を蓮華《れんげ》で指しました。い、いえ。目をキラキラとか、させてないし。私は急激に恥《は》ずかしくなって、なんでもないふりをする。

「……水族館、今度行く？」

「だ、大吾《だいご》さんが行きたいのなら？　私は大人のレディなので魚とか興味ないですけれど」

「ペンギンも居るよ」

「ペンギン⁉」

思わず大声を出して身を乗り出した私を見て、大吾《だいご》さんは嬉《うれ》しそうに笑いました。私は、カーっと頬《ほお》が熱くなるのを感じて、居住まいを正すとこほんと咳《せき》をします。

「……別に。行ってもよろしいですけれど？」

「はいはい。約束ね」

優《やさ》しい顔で、指切りされる。やっぱり、子供扱《こどもあつか》いされてるな。それはちょっとイヤだけど、水族館は、嬉《うれ》しい。ペンギンとカピバラ。それにクラゲも見たいな。イエンさんが呟《つぶや》く。

「つか仕事ってなんだよ。管理人が何するんだ」

「社長の所だよ。今、人手が足りてないらしい」

「あーそっちか。バイトな」

『バイト』。イエンさんはそう言いました。私は気になって聞き耳を立てる。

「管理人の給料、月額手取りで15万円デスからネ～。住み込みとは言え副業が無いと厳しい」

「何で知ってるんだよ。やめてよ」

「占《うらな》いの神・Ｉｗａｓは何でもお見通しデース！」

大吾《だいご》さんは怯《おび》えるような目でリンゲイトさんを見つめました。イェンさんが彼に尋《たず》ねる。

「ていうか、足は大丈夫《だいじょうぶ》なんかオメー」

「松葉杖《まつばづえ》あるし。歩くのは問題ないね」

バイト？　社長というと、ここの不動産の社長——玉ノ井昌克《たまのいまさかつし》氏の所かしら？　最初見た時、アイドルか何かと思ってびっくりしたぐらい、美形で長身の男性だ。

「あそこでの仕事やりやすいから良《い》いんだけど、金払《はら》い良すぎて逆にビビるんだよな」

「社長は変人デス。普通《ふつう》の人とは上手《うま》くやれないのカモ」

「いっそ相場を知らないいんじゃないか。あの人は我が道以外を歩かない人だからな……」

私から見ればこのメゾン・ド・シャンハイの方々も十分変なのですけれど、社長さんはそんな方々からも恐《おそ》れられる人らしい。外面は随分《ずいぶん》真人間に見えてたけれど。

(大吾《だいご》さん、足が折れてるのに『バイト』だなんて大丈夫《だいじょうぶ》なのかしら……)

誰《だれ》か、彼についていった方が良《い》いかもしれません。そして私は超《ちょう》・超《ちょう》・超《ちょう》・暇《ひま》な身。電子書籍《しょせき》の本だってそろそろ読み終わって、完全に時間を持て余している状態です。恩人が困っているなら助けなければ。それが人としての正道だと思うのです。

「お忙《いそが》しいなら、私もお手伝いに行きましょうか？」

大吾《だいご》さんは絶対やめた方が良《い》いと呟《つぶや》いて、後の2人は面白《おもしろ》そうな目で笑うのでした。

事務所に入ると、香《こう》ばしい匂《にお》いが鼻孔《びこう》をくすぐった。

「いらっしゃいませ。あれ？　獅子乃《ししの》さんまで」

ソファーに足を組んで瀟洒《しょうしゃ》に座っていたのは社長です。

「……俺は止めたんですけどね」

社長の事務所は表札も『玉ノ《たまの》井《い》不動産』とだけ書かれたシンプルな物でした。内装もシンプルで瀟洒《しょうしゃ》ですけれど、穴の開いた的紙や猟友会《りょうゆうかい》のジャケットが飾《かざ》られていて、少しチグハグ。

「人に困っていると聞いて参上した次第《しだい》ですわ」

『バイト』なんて箱入《はこい》り娘《むすめ》の私は1度もやったことがありません。でも大叔母《おおおば》様《さま》も仰《おっしゃ》っていたもの。人生は何事も経験するのが大事だって。全ては挑戦《ちょうせん》から始まるのです。

「そうでしたか。助かります」

「助かるってアンタねぇ。中学生ですよこの子は」

社長はいつものアイドル顔負けの流し目で笑って、部屋の奥を指差しました。

「……あー、もうホント仕方がない愚兄《ぐけい》なんだから」

ゆいちゃんが書類の山に囲まれて、あくせくと働いていました。

「しょ、小学生まで駆《か》り出《だ》されている」

大吾《だいご》さんが呆《あき》れると、ゆいちゃんは色気たっぷりにため息を吐《つ》く。

「前、山下さんって居たでしょ」

「あぁ。美人の」

「愚兄《ぐけい》に告白して。振《ふ》られて。腹いせにある事無い事触《ふ》れ回《まわ》って、スタッフ全員辞《や》めちゃって」

「………Oh」

「大変なの、今。そこのバカ兄のせいで。私は私の学費のために働いているのよ」

ゆいちゃんはイイ女の笑《え》みを浮《う》かべます。私よりよっぽど大人過ぎる。

「お2人とも、とりあえずお茶でもどうですか。今朝採りたてのセミ茶です」

「他所様《よそさま》に趣味《しゅみ》のゲテモノ食いを押し付けるんじゃないわよ、愚兄《ぐけい》」

「ゲテモノは語弊《ごへい》がありますね、ゆい。私はただ美味《うま》い物を食べたいだけ。要は美食家です」

「セミの幼虫で作るお茶の、どこが美食なのかしら」

こんな人だったんだ、社長って。意外。でもゆいちゃんと仲良さそうなので嬉《うれ》しくて、少しほっこりします。そしてセミのお茶は心から辞退しました。飲めるかそんなの。

「それで、仕事ってのは何すか？」

大吾《だいご》さんの質問に、社長は少しだけ申し訳なさそうに笑う。

「いつものやつです」

「……探偵業《たんていぎょう》ですか」

『探偵《たんてい》』という面白《おもしろ》すぎるワードに、私の心の中の猫耳《ねこみみ》がピコンと立ち上がりました。でもここって、不動産会社よね？　どうして探偵《たんてい》の仕事なんかが舞《ま》い込《こ》むのかしら。

「ここは探偵《たんてい》事務所だったのよ。不動産関係の。……昔はね」

不思議そうな顔をしていた私に、ゆいちゃんが教えてくれます。

「不動産関係の探偵《たんてい》？」

「ほら、管理会社が物件を管理するにしても。調査がいるでしょ。権利関係とか。土地の問題とか。前住人の情報とか。昔は特に管理が適当だったりしたから」

「なるほど」

「私たちの父親が始めた会社なの。ここ。で、昔は探偵《たんてい》だったのだけれど。ノウハウが蓄積《ちくせき》して、不動産のほうが儲《もう》かることに気がついて」

「今は専《もっぱ》ら、不動産業が中心、と言うことですか」

私が呟《つぶや》くと、良《い》い生徒を見る教師のように、社長は笑って頷《うなず》きました。

「ですがまだ昔の常連や、どこからか話を聞きつけて来た人からの依頼《いらい》が偶《たま》にありましてね」

「はぁ。私は断れって言ってるのだわ。うちはもう不動産だけで良《い》いじゃない」

「だって探偵《たんてい》、面白《おもしろ》いですし」

「はぁ……」

ニッコニコな笑顔《えがお》の社長と、心の底からため息を吐《つ》くゆいちゃん。

(社長って、思ってた数倍、変な人だわ！)

イケメンなのに。天は二物を与《あた》えずという奴《やつ》なのだろうか。

「そんじゃ、依頼《いらい》の資料見せて貰《もら》いますね。仕事は今日から始めたらいいんですか？」

「はい。いつもどおり、時給換算《かんさん》なのでタイムカードだけよろしくおねがいします」

後で聞いた話だけれど、探偵《たんてい》というのは多くの場合時給らしい。変なの。了解《りょうかい》っす、と呟《つぶや》いた大吾《だいご》さんに、ゆいちゃんが嫌《いや》そうに資料を渡《わた》す。そういえば、と社長が呟《つぶや》きました。

「今日の夜は嵐《あらし》になるらしいですよ。傘《かさ》は持っていった方が良《い》いかもしれませんね」

ミッションを説明しましょう。依頼人《いらいにん》は隣町《となりまち》の管理会社。『毎回、一月ほどで住人が引《ひ》っ越《こ》してしまう』物件があるので、その理由を調査して欲しいとのこと。

「マジで獅子乃《ししの》ちゃんは手伝ったりしなくていいんだぞ」

大吾《だいご》さんは松葉杖《まつばづえ》を器用に突《つ》いていました。だけど油断は禁物です。

「大吾《だいご》さんは私が居たら、迷惑《めいわく》だと仰《おつしや》るのですか？」

「……そういう詰《つ》め方《かた》してくるよね、キミ」

私たちは薄《うす》い曇《くも》り空《ぞら》の下、関内《かんない》の繁華街《はんかがい》を歩いていました。調査する物件『マンション・クロウリー』は関内《かんない》の外れ、福富町《ふくとみちょう》と言う場所にあるらしい。

（なんか……ちょっと、デートみたい）

2人きりで。繁華街《はんかがい》を歩いて。手が触《ふ》れ合《あ》うような距離《きょり》で。

（って、何を考えてるの私わぁ！）

バカバカ。色ボケが過ぎます。私はただ、彼のお手伝いがしたくて来たのです。履《は》き違《ちが》えてはいけません。真面目に真剣《しんけん》に。業務だけを氷の心でこなしていくのが肝要《かんよう》です。

「現場に行く前に昼飯だけ食べるか」

「あ、はい」

「あそこでいい？」

彼が指差したのは、ケバブの屋台。

（か、買い食いだなんて、して良《い》いのかしら）

モジモジしてる私を尻目《しりめ》に、彼はケバブを2つ買います。

「もぐもぐ。……はむっ⁉」

柔《やわ》らかい生地《きじ》と濃厚《のうこう》なお肉の味わい。これは美味《おい》しい。ソースも絶品。

「はぐはぐ」

夢中になって食べていると、彼が笑いながら、指を私の顔に近づけました。

「ゆっくり食べなー？　ほら、ソース付いてる」

「はぐっ」

彼が指で、私の口元を拭《ぬぐ》ってくれる。優《やさ》しい指使いで、唇《くちびる》をなぞられる。私は恥《は》ずかしくて、ドキドキして、全く動けなくなってしまいます。

（デートだ）

こんなの、ただのデートだ。だって少女漫画《まんが》で見たことあるもの。私は単行本でよく見たヒロインのように、顔を真っ赤にして狼狽《うろた》えて、彼が笑いながら食事をするのを見つめる。

（しっかりしなさい。しっかりしなさい、私!!）

仕事のお手伝いに来たんだから！　大吾《だいご》さんはお姉さまと頑張《がんば》るって決めたんだから！　王子様に憧《あこが》れる女の子みたいな目で、彼の事を見つめちゃダメ。大体そんなの似合わないし。

「んし。そろそろ行こっか、獅子乃《ししの》ちゃ……何で太ももつねってるの？」

色ボケを痛みで吹き飛《ふと》ばそうとしていた私を、大吾《だいご》さんは不思議そうに見ているのでした。

福富町《ふくとみちょう》に着いた時、私のそんな色ボケは遥《はる》か彼方《かなた》まで吹き飛《ふと》ばされていました。極彩色《ごくさいしき》の看板にデカデカと『ソープランド』と輝《かがや》く文字。色鮮《いろあざ》やかなホテル。『極勃《ごくだ》ち』の張り紙が飾《かざ》られたドラッグストア。人妻がどうだとか、素人《しろうと》がどうだとか呪文《じゅもん》のように並びます。

（こ、ここ……いわゆる、風俗街《ふうぞくがい》と言うやつでわ!?）

あまり柄《がら》の良くないような人たちが歩いてる。道路に座って煙草《たばこ》を吸っている人も普通《ふつう》に居る。忙《せわ》しなくキョロキョロしている私に、大吾《だいご》さんがフォローするように笑いました。

「驚《おどろ》くよな、この辺。随分雰囲気《ずいぶんふんいき》が違《ちが》うから」

「……横浜《よこはま》って、ハイソなイメージがありました」

「この辺りは外国人街なんだよ。中華街《ちゅうかがい》と違《ちが》って、あんまり観光地化もしてないけどね」

確かに辺りを見渡《みわた》すと、看板の文字は日本語よりも外国語が多いです。最初は気づかなかったけど、居酒屋さんや、外国人向けのネットカフェなんかも多いみたい。

「雑多な雰囲気《ふんいき》だけど、美味《うま》い店も多いんだよ。他の場所には無い魅力《みりょく》がある」

そんな彼の言葉を聞きながら、私は綺麗《きれい》なお姉さんが描《か》かれたお風呂屋《ふろや》さんを見ていました。

（大吾《だいご》さんもこういう所、来るのかしら）

男の人はよく来るって言うけど。でも、大吾《だいご》さんは無いかな。あんまりこういうの好きそうじゃないし。平和で人畜無害《じんちくむがい》そうな人だから、えっちな本とかも読んでない気がする。たぶん。

そういう不潔そうな奴《やつ》は読まないと思う。うん。

「今回のアパートだけど、204号室の人だけがすぐに引《ひ》っ越《こ》してしまうらしいんだ」

「他の階の人は、何とも無いんですか？」

「みたい。まずは聞き込みから始めないとな」

『聞き込み』というフレーズに、私の中の中学生魂《だましい》がうずうずと疼《うず》いてしまいます。

探偵《たんてい》で、聞き込み。これはワクワクしちゃうやつ。マンション・クロウリーは、小さくて細長い3階建てのアパートでした。福富町《ふくとみちょう》の端《はし》にあって、辺りにはホテルや飲み屋が並びます。

「すいませーん。管理会社の方から来ましたー」

私たちはアパートの住人から話を聞きます。最近何か変わったことは無いか。騒音《そうおん》問題などに悩《なや》まされてないか。隣人《りんじん》トラブルは無いかなど。

「ちょっと分かりませんねぇ。お仕事お疲《つか》れさまです。あ、お水でもお出ししましょうか」

そう言ってペットボトルに入った水をくれる、初老の優《やさ》しい住人さんが居たり。

「お隣《となり》さん？　あ——。どうだろ。あんまり話さなかったから」

壁《かべ》に沢山《たくさん》のお守りを飾《かざ》った玄関先《げんかんさき》で、そんな風に言われたり。

どの住人も知らぬ存ぜぬで、聞き込みは一向に進みません。

「ふーむ。一体どういうことなんだ？」

大吾《だいご》さんは首を捻《ひね》っておりました。マンション・クロウリーの立地は悪くない。家賃も相場。歓楽街《かんらくがい》の中にあるとは言っても、引《ひ》っ越しする人が続出する原因は無いように思います。

（それにしても大吾《だいご》さん、聞き込みに慣れていたわ……！）

全く知らない人に全然物怖《ものお》じせずに、スラスラと話を聞いていました。

(……やっぱり。大人、なんだな)

お仕事している男の人。って感じで。ちょっと、少し、何と言うか、格好良かったです。

「部屋の方を調べてみるか」

「了解《りょうかい》です」

私たちは問題の部屋である、『204号室』に立ち入りました。

「うわ」

引《ひ》っ越《こ》したばかりで、清掃《せいそう》業者がまだ入っていない部屋。1月しか暮らしていないそうなのであまり汚《きたな》くは無いけれど、妙《みょう》な生活感があって、生々しい。

「俺はゴミ袋《ぶくろ》の中漁《あさ》るから、獅子乃《ししの》ちゃんは部屋を調べてくれる?」

「ご、ゴミ袋《ぶくろ》を漁《あさ》る?」

大吾《だいご》さんは慣れたような手付きで部屋の端《はし》のゴミ袋《ぶくろ》を漁《あさ》り始《はじ》めました。これも探偵《たんてい》の仕事なのかしら。私はサンタの正体を見た子供みたいな気持ちで、部屋のクローゼットを開きます。

「あら。これは何でしょうか」

何とも怪《あや》しげなパッケージの箱を見つけて、大吾《だいご》さんが何?　と呟《つぶや》いて近づいてくる。

私は彼に『0・02㎜』と書かれた薄《うす》っぺらい箱を見せました。

「こ、これは」

「なんでしょうか。見たこと無いへんてこな形の箱です。何が入っているのかしら」

「待った待った！　そ……それを、こっちに寄越《よこ》すんだ」

彼は微妙《びみょう》に居心地《いごこち》が悪そうに視線を逸《そ》らしています。

「大吾《だいご》さんは知ってるんですか？　これが何か」

「し、知ってると言うかなんと言うか……」

「？」

「とにかく。女の子が持つような物じゃないから。……いや持っていたほうが念《ねん》の為良《ためい》いんだけど、今はそういう話ではなくて、とにかく貸しなさい！」

「よくわからないけど、そんなの差別ですわ？」

男の子だからどうとか、女の子だからどうとか、良くないと思う。だって平等であるべきだもの。私は焦《あせ》る彼を無視してパッケージを開くと、小さな包みみたいな袋《ふくろ》を取り出す。

「……おかし？」

「違《ちが》う。ラムネ菓子《かし》っぽいけど。そうじゃなくて」

「じゃあ何なんですか」

私は歯切れの悪い彼の顔を、ジーッと見つめます。

(この人、何か隠《かく》しているわ！　疚《やま》しい事がある人の顔だもの)

隠《かく》し事《ごと》も良くないと思う。正直で居るというのは人間関係の基本だと思うんです。

「これが何か話すまで、睨《にら》み続《つづ》けます」

大吾《だいご》さんは、はぁ、とため息を吐《つ》いた。

「ちょっと耳貸して」

私の耳元に手を当てる。顔が近くて、一瞬《いっしゅん》、胸が跳《は》ね上《あ》がるのを感じた。こそばゆい彼の吐《と》息《いき》を感じながら、私はその箱に何が入っているのかを聞く。って。え。ゴムって。

「ぴにゃ⁉」

手から落ちた箱がカタンと音を立てて、私は顔を真っ赤にして固まります。

「……せやねん」

彼も恥《は》ずかしそうにしつつ、コソコソと私から距離《きょり》を取って、またゴミ袋《ぶくろ》を漁《あさ》り始《はじ》める。

（私は殿方《とのがた》の前で、何て物を恥《は》ずかしげも無く持っていたというの！）

千子獅子乃《せんじししの》、一生の不覚。これは夜に恥《は》ずかしさがぶり返して寝《ね》れなくなるやつ。

「ん？　なんだこれ」

彼はゴミ袋《ぶくろ》の中の何かを見つけて首を捻《ひね》る。私もその中を覗《のぞ》きました。あったのは、細かく切られた布の切《き》れ端《はし》。特徴的《とくちょうてき》な物で、まるで和装か着物の布地みたいな。でも量はハンカチ1つ分ぐらい？　私たちは顔を見合わせて、なんだろう、と首を捻《ひね》るのでした。

それからも部屋の探索《たんさく》を続けたり、近くのお店を調べたり、管理会社に聞き込みに行ったり。忙《いそが》しく色々していると、気がつけば夕方になっていました。

「……ふむ」

大吾《だいご》さんは何かを懸命《けんめい》に考えていらっしゃる様子です。分かったことがあったのかしら？

私は正直、サッパリだったのですけれど。でも手応えなしって感じじゃないみたい。

「事務所に戻《もど》ろうか。タイムカード押さなきゃ」

私たちは福富町《ふくとみちょう》の管理会社前から、事務所に向かって歩き始めます。

——しかしその時、ぽつり、と雨。

「やべ。傘《かさ》、２０４号室に忘れて来ちまった」

「あっ」

私の手元の中には、透明《とうめい》のビニール傘《がさ》。１本だけ。反射的に、呟《つぶや》く。

「じゃあ。一緒《いっしょ》。入りますか」

「ありがとう。助かるよ」

「……っ」

彼は傘《かさ》を持ってくれる。紳士《しんし》みたいに。肩《かた》が触《ふ》れ合《あ》うような距離《きょり》で。私は彼に寄《よ》り添《そ》って。しとしとと降る雨を受け止めてくれます。この距離《きょり》だと心臓の音まで聞こえそうで、怖《こわ》い。

（って、この人松葉杖《まつばづえ》!?）

すぐに気がついて、彼から傘《かさ》を奪《うば》い取《と》ります。大吾《だいご》さんは別に大丈夫《だいじょうぶ》なのに、と呟《つぶや》いて、私は彼を睨《にら》む。当然、傘《かさ》の真ん中は彼。私は濡《ぬ》れても大丈夫《だいじょうぶ》なので。

（……距離《きょり》が本当に近くて、ヤバいかも）

キュンキュンと言うか、ドキドキと言うか、これは本当に、ダメな奴《やつ》。心臓が駄目《だめ》になりそうなぐらい高鳴ってる。私はお姉さまの妹なのに。大吾《だいご》さんの運命の人なんかじゃないのに。

（この雨が……ずっと……続いたら、良《い》いのにな……）

とか乙女《おとめ》ぶっている私の横《よこ》っ面《つら》をぶん殴《なぐ》るように、小雨《こさめ》は——嵐《あらし》に変わりました。

「ぐぉおお⁉ 傘《かさ》の骨が全部折れたぁ⁉」

「きゃああ‼ 大吾《だいご》さん、これはちょっと、ヤバいのでは⁉」

バケツを引っくり返しているみたいな雨。強すぎる風に今にも私たちは吹《ふ》き飛《と》ばされてしまいそうです。さっきまでのロマンチック時空は何だったの！ 相合い傘《かさ》？ とか言ってた自分がバカみたい。自然の驚異《きょうい》を前に乙女心《おとめごころ》など紙屑《かみくず》に等しいのでした。

「獅子乃《ししの》ちゃん、危ない！」

大吾《だいご》さんが叫《さけ》んで、私の体を抱《だ》き寄せる。同時に、ガン、と言う鈍《にぶ》い音。彼にぶつかった『激安』と書かれた大きな看板は、嵐《あらし》によって私たちの後方に吹《ふ》き飛《と》んでいく。

「ッ痛ゥー……！」

「大吾《だいご》さん！」

「あ、いや大丈夫《だいじょうぶ》。大丈夫《だいじょうぶ》だから！　……でも、このままじゃ流石《さすが》にまずい！」

大吾《だいご》さんは痛めた肩《かた》を押さえながら、苦痛で顔を歪《ゆが》めています。

（私をかばって、怪我《けが》をさせてしまうなんて）

そんなの絶対にダメなのに。私はなんとかしなければと辺りを見渡《みわた》す。

「大吾《だいご》さん、あそこ！　一旦《いったん》入りましょう！」

「あそこって……へ⁉」

『休憩《きゅうけい》5時間3000円』の文字。派手な色合いのライティング。不釣《ふつ》り合《あ》いにお洒落《しゃれ》な入り口。私は顔を真っ青にする大吾《だいご》さんの手を引っ張って、彼をホテルに連れ込んだ。

■

脳裏《のうり》に、児ポ法の3字がよぎる。

「あ、結構、中、綺麗《きれい》なんだ」

獅子乃《ししの》ちゃんはそんな事を言いながら、青いライトが輝《かがや》く豪華《ごうか》な室内を眺《なが》めていた。嫁《よめ》の中学生の妹——つまり義妹《ぎまい》と——ラブホテルに来てしまった。警察に見つかったらお縄かもしれない。フロントマンは背の低い獅子乃《ししの》ちゃんを見て一瞬《いっしゅん》何か言いたげにしていたが、びしょびしょかつ松葉杖《まつばづえ》の俺を見て、何も言わずに通してくれた。

「それでは大吾《だいご》さん。服、脱《ぬ》いで下さいまし」

「へぇっ!?」

「さっき、看板に肩《かた》ぶつけたでしょ。怪我《けが》してるかもしれませんわ」

あ、そういうことか。いやそういうことだったとしても。義妹《ぎまい》とのラブホテルで服脱《ふくぬ》いでいいんだろうか。……例え不可抗力《ふかこうりょく》だし仕方がないし疚《やま》しい思いは無いにしても。

(あまり、意識しすぎる方がヤバいか)

外の嵐《あらし》は先程《さきほど》よりも一層激しくなっていて、ごうごうと窓ガラスを叩《たた》いている。俺は平常心を必死に保ちながら、上半身裸《はだか》になった。濡《ぬ》れたシャツを窓際《まどぎわ》にかける。

「…………………」

獅子乃《ししの》ちゃんが一瞬《いっしゅん》固まって、こっちをじーっと見つめていた。

「え、なに」

「なんでもありません」

彼女は視線を外して俺の肩《かた》に触《ふ》れる。冷たくて小さな彼女の柔《やわ》らかい手のひらに驚《おどろ》く。

「……赤く腫《は》れてる」

ホテルのフロントから借りた医療箱《いりょうばこ》を開きながら、獅子乃《ししの》ちゃんは俺を睨《にら》んだ。

「大吾《だいご》さんは、本当にバカですわ」

「えぇ。急に何」

「だって。あなた足、怪我《けが》してるのに。また、こんな怪我《けが》」

彼女は怒《おこ》っていた。感謝とか憐憫《れんびん》以上に怒《いか》りの感情が強かった。そこに獅子乃《ししの》ちゃんの気高さを見た気がした。美しい少女だな、と思う。彼女と話しているといつも。

「他人をかばって、自分ばっかり怪我《けが》をして。……ばか。ばかばかばか」

「かばったとかじゃないよ。ただ俺が鈍《どん》くさくて、避《よ》けられなかっただけで」

「…………」

氷点下の視線で睨《にら》みつけられる。

「そんな言い訳が通じるほど、子供だとお思いで？」

怖《こわ》い。俺は言い返せずにガタガタと震《ふる》えた。彼女はため息を吐《つ》いてから、俺の体に触《ふ》れる。

「肩《かた》、冷やさないと。それに、固定もしたほうが、良《い》いかも」

彼女は丁寧《ていねい》に、献身的《けんしんてき》に応急処置をしてくれる。後で病院に行くのよ、と付け加えて。

やけに静かな夕方だった。外は嵐《あらし》で雨粒《あまつぶ》が激しく窓ガラスを叩《たた》いているのに。獅子乃《ししの》ちゃんの息遣《いきづか》いだけがやけに大きく響《ひび》いていた。『神奈川県全域に大雨警報が出ました。今後の気象情報に注意してください』。テレビをつけると、アナウンサーが真面目な声で呼びかけていた。

天気予報によると、今夜いっぱい酷《ひど》い雨が続くらしい。

「これからどうしようか」

「どうしましょう」

お互《たが》いに選択肢《せんたくし》が無い事には気がついていた。外の雨は余りに酷《ひど》くて、道路に水が溜《た》まっている。タクシーも運行していない。ギプスもずぶ濡《ぬ》れで、この嵐《あらし》の中を歩けるとは思えない。

「……………」

でも、良《い》いのか？　俺、嫁《よめ》がいるんだぞ。その妹とは言え、一緒《いっしょ》にラブホなんかに泊《と》まって良《い》いのか？　それしかない——というのは分かっていた。けれど言葉には出来なかった。

「今日は、ここに泊《と》まっていきましょうか」

静かな声で、獅子乃《ししの》ちゃんが呟《つぶや》いた。

「私がお姉さまにちゃんと説明しますから。気にしないで下さい」

獅子乃《ししの》ちゃんは優《やさ》しく笑った。彼女が気遣《きづか》ってくれたんだと、俺はその時やっと気がついた。

「……いいの？」

「大吾《だいご》さん、私に何かするつもりなんですか」

「し、しない！　しないに決まってるだろ⁉」

「……そうですよね」

一瞬《いっしゅん》だけ、泣きそうな顔をした気がした。

俺はそれを、気の所為《せい》だと思う事にした。

■

どうやら私は、かなりテンパっていたようです。

(大吾《だいご》さんと、1晩、同じ部屋で過ごす)

その事に気がついてから、頭が真っ白で、自分が何を言っているのかも分からなくて。

(嵐《あらし》で体がびしょびしょなのにも気が付かないで、彼に応急処置してさ)

バカすぎる。我ながら本当に呆《あき》れる。冷えた体を放置してちゃ駄目《だめ》だ。私は大焦《おおあせ》りしながら彼をお風呂《ふろ》に入れようとして、お風呂《ふろ》が全部ガラス張りだったことに気がついて戸惑《とまど》って、彼が女の子を冷やしたままにする方が良くないとか言い出して、喧々囂々《けんけんごうごう》の議論を交《か》わした。

結局彼は譲《ゆず》らなかった。結局私は1人でガラス張りの浴槽《よくそう》で、熱いシャワーを浴びている。

(こんなの、彼が少し廊下《ろうか》に来たら、全部見られちゃうのだけれど)

この浴室を設計をしたのは一体どこのバカなのだろう。合理的じゃなさすぎる。

(早く、大吾《だいご》さんの体も暖めないと)

風邪《かぜ》を引いちゃう。私を助けてくれた人なのに。そんな不義理は犯《おか》せない。

「大吾《だいご》さん、私出ました。次どうぞ！」

「おっけー……って、獅子乃《ししの》ちゃん⁉　なんて格好してんの⁉」

私は未《ま》だ髪《かみ》を濡《ぬ》らしたまま、バスタオルだけを体に巻いていました。こっちだってこんな恥《は》ずかしい姿晒《さら》したくない。胸は真っ平らで惨《みじ》めだし。でも今は羞恥心《しゅうちしん》より合理性を尊ぶ所。

「いいから！　お風呂《ふろ》、入る！」

私は恥《は》ずかしそうな彼の背中に回って、浴室に押し込みます。やばいホント恥《は》ずかしい。もう死ぬ。心臓がバスドラムみたいにドクンドクンって音を出してる。

(大吾《だいご》さんの前で、こんな格好晒《さら》しちゃうなんて……！)

私はホテルのパジャマか何かを探しながら、熱い頬《ほお》を手《て》の甲《こう》で冷やします。

(……でも。大吾《だいご》さん。なんかちょっと、私の体、見てたな)

胸元《むなもと》とか。ヒップラインとか。一瞬《いっしゅん》だけ、視線を感じた。どこか粘度《ねんど》の在る視線。えっちな視線。私なんかにも、向けちゃうんだ。いつもは、中学3年生、とか子供扱《こどもあつか》いするくせに。

「……ぴにゃ～～～～っ‼」

あー、ホントだめ。頭の中真っ白になる。壊《こわ》れちゃう。ドキドキドキドキドキドキって大きな音が止まらない。私はとりあえず、ホテルに備え付けのバスローブを着ます。

(し、下着、どうしよう)

雨を含《ふく》んでずっしりと重くなった下着。濡《ぬ》れて気持ち悪くて、流石《さすが》に穿《は》く気にはなれない。

(でも、何も穿《は》かずに過ごすっていうのは……‼)

それは、流石《さすが》に、駄目《だめ》、じゃない？　殿方《とのがた》と1晩同じ部屋で過ごすのに、穿《は》いてない。って言うのは。ホテルに売店とかって無いのかしら。一縷《いちる》の望みをかけて、ホテルの案内図を開く。

えーっと、なになに？

（お洋服の貸し出し？　こんなのやってるのね。ナース服とかバニー。メイド服もある）

なんか全体的にコスプレっぽい。何でこんなの貸し出してるのかしら？

（……あ。あるっぽい。自販機《じはんき》？）

廊下《ろうか》の突《つ》き当たりの自販機《じはんき》で下着が売っているらしい。なんだろそれ。変なの。あまりに都合が良《い》い話です。私は訝《いぶか》しがりながらも、一旦濡《いったんぬ》れた服を着て、大急ぎで部屋を出る。

「これかしら」

『自販機《じはんき》』はすぐに見つかりました。少しくすんだ色の小さな販売機《はんばいき》で、私たちがいつもよく見る飲み物を売るソレとは全く違《ちが》う形態でした。レトロな感じが少しかわいい。

（あ。お菓子《かし》も売ってる。カップ麵《めん》まで）

爪切《つめき》りとか、ナプキンとか、ストッキング。その中に『女性用下着』が置いていました。

（スキン無料ってなんだろ？）

気になって『スキン』と書かれた容《い》れ物《もの》の中を覗《のぞ》き込《こ》んでみると、さっき２０４号室で見つけたヤツがありました。あの、男と女が、その、する時に、つけるヤツ。

「ぴにゃっ」

まさかこんな物まで売っているとは。きっと大人のマナーなのでしょうが、中学3年生には早すぎます。私は涙目《なみだめ》になりながら大急ぎで必要な物を買うと、部屋に戻《もど》りました。

「あ、急に居なくなったからビビったよ、獅子乃《ししの》ちゃん」

大吾《だいご》さんはもうお風呂《ふろ》を出て、少しホカホカと湯気を立てていました。玄関《げんかん》の前で私を出迎《でむか》えて、バスローブだけを地肌《じはだ》に羽織っています。……って事は、大吾《だいご》さんも今、下着——

(穿《は》いてないのでは？　バスローブから胸板《むないた》、普通《ふつう》に見えてるし)

「ぴにゃぁ……」

「え。ど、どうしたの獅子乃《ししの》ちゃん。死にそうな顔で呻《うめ》いて」

私は彼に、カップ麺《めん》とお菓子《かし》を押し付ける。

「これ。買ってきたので。食べて下さい」

「え」

「私、また濡《ぬ》れた服着ちゃったので、もっかいシャワー浴びてきます」

逃《に》げるように風呂場《ふろば》に入って、顔を真っ赤にしたままで服を脱《ぬ》ぐ。今日の失態が本当にヤバい。恥《は》ずかしくて眠《ねむ》れなくなっちゃうやつ。早く熱いシャワーで流しちゃおう。

「あっ」

背後で声。

「え？」

玄関《げんかん》から戻《もど》ってきた彼と、目が合いました。

「…………」

私は完全に忘れていたのです。浴室のドアがガラス張りな事。玄関《げんかん》から部屋に戻《もど》る時必ず浴室の前を通る事。このタイミングで着替《きが》えたら、絶対にこうなってしまう事も。

「～～～～～～～～っっ」

見られた。見られた！　見られたぁ⁉　私は必死に手で体を隠《かく》して、大吾《だいご》さんは声にもならない悲鳴をあげながら、顔真っ赤にして逃《に》げていく。

■

もしこの世界に神さまがいるなら、俺は天罰《てんばつ》で滅《めつ》される頃《ころ》じゃないだろうか。

（……ヤベーもん、見ちまった）

獅子乃《ししの》ちゃんの体。薄《うす》くてしなやかな肉付き。だけどお尻《しり》は大きめで、女の子らしい。

（って、完全に目に焼き付いてるじゃねーか⁉）

ばかばかばかばかばか。ばかがよ！　相手は中学生だっつってんだろ⁉　確かに彼女は妙《みょう》に大人っぽい時があるけど。心臓がどくんどくんと音を立てて、止まらない。俺は冷静になるべく、リモコンでテレビのチャンネルを切《き》り替《か》えた。

『近くの大学で、看護師の勉強してまーす？』

美人な半裸《はんら》のねーちゃんが映って、速攻《そっこう》でテレビを消す。そうだ、ラブホのテレビなんだ。危なかった。これが獅子乃《ししの》ちゃんの居る前で映ってたら、ヤバい事になってたな……俺はリモコンをベッドの下に隠《かく》した。

（……そうだ。まずい）

今日は夕飯でも食おうって兎羽《とわ》と約束してたんだ。……彼女が覚えているかは正直分からなかったけど。この天気じゃ無理だろう。俺は彼女に電話をかける。数度コール。着拒《ちゃっきょ》はちゃんと解いてくれたみたいだ。そこは一安心。不意に、がちゃりと、音。

『……あ。だ、大吾《だいご》クン？』

「良かった。出てくれた」

『今朝は……その……ごめん。私、テンパっちゃって』

脱兎《だっと》の如《ごと》く逃《に》げてったもんな、この人。

「デリカシーがなかった俺も悪い」

『いやっ。あ、あれはねっ。勘違《かんちが》いでっ』

やっぱ乙女《おとめ》としては気になる所なんだろう。可愛《かわい》いなと思って、苦笑《くしょう》する。

「ゴムボールだろ。謎《なぞ》は解けてる」

『……ぁ。…………………ぅん』

「そんな事で焦《あせ》りすぎだから。俺たち夫婦《ふうふ》よ？」

『だってぇ〜〜〜〜!!』

でも、そういう彼女が好きだしな。兎羽《とわ》の言い訳を聞きながら、妙《みょう》に暖かい気持ちになった。

「それと、兎羽《とわ》。ごめん。今日のデートの約束。無理そう」

『あ——。私も。だってこの雨だし。出先で完全に足止め食らってる』

「え、そうなの？　大丈夫《だいじょうぶ》？　俺、行こうか」

『……大丈夫《だいじょうぶ》。心配してくれるんだ』

「当たり前だろ」

語気が強めの俺の言葉に、彼女は小さく『うん』と答えた。それが通じ合ったみたいで、なんだか嬉《うれ》しい。こんな状況《じょうきょう》でも、彼女が呼んだら絶対に行こうと、それだけは決めていた。

「それでこっちは……話しとかないといけない事が……あるのですが」

『お。急に歯切れが悪くなったな。なんだぁ？』

獅子乃《ししの》ちゃんの方から話してくれると言っていたけど、ここは俺が言うべきだろう。

「今、俺も仕事で外に居て。ホテルに逃《に》げ込《こ》んだんだけど」

『あー。そうなんだ。急に強くなったもんね、雨』

「獅子乃《ししの》ちゃんも一緒《いっしょ》なんだ」

『………………え』

低い『え』だった。今まで聞いたことのないような声で一瞬《いっしゅん》、驚《おどろ》いた。

「ホテル、満室みたいで。仕方がなくて、ですね」

『……………あー』

少しだけ、無音。兎羽《とわ》は何かを考えているみたいだった。不意に、呟《つぶや》く。

『しぃしぃ。義理堅《ぎりがた》いからね。怪我《けが》してる大吾《だいご》クン、ほっとけなかったんでしょ。それで急な大雨で仕方がなく。みたいな、事でしょ。不可抗力《ふかこうりょく》ってやつだよねつまり』

「そうそう！　ただ、それだけだから」

『……それで偶々《たまたま》ホテルが近かったなんて、なんか運命みたいだけど』

「え？」

俺は聞き返した。けれど彼女はううん、なんでもない、と呟《つぶや》いた。

『うん。了解《りょうかい》。しぃしぃの事、よろしくね。大吾《だいご》クンなら安心して任せられるし』

「お、おぉ。おっけー！」

彼女は笑った。別に怒《おこ》ったりはしていないのか……？　安心する。

『私今日はずっと、友達の部屋に居たんだ』

「あ、そうなんだ。なら安心した」

『宗男《むねお》。声、聞かせてあげて』

「…………え」

次は俺のほうが、低い『え』という声を出す番だった。

『ちょ……なに兎羽《とわ》ちん。その名前で呼ぶなってゆってんじゃん』

『いいから。私の夫に声聞かせてあげて』

『え？　何今、繋《つな》がってんの？　どゆこと？』

電話の奥で聞こえる、若い男性と兎羽《とわ》の話す声。俺は頭の中が真っ白になる。

『それじゃ大吾《だいご》クン。また今度』

そう呟《つぶや》いて、兎羽《とわ》は通話を切った。俺はただ無言で、スマホを握《にぎ》りしめていた。

■

冷たい水を頭にたっぷりかけて考えをしゃっきりさせた後、私——千子獅子乃《せんじししの》は熱いシャワーを浴びて体を温めていました。

「私、復活」

今夜の数々の失敗で精神が崩壊仕掛《ほうかいしか》けていた私ですが、何とか平静を取《と》り戻《もど》します。今は色々大変な時。しっかりしなければいけません。ふやけている場合ではないのです。

（……何で大吾《だいご》さんと居ると、こんなにバカばっかりしちゃうんだろ）

彼を見ていると、ドキドキが止まらなくて、頬《ほお》が熱くなって、息が荒《あら》くなる。『あの頃《ころ》』の事を思い出す。私がメイドだった頃《ころ》。彼がご主人さまだった頃《ころ》。1960年代の頃《ころ》。

（あの頃《ころ》、私は彼を見る度《たび》にこんな風にドキドキしてて）

なんて考えちゃいけない。お姉さまが彼の妻だもの。あの姉はちゃらんぽらんで自分勝手ですが悪い人じゃありません。大吾《だいご》さんを傷つけたりはしないと思う。たぶん。そう信じたい。

「大吾《だいご》さん。お待たせしました」

私はしっかり下着を付けてからバスローブを着て、浴室から出ます。言うて、かなり薄着《うすぎ》なので警戒心《けいかいしん》は切らさず、ガードを固めつつ。嫁入《よめい》り前の淑女《しゅくじょ》として当然の警戒《けいかい》です。

「カップ麺《めん》でも食べますか？」

彼はボーッと窓の外を眺《なが》めて、無言のまま。一体、どうしたんでしょう？　私が困っていると、彼は小さく呟《つぶや》きました。それは彼に似合わない、本当に小さな声でした。

「獅子乃《ししの》ちゃん。宗男《むねお》って人、知ってる？　親戚《しんせき》とか？」

「えーと。どなたですか？」

「そっか」

視線を逸《そ》らす。

「兎羽《とわ》が今、その人の部屋に居るらしい。……誰《だれ》かなって」

心臓に杭《くい》を刺《さ》された。私は、そんなズキリとした痛みを覚える。

「お姉さまがそう言ったの？」

「さっきちょっと電話してね」

「……」

「いや、別に気にしなくていいんだ。きっと理由があったんだろうし」

私は必死に考える。彼女が男と一緒《いっしょ》に部屋に居る理由。そんな親戚《しんせき》居ない。教師とかでもないだろう。彼女は警戒《けいかい》心が強いから、よっぽど仲が良くないと男の部屋なんかに行かない。

「飯でも食おうか」

彼は絶対に明らかに無理している表情で、何でも無さそうに笑った。私はドライアイスを直接胸に押し付けられたような気持ちで、奥歯《おくば》を嚙《か》み締《し》めた。——これでも信じたかったのよ。あなたが彼に本気なんだって。玩具《おもちゃ》にしているだけじゃ無いんだって。

（許せない）

彼に、こんな表情をさせた事が。だって私のお姉さまって、人の気持ちが分かる人だから。敏感過《びんかんす》ぎて、他人の心を怖《こわ》がる人だから。自分の妻が知らない男と居ると知って、大吾《だいご》さんが傷つかない訳が無いって、分かってたに決まってる。

（お姉さまは、大吾《だいご》さんを、ワザと傷つけたんだ）

あなたはやっぱりそうなのね、お姉さま。自分が楽しいのが1番なのね。大吾《だいご》さんで、遊んでいるのね。私はそんな自由なあなたが嫌《きら》いではないの。寧《むし》ろ、憧《あこが》れているの。本当よ。今だって愛してるって言える。だけど流石《さすが》にこれ以上は許す事が出来なかった。

「おいで」

――これ以上、この人を傷つけさせない。

「えっ」

驚《おどろ》く彼を、抱《だ》きしめる。冷えた体。さっきお風呂《ふろ》に入ったばかりなのに。本気でお姉さまのこと、好きなのね。きっと今のあなたは、私のことなんて眼中にない。分かっているの。

「……本当に大吾《だいご》さんって、バカね。辛《つら》い時の大丈夫《だいじょうぶ》そうな振《ふ》りなんて、意味ありませんわ」

「俺は兎羽《とわ》を信じてるから」

ばか。ばかばかばかばか。この前嘘《うそ》つかれたばかりじゃない。裏切られたばかりのくせに。もっと、人を疑うことを覚えろ。ばか。私は心臓を串刺《くしざ》しにした杭《くい》をぐりぐりと動かして、傷口を抉《えぐ》られるような痛みを感じた。泣きそうになる。

(そう。この人はこういう人。自分からは彼女から逃《に》げられない)

真《ま》っ直《す》ぐ過ぎるぐらい誠実で裏切られるとか全然考えないで、誰《だれ》かを信じられる人だから。

「大吾《だいご》さんは本当に、お姉さまじゃないと駄目《だめ》なの？」

「え」

「もっと、他に良《い》い人。いるんじゃないですか」

私は彼の瞳《ひとみ》を見つめた。もう逃《に》げない。逃《に》げられない。私はそれを強く感じた。今までみたいに視線を背《そむ》けて自分の気持ちを無視しない。この胸の苦しさからは、逃《に》げたりしない。

「あなたの運命の人は、お姉さまじゃない。……別の人だわ」

(私です。――私があなたの運命の人です)

想《おも》いは言葉にはならなかった。だけど精一杯《せいいっぱい》の想《おも》いを込《こ》めて、彼を見つめる。彼の頭をぎゅーっと抱《だ》きしめて髪《かみ》を撫《な》でた。懐《なつ》かしい香り。大好きな感触《かんしょく》。ずっとこうしていたくなる。


――私は、彼をベッドに押《お》し倒《たお》した。

第8話　獅子《しし》は兎《うさぎ》を狩《か》るのにもウンタラカンタラ

「あーぃーあーぅーあー……」

私──千子兎羽《せんじとわ》は死にそうになりながら、フローリングの床《ゆか》で溶《と》けて居ました。

「ちゅーかバカだね～。キミ」

と呟《つぶや》くのは、セミロングの茶髪《ちゃぱつ》を揺《ゆ》らす、こんがりとした小麦色の肌《はだ》の女の子でした。めっちゃ短いスカートに、だぼだぼの上着。派手なアクセ──所謂《いわゆる》、ギャルってファッションです。

彼女曰《いわ》く『90年代ファッションがうちの流行《はや》り』とのこと。

「自分の彼氏《かれし》が？　妹とホテルに居たから嫉妬《しっと》して？　うちの地声聞かせて、勘違《かんちが》いさせて嫉《しっ》妬《と》させて。で、自ら加害者になったくせに今更《いまさら》なに自己嫌悪《けんお》で落ち込んでんの」

「全部言わないでよぉ……みぃ」

彼女の名前は枯樹《かれき》みぃ。──本名は枯樹宗男《かれきむねお》。身体的性は男性でも、性自認《せいじにん》は女性である。ゲイでは無くトランスジェンダーの人だ。モデル並の顔面偏差値《へんさち》でよくナンパされるのを自慢《じまん》している。女性に興味なんて無い。この人が好きなのは、細身のマッチョなんだもの。

「彼氏《かれし》に怪我《けが》させたの、誰《だれ》？」

「私です……」

「その妹が代わりに看病して――仕事を手伝って――この嵐《あらし》でさ。しょーがないじゃん」

「でも、ホテルは無くない⁉」

みぃは他人事《ひとごと》なので楽しそうに笑っていた。

「うち彼氏《かれし》にソレされたら、ぶっ殺すかも」

「でしょー⁉」

いや。普段《ふだん》だったら、ここまで怒《おこ》ったりはしていない。なんせ相手は妹だ。

（だけど、昨晩見た変な夢のせいで）

しぃしぃが大吾《だいご》クンの運命の人で、私はただの脇役《わきやく》ってやつ。あの夢を見たせいで、あの２人が一緒《いっしょ》に居ると知った時、どうしようもない焦《あせ》りを覚えた。

「でも友達を使って、男の家に居る振《ふ》りはせんかなー」

彼女は基本的に女の子みたいな高くてかわいい声をしている。相当練習したらしい。でも寝《ね》起《お》きとかは昔の地声が出てしまうのだ。意外と渋《しぶ》い声で、これが結構びっくりする。

「陰《いん》☆湿《しつ》」

「うええ――んっ。そうですっ。私が嫉妬《しっと》で汚《よご》れた醜《みにく》い女ですー！」

私が泣くと、みぃはやっぱり面白《おもしろ》そうにキャッキャと笑う。こういう落ち込んでいる時に、みぃの底抜《そこぬ》けな笑顔《えがお》は少し救われる。彼女は、唯一《ゆいいつ》と言ってもいい友人だ。

私はどうも団体行動と言うか。社会活動みたいなものが苦手で、学校じゃ基本浮《う》いている。

トランスジェンダーを女子高生で公言している彼女もどうしても思春期の群れの中じゃ浮《う》いていた。ハグレモノ同士、気が合うのである。

「でさー。兎羽《とわ》ちんはもー、ちゅーとかしたのー」

「…………したが」

「してないな」

嘘《うそ》は一瞬《いっしゅん》で見破られた。

「兎羽《とわ》ちんは何でそー、見栄《みえ》っ張《ば》りでビビリで不器用かなー」

子供の頃《ころ》からカッコつけなんだもん。遠足のバスで先生に『おトイレ大丈夫《だいじょうぶ》？』とか聞かれたって死んでも行かなかったタイプだし。

「彼氏《かれし》にもどうせ、好きって言えてないんでしょ」

「ぐっ……」

好きって言う前に婚姻届《こんいんとどけ》出したからな。ちな結婚《けっこん》したのは秘密。絶対怒《おこ》られるもん。

「だ、だって好きって言ったら、好きって事だよ⁉　声聞いてるだけでドキドキ止まらなくて、いつだってぎゅーして貰《もら》いたくて仕方がない、って事だよ⁉」

「いーじゃん」

「そ、そんなの知られたら、どんだけ甘えん坊《ぼう》な兎《うさぎ》ちゃんなんだよこの女。本当に雑魚《ざこ》だな。って思われちゃうよ⁉　はっ。ちょっとこれから下に見ちゃうわって思われちゃうよ⁉」

「思われねーよ」

大吾《だいご》クンに『兎羽《とわ》って本当に俺のこと好きだな』みたいな目で見られたら、私は羞恥心《しゅうちしん》で溶《と》けちゃうから。それって、『負け』じゃない？　恋愛的《れんあいてき》敗北。惚《ほ》れたもん負けって言うし。

「大吾《だいご》クンだけが私にベタぼれで、ソレを見て、ふふん男の子って簡単ネ。って思ってたい」

「兎羽《とわ》ちんがぁ？　ムリムリ。だってキミ、ドMじゃん」

「はぁ!?　ドSだが！　ムチで叩《たた》いたりするが！　愚民《ぐみん》どもを！」

みぃは大げさに肩《かた》を竦《すく》める。

「じゃあカレを叩《たた》いてる所想像出来る？」

「出来ないけど」

「じゃあキミがお尻叩《しりたた》かれてる所想像出来る？」

「…………」

「そゆこと」

全然そんな事無いから。私は強い女だもの。大吾《だいご》クンにイジメられて喜んだりしない。想像して腰《こし》をモジモジとかさせてない。痛い系より精神系の方が良《い》いなとか思ってない。

「もっと素直《すなお》になりなー？」

「で、でも。それが私だもん」

「ん？」

「見栄《みえ》張《は》ってさ。ボコボコに負けてさ。それでも、格好付け続けるの。それが私なんだよ。不器用だし、ダサくてもさ。……今更《いまさら》変えられない」

みぃは少しキョトンとして、すぐに小さく笑って、お菓子《かし》の箱を開けた。

「ホント馬鹿だよ」

嬉《うれ》しそうに、私にお菓子《かし》をおすそ分けしてくれる。

「まぁ、だからうちはキミの友達なのですが」

「……ウン」

もっと上手《うま》くやれたら良《い》いのになって時々思う。大吾《だいご》クンに好き好き大好きって甘えて、キスをおねだり出来たら良《い》いのに、と思う。陰湿《いんしつ》に友達を利用して抗議《こうぎ》しなくても、『他の女とホテルに行くなんてどういうつもり？』って糾弾《きゅうだん》出来たら良《い》いのにって思う。

(……でも私のプライドに賭《か》けて、そんなださい真似《まね》は絶対に出来ないのだ)

でもせめて。せめて。

(明日帰ったら、謝ろう)

そのぐらいなら、馬鹿な私でも出来る気がした。

■

次の日。俺は『玉ノ井《たまのい》不動産』に戻《もど》ってきていた。瀟洒《しょうしゃ》に足を組んで座る社長の前で、彼自家製のくず餅《もち》をご馳走《ちそう》になっている。もっちりとして美味《おい》しい。

「昨日は大変だったでしょう。大丈夫《だいじょうぶ》でしたか？」

昨日の嵐《あらし》が嘘《うそ》のように、空は真っ青に晴れていた。気持ちの良《い》い天気だ。

「まぁ、何とか。色々ありましたけど」

苦笑《くしょうま》交じりに呟《つぶや》くと、社長は興味ありそうな視線を向けたけど、先《ま》ずは仕事の話が先だ。

「２０４号室の住人が何故《なぜ》すぐに引《ひ》っ越《こ》しするのか、大体分かりましたよ」

「もうですか？　相変わらず、仕事が早いですね」

大体、先日の近隣《きんりん》住民への聞き込みの段階で、大まかな謎《なぞ》は解けていたのである。

「ペットボトルの水を貰《もら》ったんです」

「ほう」

俺は近隣《きんりん》住民から貰《もら》ったペットボトルを、社長の前に置く。

「余り見たことのないラベルですね」

「俺もそう思って調べたら……これです」

『超《ちょう》健康水――ミネラルたっぷりな磁気０％健康飲料！　プラズマ配合の海洋深層水で、カリフォルニア市民大学がエビデンスを実証！』そんな謳《うた》い文句《もんく》がびっしりと書き詰《つ》められたサイトを、スマホで見せる。

「これは……マルチですか？」

「マルチ系の宗教みたいです」

２０４号室のゴミ袋《ぶくろ》から見つかった『布の切《き》れ端《はし》』をつなぎ合わせた『お守り』を見せる。聞いた事のない神さまの名前が書かれたお守り。調べてみると、また胡散臭《うさんくさ》いサイト。

「所謂《いわゆる》、信者ビジネスっすね」

「……あ——。なるほど」

社長は、もうこれがどういう事か分かってしまったみたいだ。

「騒音《そうおん》問題とか近隣《きんりん》トラブルとか電話で聞いても、誰《だれ》も何も言わないわけですね」

「あのアパートの住人、２０４号室以外の人は全員同じ宗教の信者です」

往々にしてあるのだ。新興宗教において必要な要素の１つは、信者同士の強固なコミュニティである。金のかからない監視《かんし》体制、とも言える。信者同士を近くに住まわせる事で、互《たが》いに互《たが》いを監視《かんし》させる。その信仰《しんこう》が当たり前なのだと思わせる。常套《じょうとう》手段だ。

「２０４号室に入室した人は、周りの住人から勧誘《かんゆう》されます。恐《おそ》らく、かなりしつこく１月で誰《だれ》もが引《ひ》っ越《こ》すぐらいだ。きっとえげつない勧誘《かんゆう》だったのだろう。ノルマでもあったのかな。俺が「裏を取る必要はあると思いますがね」と呟《つぶや》くと、社長は難しい顔をして呟《つぶや》いた。

「……心霊《しんれい》物件とかの方が、まだ何とかなったのですが」

信仰《しんこう》の自由が国に保障されている以上、不動産や管理会社には口の出しにくい問題だ。『勧《かん》誘《ゆう》はやめて下さい』なんて張り紙をする程度しか手段が無いが、それもどこまで効果があるか。

「しかし、本当に早い仕事で助かります。もっとゆっくりでも良かったのに」

「そういうわけにもいきませんよ。ただでさえ多めに貰《もら》ってんのに」

実際、結婚《けっこん》資金を貯《た》めている所なので、社長から貰《もら》えるバイトはありがたかった。

「昨日はホテルに泊《と》まったんですよね？　領収書頂いていいですか」

「あ――――」

俺は少し困って、かなり悩《なや》んでから、財布《さいふ》から領収書を取り出す。社長はそれを受け取ると、ジーッと見つめた。

「Ｈｏｔｅｌ・クイーンパレス」

「…………」

「そんな怪《あや》しげなホテル、ありましたっけ？」

「……ラブホです。何か問題ありますか」

「全く問題ないですが、昨日は獅子乃《ししの》ちゃんも居たし料金が1部屋分だなと思いまして」

色々言い訳を考えたが、どうせ社長は面白《おもしろ》がっているだけだ。正直に話すことにする。

「何もありませんでしたから。ただ妹を保護しただけです」

「大吾《だいご》さんは相変わらず、パンクですね」

「だから何もしてないって言ってるでしょ⁉」

社長は爽《さわ》やかに笑っていた。実際、俺は昨日は何もしてない。するはずない。彼女は俺の義《ぎ》妹《まい》で、中学3年生で、そもそも俺には妻が居るんだから。

(確かに、獅子乃《ししの》ちゃんに押し倒《たお》された時は、かなりビビったけれど——)

■

——私、千子獅子乃《せんじししの》は『玉ノ井《たまのい》不動産』の客間の方で、ゆいちゃんとお茶を飲んで居ました。大吾《だいご》さんと社長は、事務所の会議室の方で話し合っているご様子。

「自家製のくず餅《もち》って、どういうことですか」

私は目の前に出されたぷるぷるの透明《とうめい》おやつをつつきながら呟《つぶや》きます。

「くずの太い根をクワで掘《ほ》り起《お》こして(3時間)、繊維《せんい》になるまで粉砕《ふんさい》して(2時間)、沈《しず》めたり葛粉《くずこ》とゴミを分別したりを繰《く》り返《かえ》して(半日以上)、作った葛粉《くずこ》から出来てるくず餅《もち》だわ」

そんな大変な苦労をしてまで、どうして手作りしたんですか、くず餅《もち》を。

(社長さんは色んな物を捕《つか》まえたり作ったり食べたりするのが好きなのかしら)

最初に出会った時もエイを釣《つ》ってたし。セミでお茶も作ってたし。私は不思議な気持ちになりながらくず餅《もち》を口に入れる。つるつるで、冷たくて、美味《お》しい!

「ゆいちゃん。相談に乗って頂けますか? 私、1つ決めた事があるんです」

「あら。何かしら？」

くず餅《もち》の載った小皿をテーブルに置いて、私は呟《つぶや》く。

「——私、大吾《だいご》さんを寝取《ねと》ろうと思いますの」


ゆいちゃんは固まって、私の顔をぎょっとした顔で見つめた。驚《おどろ》いて、こほんこほんときなこを咳《せ》き込《こ》む。私がお茶を差し出すと、彼女はゆっくりと飲み込んでから。

「……獅子乃《ししの》ちゃん、そういうタイプだったのね」

「そういうタイプだったのです」

小学生女子に相談するのはどうかと思うのですが、この子は私よりよっぽど恋愛《れんあい》的精神年齢《ねんれい》が高そうなので。それにこの子以外に相談出来る人もいませんもの。友達0人だし。

「獅子乃《ししの》ちゃんは、大吾《だいご》ちゃんの事が好きってこと？」

「……すき」

その言葉を口にするのは、未《ま》だ難しい気がした。『好き』という感情よりも母性とか庇護欲《ひごよく》とかそういう感情の方が強い。あの真面目で優《やさ》しい男の子を幸せにしてあげたい。それだけ。

「でも寝取《ねと》るったってどうするの。既成事実《きせいじじつ》を作ろうってわけ？」

私もそれについては考えたのです。それこそ子供でも作ってしまえば、真面目な彼はこっちを見てくれるでしょう。でもそれじゃ駄目《だめ》。だって幸せじゃないもの。私は彼を幸せにしたい。辛《つら》い思いはしてほしくない。出来るだけ。

人生は複雑だから多少の傷《いた》みは伴《ともな》うだろう。けれど強引《ごういん》に行くのじゃ駄目《だめ》だ。

「色々パターンを考えてみました」

私はホワイトボードに文字を書き始めます。

「①私が乙女《おとめ》らしく真っ向から告白した場合」

「うん」

「A・普通《ふつう》にフラレて終わる。何故《なぜ》なら彼は私のこと、眼中にないので。彼はお姉さまを傷つけられるような人では無いので。私と彼の関係も気まずくなって修復不能。ジエンド」

「……獅子乃《ししの》ちゃん、そんな本性《ほんしょう》を隠《かく》し持《も》っていたのね」

ゆいちゃんは微妙《びみょう》に引くような目で私を見つめていました。

「②お姉さま達《たち》が破局するのを待つ場合」

「鬼《おに》ねあなた」

「A・コラテラル・ダメージが大きすぎる」

「コラテラル・ダメージ」

※作戦実行において必要条件とされる被害《ひがい》のこと。

正直、放っておいてもお姉さまと大吾《だいご》さんは上手《うま》くいかない、と私は思っています。だってお姉さまが本気では無いんだもの。どうせあの人はいつか飽《あ》きて、大吾《だいご》さんをボロボロにして捨てるでしょう。そんな時に私がただの『義妹《ぎまい》』のままじゃ少ししか力になれません。

「というわけで、私が取る作戦は以下です」

ホワイトボードに文字を書いて、バン、とそれを叩《たた》きました。

「③精神的に大吾《だいご》さんを依存《いぞん》させて、弱みに付け込む」

「ねえねえねえねえねえねえねえ!!」

ゆいちゃんは席から立ち上がりました。

「あなた、どんだけ肉食系なのよ!?」

私も我ながら自分にこんな本性《ほんしょう》があるとは若干驚《じゃっかんおどろ》きです。ですが合理的に作戦を立案して突《つ》き詰めた結果、コレしか無いという結論に至ったのでした。

「まずは彼の精神的支柱になる必要がありますわ。常に彼の近くに居て、親密な家族のように気のおけない信頼《しんらい》関係を作っていくのです。これは彼の義妹《ぎまい》である私には容易なこと」

「……こんなヒロイン嫌《いや》だ」

「絶対に自分の気持ちを見せないで甘えられる関係を築く。女を見せたら警戒《けいかい》されるので」

「う、うん。それで?」

「緩《ゆる》やかに、私無しでは駄目《だめ》な体に、する」

「…………」

「そしたら後は、簡単ですよね？」

ゆいちゃんは汗《あせ》だくになって息を荒《あら》くしていました。

「この義妹《ぎまい》、やばすぎる」

「ただの恋《こい》する乙女《おとめ》ですが」

「冷酷《れいこく》な捕食者《ほしょくしゃ》の狩《か》りだから」

私だって本意とは言えません。恋愛《れんあい》マンガのヒロインみたいに、食パン咥《くわ》えて曲がり角を曲がったら彼とぶつかって恋《こい》がしたかった。けれど仕方がないでしょう？　目的の為《ため》に手段を選ぶ程《ほど》、人生に余裕《よゆう》なんて無いでしょう？　大体、皆《みんな》だってそうでしょう？

「……でも、そんなに上手《うま》いくかしら」

「え？」

彼女はホワイトボードをじーっと見つめて、独り言みたいに呟《つぶや》く。

「だって。人の心って複雑怪奇《ふくざつかいき》な伏魔殿《ふくまでん》でしょ。合理的の真反対だわ。全く予想出来ないことの連続で、理詰《りづ》めで練り上げた作戦でどうにか出来るとは思わないけどね」

「……確かに」

私も全部が全部簡単にうまくいくだなんて思いません。これが茨の道だという事ぐらい理解してる。そもそもこの作戦の前提として、私はイチャイチャする大吾《だいご》さんとお姉さまを1番近くで見続けるということだもの。それがどれだけ苦しい事か、今の私には想像も出来ない。

「戦場には予期せぬ摩擦《まさつ》が発生するとクラウゼヴィッツも『戦争論』で語っていますもの」

「何であなたは発言がイチイチ肉食なのよ」

昨日、辛《つら》そうな顔をしている大吾《だいご》さんを見て、私の心は決まっちゃっていたんです。

あの人は私が護《まも》る。

（……次こそは）

考えて。──あれ？　『次』って何？　私は『前』に何をしたと言うの？　私は……。言葉にできない感情に襲《おそ》われる。だけど分からない事は、今は捨て置く。

「あなたって強い人なのね、獅子乃《しの》ちゃん。全然気づかなかったわ」

「……強い？　ですか？」

彼から護《まも》ってもらってばかりなのに。そんな私のどこが強いと言うんだろう。

「でも獅子《しし》は兎《うさぎ》よりずっと強いけど。どちらが繁栄《はんえい》した動物かなんて、言うまでも無いことだから。あんまり強いのも、考えものね」

ゆいちゃんは優《やさ》しく笑って、湯呑《ゆのみ》にお茶を淹《い》れてくれる。血気盛《さか》んになっていた私はそれでなんだか少し冷静になって肩《かた》の力が抜《ぬ》けていた。やっぱりこの子に相談してよかったです。

「それで獅子乃《しの》ちゃん、昨日はお泊《と》まりだったんですって？」

「あ、はい。昨晩は……」

■

——昨晩は、夜になっても酷《ひど》い嵐《あらし》が続いていた。

「大吾《だいご》さん。ここ、きもちーですか？」

「……あ……そ、そこ……良《い》い……うっ」

獅子乃《ししの》ちゃんは俺の上に馬乗りになったまま、優《やさ》しく体に触《ふ》れてくれる。

（一体、どうしてこんな事になっちまったんだ⁉）

厚手のバスローブを着ていたが、小柄《こがら》な獅子乃《しの》ちゃんには流石《さすが》に大きかったのか、時折肌色《はだいろ》が覗《のぞ》く。俺は必死に平静を保ちながら、彼女の優《やさ》しい呼吸を浴びた。

「……獅子乃《ししの》ちゃんってマッサージ、上手なんだな」

「そうですか？　見様見真似《みようみまね》ですけれど」

——あの後。兎羽《とわ》との電話について話して、ベッドに押《お》し倒《たお》された後。獅子乃《ししの》ちゃんは、怪《け》我《が》を労《いたわ》るように俺に優《やさ》しくマッサージをしてくれていた。

（一瞬《いっしゅん》ヤバい妄想《もうそう》してしまって、マジで申し訳ね——！）

彼女にベッドに押し付けられて。髪《かみ》の匂《にお》いを嗅《か》いでしまった時。どうしようもなく、心臓が跳《は》ねた。彼女は善意で労《いたわ》ってくれただけなのに。全く俺は、何考えてるんだ。マジでよ。

「何、固くしてるの、大吾《だいご》さん」

「ひっ」

耳元で囁《ささや》かれて、飛び上がりそうになった。

「体。固くして、緊張《きんちょう》しすぎですわ。もっと、力、抜《ぬ》いて下さいまし」

「あ、そ、そういう……あはは……なるほど」

「？　それ以外に何がありますの？」

獅子乃《ししの》ちゃん、時折大人っぽい表情を見せる割にこういう知識は全然無いみたいだ。ここがラブホテルだってのも気がついてなさそうだし。コンドームの存在についても朧気《おぼろげ》にしか分かってなかったし。そのままのキミでいてくれ。汚《よご》れた大人になって欲しくなさすぎるぜ……。

「大吾《だいご》さん。１つ尋《たず》ねてよろしいですか」

「何？」

獅子乃《ししの》ちゃんが耳元に口を近づける。彼女の柔《やわ》らかい前髪《まえがみ》が首筋を撫《な》でた。

「お姉さまの事、愛してるの？」

なんて答えるか凄《すご》く悩《なや》んだ。自分でも言語化しにくい部分もあった。でも獅子乃《ししの》ちゃんは多分、本気で俺たちを心配してくれていた。だから正直に話す。

「愛せると思ってるんだよ」

「……」

「恋愛《れんあい》はさ、愛を育んだ果てに結婚《けっこん》するだろ？　でも俺たちは、婚活《こんかつ》、だから。先にゴールがあって。それから、愛を育てていくんだと思う。兎羽《とわ》となら良《い》い夫婦《ふうふ》になれると思ったんだ」

「あの魔女《まじょ》と？」

俺は獅子乃《ししの》ちゃんの言い草に笑ってしまった。確かにそれは兎羽《とわ》らしい渾名《あだな》だ。いつも自分を隠《かく》して煙《けむ》に巻《ま》いて遠くでぷかぷか笑っている。でも俺は、そういう所に惹《ひ》かれたんだ。

「獅子乃《ししの》ちゃんは、兎羽《とわ》のこと好きなんだね」

「……大好きですわ。愛してる。家族なんだもの」

人の愛情って複雑怪奇《ふくざつかいき》な伏魔殿《ふくまでん》だな。いろんな形があるもんだ。

「私と大吾《だいご》さんも、もう一応、家族、なのですよね」

「ん。そうだね。義理の兄妹《きょうだい》の関係だから」

「……お兄さま？」

「うぐっ」

獅子乃《ししの》ちゃんの綺麗《きれい》な声で呼ばれて、無い妹との思い出がフラッシュバックした。……こんな可愛《かわい》い妹と、夏休みにラムネ飲んだりセミ追いかけたりしたかった。

「くすくす。冗談《じょうだん》ですわ」

いや全然お兄さま呼びでも構わないよ俺は。と言うのはキモいので黙《だま》っておく。

「……アパートに来た頃《ころ》。冷たく当たって、ごめんなさいね」

「あはは。確かに時々なんか、手厳しかったね」

「怖《こわ》かったの。あなたが」

「え？」

獅子乃《ししの》ちゃんは優《やさ》しい声色《こわいろ》で、撫《な》でるように呟《つぶや》く。

「変化が怖《こわ》くて。色々準備出来てなかったの。でももう、覚悟《かくご》出来ました」

「覚悟《かくご》って？」

「…………」

彼女は息を飲み込んで、少しの間、静かに息を漏《も》らしてから。

「あなたの家族になる覚悟《かくご》ですわ」

獅子乃《ししの》ちゃんは労《いたわ》るように、俺の怪我《けが》した肩《かた》を冷やす。優《やさ》しく優《やさ》しく、まるで慈《いつく》しむみたいな感触《かんしょく》。それがあんまり気持ちよくて、俺はいつの間にか眠《ねむ》りの世界に落ちていた。

「それだけですか？」

俺が昨日の事を話し終えると、社長はキョトンとしていた。

「逆にアンタ、やることやりましたつったらどうすんすか」

「まぁ確かにこれからの付き合いを考えますが」

社長は少し悩《なや》んでから、呟《つぶや》く。

「……そもそも私、こういう話にあんまり興味ないかも」

「うおおお――――い」

「それよりこの前、タコが良く釣《つ》れる場所教えてもらったんですよ。今度行きましょう」

「それは別に、良《い》いっすけど」

相変わらずトンチキな御仁《ごじん》だ。俺は苦笑《くしょう》しつつ、ポケットの中でスマホが震《ふる》えている事に気がついた。俺は兎羽《とわ》からだと良《い》いなと願いつつ、ディスプレイに目を落とす。

第9話　嫁とデートしてイチャイチャするだけの話。

私――千子兎羽《せんじとわ》は1人で賑《にぎ》やかな中華街《ちゅうかがい》を歩いていた。人があんまり多い場所は苦手だ。まるでヌーの大群みたいな観光客の合間を縫《ぬ》いながら、道を曲がるごとに焼《や》き栗《ぐり》を試食させようとしてくる中華《ちゅうか》な圧力に屈《くっ》しかけながら、2人の姿を見つける。

「大吾《だいご》クン。しぃしぃ！」

しぃしぃは見たことない、蚕の繭《まゆ》みたいな真っ白の何かをキラキラな目で見つめていた。

「お姉さま。見て下さいまし。これ、龍《りゅう》のひげって言うんですって。お菓子《かし》なの」

「うおー、すごい何これ。食べられるの」

「口に入れたら、溶《と》けるの。こんなの食べたことない」

甘いもの好きなのに色々厳しい実家のせいで、この子はあんまりこういう物を食べたことが無いのである。屋台で売っている物を大吾《だいご》クンに奢《おご》ってもらったのかな。中々見ることの出来ない妹の子供っぽい表情を見て、少し、ほっこりする。

「あ。それとお姉さま。私昨日、大吾《だいご》さんにお世話になったわ」

「う、うん。聞いてるよ」

「紳士《しんし》でした。本当のお兄さまみたいに良くしてくれたの」

彼女の静かな笑《え》み。それを見て私は、2人の間に何も無かった事を知る。寧《むし》ろ変に勘《かん》ぐっていた自分の事を酷《ひど》く恥《は》じた。この子と大吾《だいご》くんの間に何かあるなんてありえないのに。

「それではまた後で。デート楽しんでね」

しぃしぃはお上品に告げると、中華街《ちゅうかがい》の喧騒《けんそう》に消えていった。まだ食べ歩きでもしたいのだろうか、キョロキョロと辺りを見渡《みわた》しながら。……残されたのは、微妙《びみょう》に気まずい私たちだ。

「……え――っと」

大吾《だいご》クンが呟《つぶや》く。待った。先に話すのは、私じゃないと。そう思った。

「――これ、私の友達。本名は、宗男《むねお》って言うの。みぃって呼んでる」

スマホの画面を見せる。ギャルギャルしい服装で、ポーズを決めているみぃの写真。

「え？　女の子？」

「そう。ちょっと複雑だけど。女の子。生物的には未《ま》だ男性。でも性的には、女子」

「……あー。なるほど」

「みぃに、怒《おこ》られちゃった。自分をダシに使うなって。ちゃんと説明しろって」

大吾《だいご》クンに『ダシ』って何？　と尋《たず》ねられて、私は凄《すご》く困ってから、呟《つぶや》く。

「だって大吾《だいご》クン。……しぃしぃと仲、めっちゃ良《い》いから」

「え」

「だってなんかちょっと、クサクサしちゃったんです！　……私、心狭《こころせま》いから」

大吾《だいご》クンは真《ま》っ直《す》ぐに私を見て、全然茶化さずに応えた。

「ごめん。俺の方こそ心配かけた。でも獅子乃《ししの》ちゃんとはなんでもないんだ」

「……うぅううう」

「え。何で急に唸《うな》るの」

だって！　と私は叫《さけ》んだ。

「私、キミに、仕返ししたの。傷つけようとしたの。惨《みじ》め過ぎる。情けなさ過ぎる。自分で自分が嫌《いや》になった。私は私を、こんなみみっちい人間だと思っていなかったんだよ！」

「俺は……ちょっと、嬉《うれ》しかったけど」

「えぇ!?　もしかしてNTR寝取られ趣味《しゅみ》があるわけ!?」

さ、流石《さすが》にそれは上級者過ぎて、嫁《よめ》と言えども乗るのは難しいのですけれど!?　大吾《だいご》クンは静かに呆《あき》れたような顔をして——その視線は余り嫌《きら》いではなかった——、呟《つぶや》く。

「……兎羽《とわ》、俺に執着《しゅうちゃく》してくれるんだなって」

「え？」

「そっちの気持ち、全然わかんなくて。俺に興味無いのかな、ぐらいに思ってたから」

「あ…………いや……」

「だから、嬉《うれ》しい」

ばかばかばかばか。大吾《だいご》クンの馬鹿。

（こんな女、さっさと捨てた方がキミのためだ）

だって私、キミに何もしてあげてない。ただ傷つけているだけなんだもの。それなのに彼は優《やさ》しく笑って、嬉《うれ》しいと許してくれる。……この人はきっと、こういう人なんだ。底抜《そこぬ》けに優《やさ》しくて、真《ま》っ直《す》ぐで、おばかなの。そういう所に、惹《ひ》かれてしまうの。

「私！　言っとくけど！」

大吾《だいご》クンに挑《いど》むように、人差し指を向けた。彼はぎょっとしたような視線で私を見る。これだけは理解して貰《もら》わないと困ると思った。超恥《ちょうは》ずかしくて死にそうだけど、これだけは。

「――キミに、めちゃんこ執着《しゅうちゃく》、してるから」

「えっ」

「すごいから。全然見せないけど、そこらのメンヘラよりエグいから。絶対見せないけど！」

彼はキョトンとしてから、小さく笑う。

「なんだそれ」

まるで面白《おもしろ》い冗談《じょうだん》を聞いたみたいな反応。違《ちが》う。そういう反応をして良《い》いときじゃない。

「やっぱ兎羽《とわ》はおもしれーなー」

「な、なんだよぉ！」

「……ありがとう。そう言ってくれて嬉《うれ》しい」

いや違《ちが》う。違《ちが》うよ大吾《だいご》クン。嬉《うれ》しがるトコじゃない。ドン引きするところなの。私の面倒臭《めんどうくさ》

さとか。ダサさとか。性格の悪さに辟易《へきえき》する所なの！　なんでこの人は、こうなわけ⁉

「それより兎羽《とわ》。今日って一応初デートなわけじゃん？」

「う、うん」

じゃあさ、と彼は少しだけ視線を逸《そ》らしてから。

「……手、つなぐぐらいはしてもいいっすかね」

スマートさの欠片《かけら》も無く、呟《つぶや》いた。

（きゅっううう〜〜〜〜〜〜〜〜〜〜〜〜〜〜〜〜〜んっっ？）

そしてそれは私のツボだった。その場で崩《くず》れて過呼吸になりかける。

（どんだけなんだ。どんだけ私の好みなんだ）

男らしい体つきしてるくせに！　馬鹿みたいに優《やさ》しくて。こんなに可愛《かわい》い。

「だ、大丈夫《だいじょうぶ》か兎羽《とわ》。どうしたんだ」

「……持病の癪《しゃく》が出ただけだから」

私は咳払《せきばら》いして立ち上がる。

「それじゃあ。…………………んっ」

「ん？」

私は彼に手を差し出していた。

「行こっか、兎羽《とわ》」

初めて握《にぎ》る男の人の手。暖かくて、大きくて、少し硬《かた》くて、声が詰《つ》まる。

――私は必死に平静を装《よそお》いながら、中華街《ちゅうかがい》の人波を歩き始めた。

■

兎羽《とわ》の手は冷たくて、小さくて、柔《やわ》らかかった。

(力入れたら、折れちゃいそうだ)

女の子の手。あかね（元妻）の手を握《にぎ》った以来だ。でもこの2つは全然違《ちが》う。あかねはいつもぎゅっと指を絡《から》めて、絶対に離《はな》れないみたいに手を握《にぎ》っていた。けれど兎羽《とわ》は殆《ほとん》ど軽く添《そ》えるだけで、少し目を逸《そ》らしたら今にも居なくなってしまいそうだ。

「腹、減ってる？」

「うん。今日まだ何も食べてないから。ぺこぺこ」

だったら、観光客に人気の店にでも案内しようかな。

「でも兎羽《とわ》って確か、偏食《へんしょく》だったよな」

「え？　うん。ちょっと話しただけなのによく覚えてるね」

「妻のことだからな」

彼女は静かな表情で俺をジっと見てからそっぽを向いて、小さく、そう、と呟《つぶや》いた。

「私、チョコが駄目《だめ》。パスタが苦手。苦い系の食べ物は全部厳しくて、果物は物による」

「物による？」

「種がある果物は苦手……。あ、でも種取ってあったら平気」

「姫気質《ひめ》だなー」

彼女は、ふんだ、と鼻を鳴らす。

「そういうのじゃないもん。子供の頃《ころ》さ、なんかの果物に毒があるって聞いて。でもどの果物なのかを忘れちゃってさ。それ以来、種をなめるのが怖《こわ》いの」

「……かわいい」

「ば、バカにしてる」

「してないから！」

バベルの塔並《とうなみ》に高いプライドで、未《いま》だに頂上が見えないぜ……。

「何が食べたい？　上海《しゃんはい》、北京《ぺきん》、広東《かんとん》、四川《しせん》、台湾《たいわん》……」

「中華料理《ちゅうか》？　そっか中華街《ちゅうかがい》だもんね。ぜ、全然わかんないよ私」

「辛《から》いものは得意？」

「ぜんっぜんダメ！　しぃしぃは得意だけど」

そうなると中華料理《ちゅうか》の選択肢《せんたくし》はかなり消えるな。

「チャーハンが美味《うま》い店なら知ってるよ。渡《わた》り蟹《がに》のあんかけチャーハンが名物」

「めっちゃ美食っぽい！　美味《おい》しそう！」

土日は人がいっぱいで混むのだけれど、今日は金曜日なので問題ないだろう。

「でも大吾《だいご》クン。チャーハンって味濃《あじこ》いめだよね」

「それはそうだね」

「なるほど」

兎羽《とわ》は無言で、静かに考えてから。

「やっぱなしかな」

「え。なんで」

「別に。大した理由じゃないけど」

彼女の視線をジーッと見つめた。兎羽《とわ》は初めのほうこそ無表情を貫《つらぬ》いていたが、段々見つめられるのに照れだして、たじたじになる。じわーっと頬《ほお》が赤く染まっていくのが可愛《かわい》い。

「あ、あんま見んでっ」

「なんでか言うまでは見続けるが」

この人、秘密主義者の割にメンタルが弱いから圧力かけたらすぐ挫《くじ》けるからな。

「……だって。デートなんて。初めてだから。……キスのタイミング。わかんないんだもん」

「えっ。キス？」

「か、海外ドラマで言ってた知識しかない。初めのデートはほっぺのちゅー。次でお口に。それで……3回目で、その――……あの――……アレするんだよ」

ほっぺを真っ赤にして髪《かみ》をイジイジと触《さわ》っていた。かわいい。

「てか兎羽《とわ》。デート初めてなの？」

「あっ」

重大な事実を零《こぼ》していた事に気がついて、兎羽《とわ》は絶望した。

「何さぁ！　悪いのかぁ⁉　じゃーなんだよぉ大吾《だいご》クンはこれが何回目のデートなんだよぉ」

「……俺、バツイチぞ」

流石《さすが》に回数まで覚えてないて。

「はいはい！　大吾《だいご》クンはさぞ、おモテになるんでしょーね。私なんか雑魚《ざこ》おぼことのデートなんてお茶の子さいさい、赤子の首を捻《ひね》るぐらい簡単なんでしょーね！」

「赤子の『手』な。手。首捻《ひね》ったら殺人じゃん」

うぅ～っ。と唸《うな》りながら兎羽《とわ》は俺を見つめていた。

（いつキスされるか分かんないから濃《こ》い味付けの物は食べたくない。って事？）

何それ。可愛《かわい》すぎるな。乙女《おとめ》じゃん。

「俺は気にしないのに」

「……私は大吾《だいご》クンに『この女の唇《くちびる》、麻辣《マーラー》が利《き》いてる』とか思われたら腹を切る」

なんて高さのプライドだ。いっそ尊敬の念すら抱《いだ》く。でも辛《から》い物無し、濃《こ》い目《め》の味付け無し、偏食《へんしょく》がエグいとなると流石《さすが》に難しいな。特に中華街《ちゅうかがい》じゃあんまりアテが無いかもしれない。

「この女、面倒《めんどう》くさいって顔してるな！」

「でもそこが可愛《かわい》いんだよな……」

「ふにゃ！　う……い……。…………ばか」

手のひらをぎゅーっと握《にぎ》りながら、蚊《か》の鳴くような声で呟《つぶや》いた。

結局喫茶店《きっさてん》で軽食を食べた俺たちは、中華街《ちゅうかがい》を歩いていた。兎羽《とわ》が余りこの辺りに来たことが無いと言うので案内していたのである。観光客だらけの人波の中でも美しすぎる彼女は際立《きわだ》って浮《う》いていて、道行く人々がチラチラと彼女の横顔を窺《うかが》っていた。

「そこの道行くお2人。お待ちなサーイ！」

けれど途中《とちゅう》、金髪《きんぱつ》のチャイナドレス女に呼び止められる。それはうちの店子《たなこ》の1人、リングイト・暁《あかつき》・ホーエンハイムである。相変わらず胡散臭《うさんくさ》い見た目で結構なことだ。

「可愛《かわい》い恋人《こいびと》さんタチ。占《うらな》いはいかがデスか〜？　今ならカップル割もしてマスよ！」

「なに？　客引きしてんの。いや、俺は……」

友達に恋愛《れんあい》とか占《うらな》われるのめっちゃ恥《は》ずかしいんだけど。と思ったけど、兎羽《とわ》は目をキラキラに輝《かがや》かせて占《うらな》い屋《や》の扉《とびら》を見つめていた。

「あ、兎羽《とわ》こういうの好きなの」

女の子って、スピリチュアル系が好きな人多いし。

「好きだよ私！　宜保愛子《ぎぼあいこ》とか御船千鶴子《みふねちづこ》とかジョン・クロウとか」

「えそういうラインで見てんの占《うらな》いを。オカルトじゃん」

宜保愛子《ぎぼあいこ》——80年代に活躍《かつやく》した霊能者《れいのうしゃ》。御船千鶴子《みふねちづこ》——20世紀の透視《とうし》能力を持つ霊能者《れいのうしゃ》。ジョン・クロウは知らない。いったい誰《だれ》なんだ……。

「めくるめくオカルトの世界にご招待～☆」

お前もオカルトで良《い》いのかよ。リンゲイトは俺たちを店の中に招く。狭《せま》い占《うらな》い屋《や》を掻《か》い潜《くぐ》るように進んで、小さな机の前の小さなパイプ椅子《いす》に座る。

「それでは、何を占《うらな》いましょうカ」

「み、未来は一体どうなるんですか」

「人間はAIに支配されて滅《ほろ》びマス」

それ占《うらな》いじゃ無いじゃん。オカルト好き（？）の兎羽《とわ》は何だか楽しそうで、それはそれで良かったんだけど。結局俺たちはカップルらしく、恋愛運《れんあいうん》を占《うらな》ってもらうことにした。

「ではタロットカードを出しマスね」

「タロット」

「中華街《ちゅうかがい》、タロットカード使う人多いデスヨ」

良《い》いのかそれで。手相とか易学じゃないんだ。中華街《ちゅうかがい》なのに。西洋魔術《まじゅつ》なんだ。良《い》いけど。

リンゲイトは手慣れた手付きでカードを操《あやつ》って、兎羽《とわ》はそれをワクワクと見つめていた。

「わぁ！　出まシタ。コレはすごいデス！」

「え。えっ。どうなったの。私たちの恋愛運《れんあいうん》！」

リンゲイトは1枚のカードを指差す。

「これは『恋人《こいびと》』のカードデス！」

「やった！　なんか良さそう」

「でも逆位置デスネ」

「へっ」

「このカードが暗示するのは、失恋《しつれん》や選択《せんたく》の失敗デス」

え、何。要はめちゃめちゃ悪いカード引いたってこと？

「その原因は……『タワー』のカード。どうしようもない運気のめぐりを指してイマス」

いつも笑っている彼女には珍《めずら》しく、苦虫を噛《か》み潰《つぶ》したような表情で続ける。

「ちょ、ちょっと待って下さいネ。えーっと……『悪魔《あくま》』に『死神』、『太陽』の逆位置、『運命の輪』。…………ぎゃっ！　ここで『星』の逆位置！」

リンゲイトは顔を真っ青にして汗《あせ》をダラダラと流していた。

「……エ――ットぉ……」

「な、何が出たんだよ。リン」

「ま、まぁ占《うらな》いなんて受け取り手次第《しだい》デスから！　大事なのはお互《たが》いを思う気持ちデース！」

「そんなに悪いの⁉」

確かに目の前にはおどろおどろしいカードばかりが並んで、良さそうな絵柄《えがら》のカードは皆《みな》一様にひっくり返っていた。素人《しろうと》にもわかるエグさである。

「逆に悪すぎて奇跡的《きせきてき》デスよ。コレ。麻雀《マージャン》の四暗刻《スーアンコウ》。ポーカーのロイヤルストレートフラッシュ。漫画《まんが》原作の実写映画が成功するレベルの確率です」

よっぽど珍《めずら》しいのか、リンゲイトは占《うらな》い結果をスマホで写真に収める。彼女のSNSを見ると「草」と一言添《そ》えて投稿《とうこう》されていた。いっぺんしばこうかコイツ。

（最低の恋愛運《れんあいうん》。まぁ、言うてただの占《うらな》いだしな）

俺はちょっと面白《おもしろ》い物見たな、ぐらいに思っていた。だけど兎羽《とわ》は顔を青くしていた。

「……『運命』」

「え？」

兎羽《とわ》の呟《つぶや》いた言葉に反応すると、彼女は小さく笑って、何でも無いよ、と首を振《ふ》る。

それからも俺たちはデートを続けていた。横浜大世界《よこはまだいせかい》でトリックアートを見たり、石川町《いしかわちょう》側まで足を伸《の》ばして家具を見たり。山下公園《やましたこうえん》の方でシーバスに乗って海を眺《なが》めて、みなとみらいで降りて、映画を見たり。流石《さすが》に横浜《よこはま》はデートスポットに困らない。

辺りは暗くなり始めていた。俺たちは夜景を見るために、観覧車に乗り込む。

「…………」

兎羽《とわ》は無表情で眼下を見つめていた。

（占《うらな》いをしてから、少し、元気ないな）

やっぱりあの占《うらない》の結果がショックだったんだろうか。そう言えば昔、あかね（元妻）とおみくじを引いた時も……。

『大吾《だいご》くんのおみくじ見せて？　どれどれ……恋愛運《れんあいうん》――別の方角に目を向けるも良し？』

彼女はにっこり笑った。

『別の神社行こっか☆』

有無《うむ》を言わさず１キロ先の神社に連れて行かれて、もう１回おみくじ引かされたもんな。その当時は、可愛《かわい》いヤキモチだと思って笑って受け入れたのだけれど。

（って。デート中に他の女の子のこと考えるなんて、何してんだ俺）

今は兎羽《とわ》に集中するべきだ。俺は軽く首を振《ふ》って、邪《よこしま》な考えを振《ふ》り払《はら》う。

「兎羽《とわ》。そっち行って良《い》い？」

「えっ」

観覧車の中で対面に座っていた俺たち。俺は兎羽《とわ》の返事も聞かず、彼女の隣《となり》に移動した。肩《かた》と肩《かた》が触《ふ》れ合《あ》う。兎羽《とわ》の暖かい体温を感じる。ふんわりとした甘い匂《にお》いがした。

「ふにゃ」

兎羽《とわ》は一瞬《いっしゅん》たじろぐが、すぐに俺を睨《にら》む。

「……慣れてる。女子との距離《きょり》の詰《つ》め方《かた》」

「ナンノコッチャカ」

「奥さんとか元カノにしてたんだなぁ」

いや。まぁ。してたけど。この手の話は絶対にしないのが正解なので、誤魔化《ごまか》すべし。彼女は俺の表情を観察してから冗談《じょうだん》っぽく笑って、またすぐに視線を逸《そ》らした。

「大吾《だいご》クンはさ」

「なに？」

「私が、まだ秘密があるって言っても……結婚《けっこん》したままで居たい？」

「えっ」

「婚約者《こんやくしゃ》の事だけじゃなくて。大吾《だいご》クンに隠《かく》し事《ごと》、あるの」

兎羽《とわ》が悲しそうな顔で呟《つぶや》いた。俺は心臓が締《し》め付《つ》けられるような痛みを覚えて、尋《たず》ねる。

「それは……実は婚姻届《こんいんとどけ》出せてないとか？」

「いや、出してる。法的には夫婦《ふうふ》」

「……重婚《じゅうこん》してる？」

「か、彼氏《かれし》すら居たことないってゆったじゃん！」

ふーむ。何だろ。そうなってくると。俺は悩《なや》んだ。兎羽《とわ》は心配そうに俺を見ている。

「結構、非常識な事してるの。私が」

「……なるほど？」

「他人に知られたら、後ろ指さされるような事、カモ」

「うん」

「本当は大吾《だいご》クンにも、最初に話すべきだった事なの」

色んな問題が頭に思《おも》い浮《う》かぶ。彼女の様子を見るに、重大な事なのだろう。

視線の端《はし》には、横浜《よこはま》の美しい夜景が広がっていた。ただ、俺には目の前の少女しか眼中になかった。迷子の子供みたいな表情の彼女。そんな風な顔をしてほしくなくて、口走る。

「……俺の秘密から話そうか」

「えっ。なに？」

「俺昔バンドやってた。一応アルバムも何枚か出してる」

兎羽《とわ》は目をまん丸にして驚《おどろ》いた。スマホで昔のアーティスト名を検索《けんさく》して、彼女に見せる。

YouTubeで12万回再生された8年前の曲を聞きながら、兎羽《とわ》は呟《つぶや》いた。

「うわ。あはは何これ。パンク・ロックじゃん」

「そう。すげーダサいだろ。古臭《ふるくさ》い」

「これが大吾《だいご》クンの秘密なの？」

「あぁ。友人も殆《ほとん》ど知らない」

恥《は》じてるってわけじゃないんだ。あの頃《ころ》の俺はとにかく必死だったから。

「本気でテッペン目指してたんだぜ。まぁ箸《はし》にも棒にもかからなかったわけだけど」

「へえ……」

「大学の時始めてさ。曲の1つが、少しバズって。芸人さんがラジオで取り上げてくれてね。それでアルバムデビュー。オリコンにも入ったんだよ。下の方だけど」

懐《なつ》かしい青春の記憶《きおく》だ。周りの大人は皆《みんな》が敵で子供たちを騙《だま》してると思ってた。そんなガキみたいな歌を、ガキみたいに喚《わめ》き散《ち》らしていた。最高に楽しかったのは事実だ。

「最初の頃《ころ》は人気あってさ。人の心を切り取る詩人集団、とか言われて。ライブもいつも満員で。ファンにも結構キャーキャー言われてさ。……で、調子乗った」

「何したの？」

「大学中退した。ギター1本でやってくぜ！　ってよ。アホ丸出しだよな」

「……へえ」

「それで実家の両親はブチギレ。大学に戻《もど》らないなら縁《えん》を切る、とまで言われて」

兎羽《とわ》は静かに俺の事を見つめていた。でもそれは、いつもの何かを隠《かく》すような表情では無かった。ジーッと俺の目を見て、言葉を飲み込んでいくようだった。

「俺は、結果出して見返してやる！　とか思ってたんだけど。この様さ」

「ご両親とは、まだ仲が悪いまま？」

「あかねとの結婚式《けっこんしき》の時に呼んだ。来てくれた。ぎこちなく話したけど……そのぐらいかな」

テレビで見るような感動の再会じゃ、無かったな。お互《たが》いにどんな事話していいかわかんなくて、何でも無い振《ふ》りをして。今でも、あまり連絡《れんらく》は取れてはいない。

「段々バンドの方は見向きもされなくなってね。ほら、エンタメって消費社会だからな。俺は誰《だれ》にも必要とされなくなって……要は才能が足りなかったんだろう」

気合い入れてMV作っても、７０００再生もいかなくなってさ。あれはキツかった。

「一時期、ニートっていうか。ヒモで。１年ぐらい。バイトしても、続かなくてさぁ……」

「大吾《だいご》クンが？」

「あんまり、向いてないいんだよ。……何がだろ、社会かな。でもそれは被害者《ひがいしゃ》みたいな言い方だな。……自分でもあんまり分かってないけど。今だって酷《ひど》いもんさ」

結局アパートの管理人をしながら、偶《たま》に胡散臭《うさんくさ》い探偵《たんてい》として働いている。どっちも、１人でも出来る仕事だ。サラリーマンになろうとした回数なんて数えられない。でも俺はどこの職場に行ってもなんだかんだと失敗して、結局受け入れられなかった。

「……大吾《だいご》クンは、まっすぐ過ぎるから」

「ん？」

「時々、合わなくなるんだろうね。何となく分かるよ」

そっか。兎羽《とわ》は分かってくれるんだな。それが妙《みょう》に嬉《うれ》しかった。でも何となく感じていたんだ。彼女も俺と同じで、『そういうの』が得意な人では無いことを。

「とにかく、俺もひでーわけ。言っとくけど、兎羽《とわ》に隠《かく》し事《ごと》なんてまだまだあるからな」

「えーっ！　まだあるの？」

「そりゃある。恥《はじ》の多い人生だから……」

ソープのボーイとして働いて嬢《じょう》に依存《いぞん》されて最後に刺《さ》されたり。流石《さすが》にコレは秘密でも良《い》いよな？　人生なんて長い癖《くせ》に複雑だから、誰《だれ》だって人に言えないことの十や二十ぐらいある。

「誰《だれ》にでも秘密はある。俺はそれを否定出来るような立派な人間じゃないんだ」

「……」

「嘘《うそ》ついてても良《い》い。それが何でも良《い》い」

「うん」

「でも俺は兎羽《とわ》の夫だ。何が障害でも一緒《いっしょ》に乗《の》り越《こ》えたい。君もそれを望んでくれるなら」

彼女の手を握《にぎ》った。小さくて冷たい手。兎羽《とわ》も俺の手を握《にぎ》ると、もう片方の手で袖《そで》を掴《つか》んだ。

まるで縋《すが》るような、あまり見せない彼女の表情に驚《おどろ》く。

「──私、本当は未《ま》だ高校生なの」

あまりの爆弾《ばくだん》発言に、流石《さすが》に俺は固まってしまった。

■

「お疲《つか》れ様《さま》でーす。足元、気をつけてお降り下さい～」

若い大学生ぐらいのバイトのお姉さんに促《うなが》されながら、私と、大吾《だいご》クンは観覧車から降りる。

おぼつかない足取りの彼がつまずいて、私が支えた。

「…………」

大吾《だいご》クンは未《いま》だに石のように固まっていた。私は段々心配になってくる。

「だいじょうぶ？」

「……え。何が？　あっ。いや。うん、大丈夫《だいじょうぶ》、大丈夫《だいじょうぶ》。問題ない」

そう言いながら、財布《さいふ》で額の汗《あせ》を拭《ぬぐ》おうとしていた。私はハンカチを渡《わた》す。

（これは、相当ショックを受けてるみたいだぞ）

結婚《けっこん》した妻が女子高生だと知ったら、人ってこんな表情になるんだなぁ。声を荒《あら》げて怒《おこ》られても仕方がない、と思った。年齢詐称《ねんれいさしよう》だし。ガチの詐欺《さぎ》だし。普通《ふつう》に犯罪でわ？

「…………その」

放心状態のまま、ギギギと首を捻《ひね》って、大吾《だいご》クンが私を見る。

「つまり兎羽《とわ》は今、何歳？」

「私？　17」

セブンティーン。ある意味1番女の子な年頃《としごろ》です。

「よくそれで婚姻届《こんいんとどけ》出せたね」

「いや私もお役所さんに断られるかなと思ったんだけど、これが意外とすんなりと」

お役所仕事の良《い》い所で、書類に不備がなくて違法《いほう》でもなければ、結構普通《ふつう》に通るもんである。

大吾《だいご》クンは顔面蒼白《がんめんそうはく》だったが、ぎゅっと目をつむって、良し、と呟《つぶや》いた。

「……了解《りようかい》」

「へ？」

「オッケー。了解《りようかい》。分かった。俺は……大丈夫《だいじようぶ》」

「大丈夫《だいじようぶ》って」

「滅茶《めちや》滅茶《ちや》ビビったけど、もう大丈夫《だいじようぶ》。それだけだ」

彼は笑った。『了解《りようかい》』って。それだけ？　どれだけ懐《ふところ》が深いのこの人は。

「子供と結婚《けっこん》なんて出来ないって言われるかと思った」

「あ――。いや色々考えたよ。これが別の人だったら。女子高生と結婚《けっこん》する男てどんなカスだろって思うよ。でも……俺にとって兎羽《とわ》は『女子高生』じゃ無いから。『兎羽《とわ》』だから」

「ウン」

「言ったろ。何が障害でも乗《の》り越《こ》えるって」

ああ。きっとこういう所だろうな。自分に真《ま》っ直《す》ぐな所。彼の正しさはきっと、周りから見た正しさとは異なるんだ。こういう所が、彼がイマイチ社会に馴染《なじ》めない理由なんだと思う。生きづらいだろうな、この人は。

「つか今日平日だろ。昼間っから何してんの」

「……だって私、不登校だし」

「何かあんの。イジメとかなら、何とかするよ」

普通《ふつう》に言えちゃうんだ。そーゆーの。やっぱ、この人ちょっと変だ。『話してみて』とかじゃない。『なんとかするよ』だもん。私は苦笑《くしょう》しながら、呟《つぶや》く。

「ううん。ただ、めんどいだけ」

「駄目《だめ》だぞ。ちゃんと学校は行きなさい」

「なんだぁ？　子供だって分かった瞬間《しゅんかん》、大人ぶっちゃって！」

「俺は収入が不安定だから、妻にはまともな仕事に就《つ》いてもらわんと困る」

「……な、なんて駄目《だめ》な理屈《りくつ》だ」

彼は冗談《じょうだん》っぽく笑って、私も思わず笑ってしまった。

「えー……だったら俺が制服フェチだから通学して。リアル志向のフェチなんで」

「そんな変態趣味《しゅみ》には付き合えません！」

私たちは手を握《にぎ》りあって、夜の横浜《よこはま》の街を歩き始めた。色とりどりの観覧車が見下ろす海の街で、人波を縫《ぬ》う。今日初めて、『この人とデートしてるんだな』と思った。ドキドキはずっとしてたけど、今は、心地《ここち》の良《い》いドキドキ。

「大体、何で学校なんて行かせたがるかな。今どき学歴なんて紙みたいなもんジャン」

「兎羽《とわ》。学校に行かないで、やりたいこととかあるのか？」

「……別にないケド」

「じゃあ、やっぱり行った方が良《い》いよ。何か面白《おもしろ》いものでも見つけにさ」

そんな理由で良《い》いんだ。大吾《だいご》クンは優《やさ》しく笑っていて、その目で見つめられるのが嬉《うれ》しくてたまらなかった。彼が言うなら、学校に行っても良《い》いかな。って思った。でもなんかそれもヤダな！　彼氏《かれし》の色に染まっていく女みたいでさ。

「じゃあ、学校に行ってもいいけど。代わりに私も1つ条件出していい？」

「なに？」

「……大吾《だいご》クンと、ちゃんと一緒《いっしょ》に、住みたいです」

「！」

有耶無耶《うやむや》だった私たちの関係。そろそろはっきりさせないといけなかった。ずっとビビってそんな簡単な事が出来なかった私だったけど、彼の言葉で覚悟《かくご》がついた。


「――私。本当に、あなたの妻になりたいよ」


自分の本当の心を曝《さら》け出《だ》すのは恐怖《きょうふ》だ。特に私みたいな人間にとってはね。でも、彼が相手なら出来るんだ。本当に愛している人と一緒《いっしょ》に居るためなら、なんだって出来るんだ。

「これから妻として、本格的に暮らしたい。今の君の部屋のままでも良《い》いし、どこかに引《ひ》っ越《こ》したって構わないし。……君と一緒《いっしょ》に居られるなら、どこだって、私は行くよ」

「……おならしたと勘違《かんちが》いされただけで逃《に》げ出《だ》すくせに？」

「なにさ――!!」

た、たしかに、それは、そうだけど。トイレだって、まだ大吾《だいご》クンの部屋でしてないけど。

だけど、頑張《がんば》ろう。っていう、気概《きがい》はあるんだよ。だって妻だもの。いつかは彼の前でもっと自然体で居られるようになりたい。大吾《だいご》クンは何でも無さそうに、私を気遣《きづか》うように笑う。

「兎羽《とわ》ってさ」

「なに？」

「かわいい」

「ぱんち！」

こ、このアホ夫は！　人が恥《は》ずかしいのを必死に我慢《がまん》しながら喋《しゃべ》ってんのにからかって！

私の蚊《か》の止まりそうなパンチを直撃《ちょくげき》しつつも、大吾《だいご》クンはへらへら笑っていた。ムカつく。

でも、それが何だか、幸せだった。こんな感情は初めて。暖かくて優《やさ》しい気持ち。

──だから、得難《えがた》くて、信じられなくなってきて、ぽつりと尋《たず》ねる。

「大吾《だいご》クン。……本当は私が運命の人じゃなかったら、どうする？」

彼は私の手を握《にぎ》る。

「兎羽《とわ》が俺の運命の人だよ」

そうだったら良《い》いな。泣きそうになりながら、強く祈《いの》る。


夜は彼の部屋で、2人でネトフリを見て過ごした。

（一昨日、出会ったばかりの人なのに）

妙《みょう》にしっくりくる。まるで産まれる前からずっと一緒《いっしょ》だったみたいに。……いや、まぁ、肩《かた》が触《ふ》れたり、太ももに手が当たるたびに、心臓が跳《は》ねて壊《こわ》れちゃいそうだったけど。ずーっと隣《となり》から香る彼の匂《にお》いで、腰《こし》がモゾモゾしちゃってたけど。でも。居心地《いごこち》が。良《い》い。

「そろそろ寝《ね》る準備しよっか。兎羽《とわ》、先に風呂《ふろ》入ってきていいよ」

「ん、了解《りょうかい》ー。じゃあその後で、また大吾《だいご》クンのお世話するね」

大吾《だいご》クンは未《ま》だ足が本調子ではない。一昨日みたいに、お風呂《ふろ》のお世話してあげなきゃな。

1人じゃ浴槽《よくそう》に浸《つ》かるのだって難儀《なんぎ》してたみたいだし——と思ったのだけれど。

「だめ」

彼に断られてしまう。私は思わず少しだけ笑ってしまった。

「大吾《だいご》クン、恥《は》ずかしいんだろー。夫婦《ふうふ》なんだから気にしなくて良《い》いのに」

「そうじゃなくて」

「じゃあ、お風呂《ふろ》では1人でくつろぎたい？　私邪魔《じゃま》？」

「そうでもなくて」

彼は少し悩《なや》んでいた。私の様子を窺《うかが》ってから、はぁ、とため息を吐《つ》いた。

「俺も、男なので。あんまり、そういうのされると……我慢《がまん》出来なくなるから」

大吾《だいご》クンは恥《は》ずかしげに視線を逸《そ》らして居た。私は数秒咀嚼《そしゃく》した後、何を言われたのかやーっと理解する。『我慢《がまん》できなくなる』。つまり、あれが？　私の全身が熱くなった。

「きゅ、急になにゆってんのっ」

「兎羽《とわ》、そういうの苦手だろ」

「苦手じゃないがっ」

「すぐ逃《に》げるくせに」

ええ、仰《おっしゃ》る通り苦手ですよ！　ホラー映画のスプラッタシーンはゲラゲラ笑いながら見れても、映画の濡《ぬ》れ場は怖《こわ》くて早送りしてますよ！　だけどカッコ付けの私は精一杯《せいいっぱい》に虚勢《きょせい》を張る。

「ぜーんぜん大丈夫《だいじょうぶ》だし。そ、そんなの。逃《に》げたりしないもん。だって。夫婦《ふうふ》だし」

「あはは、ぜーったい無理。兎羽《とわ》、キスすら怖《こわ》くて出来ないだろ」

「……………………出来るが」

彼は少しだけ笑ってから、私の手を取った。ぶわっと汗《あせ》が体中から噴《ふ》き出《で》るのを感じた。

「じゃあしてみるか」

大吾《だいご》クンが私の腰《こし》に手を回して、優《やさ》しく撫《な》でる。ドキドキ、なんてもんじゃなかった。心臓が早鐘《はやがね》を叩《たた》いて警鐘《けいしょう》を鳴らしていた。体が凍《こお》ってしまったみたいに動かなくなる。彼の、顔が、近づく。キス？　ほんとにするの？　あの、お姫様《ひめさま》とかがするやつ？　本当に？

「っ」

私は、ぎゅーっと目を瞑《つぶ》った。

「…………」

だけど、待っても待っても、唇《くちびる》に感触《かんしょく》は無い。目を開けると彼は笑っていた。

「兎羽《とわ》、ビビりすぎ。半泣きだし」

「……〜〜〜っ」

状況《じょうきょう》が分かった。私はぺちぺちと大吾《だいご》クンの肩《かた》を叩《たた》く。

「ばかばかっ。大吾《だいご》クンのばかっ」

「ごめんって。あはは。でも分かっただろ」

今でも心臓のドキドキが収まらなくて、体の火照《ほて》りが止まらない。

「兎羽《とわ》。俺、お前を怖《こわ》がらせたりしたくないんだよ。ゆっくりやっていこ？　な？」

「………ん」

彼はそう言って、お風呂《ふろ》の準備をしに行った。私は部屋に1人で残される。とくんとくんと高鳴り続ける胸の残響《ざんきょう》に手を当てる。体が熱い。茹《ゆ》でられてるみたいに。

（あのまま……キス、されてたら……）

──私、死んじゃってたんじゃないかな、ドキドキしすぎて。心臓が燃《も》え尽《つ》きて。正直、それが怖《こわ》かった。キスされなくて、ホッとしている自分もいた。だけど。

（……キスされる代わりに、死んじゃったって、良かったのにな）

■

兎羽《とわ》が風呂《ふろ》から出ると、可愛《かわい》らしいパジャマを着ていた。

「かわいい」

兎羽《とわ》はべーっと舌を出した。可愛《かわい》いと言われるのが恥《は》ずかしいようだ。照れてる彼女は超《ちょう》カワイイので、これからも言い続けていく次第《しだい》である。

「電気消すよ」

兎羽《とわ》が布団《ふとん》に潜《もぐ》り込《こ》んだのを見て、部屋を暗くする。微《かす》かな月夜だけが部屋の中を淡《あわ》く照らしていた。俺が布団《ふとん》に潜《もぐ》り込《こ》むと、彼女が緊張《きんちょう》で体を硬《かた》くしている気配を感じる。

(ここまで怖《こわ》がられると、絶対に手なんか出せねー……)

女の子が男を警戒《けいかい》している感情を、ビンビンに感じるんだもんな。兎羽《とわ》が怖《こわ》がることをしたくはなかった。第一彼女はまだ高校生なんだし、俺から手を出すのは違《ちが》うだろ。兎羽《とわ》がそういう事をしたいと思ってくれた時に話し合うべき問題だ。

(……我ながらすげー忍耐力《にんたいりょく》だぜ、俺)

兎羽《とわ》は美人だ。俺に好意を持ってくれている。しかも大人顔負けの成熟した体つき。そんな子と、1日過ごして、同衾《どうきん》までしてさ。よく耐《た》えてるよ俺。……頑張《がんば》ってる。夫婦《ふうふ》生活には障

害が付き物と聞くけれど、こんな所が問題になるとは。

「大吾《だいご》クン」

「なに？」

「何でそっち向いてるの」

俺は兎羽《とわ》に背中を向けていた。彼女もそうしていると思ったけど、そんなことは無いらしい。

寝返《ねがえ》りをうつと、彼女の前髪《まえがみ》が頰《ほお》に触《ふ》れた。俺は思わず、息を呑《の》む。

「どしたの？」

「……なんでもない」

お風呂《ふろ》上《あ》がりの彼女。濃密《のうみつ》な程《ほど》のいい香り。ゆったりとしたパジャマの間から微《かす》かに肌色《はだいろ》が見える。甘えるような視線で、兎羽《とわ》は俺の表情をじーっと見つめていた。

「今日のデート、何点？」

「……へ？」

「大吾《だいご》クン的に。今日のデート。何点だった？」

また面倒《めんどう》くさい事言い始めたぞ、この嫁《よめ》。

「そらもちろん百点よ。兎羽《とわ》と一緒《いっしょ》に居るだけで楽しかった」

なんだろう。『そんなおべっか言わないで！』とか『あんなに悲惨《ひさん》なデートだったのに？』とか、何なら『前奥さんのデートとどっちが楽しかった？』とか言われるんだろうか。兎羽《とわ》ならやりそうだ。ただ彼女はもじもじとしながら、こっちの表情を窺《うかが》っているだけだった。

「わ、私はね」

「うん」

「……百点じゃ、なかったよ」

小さな声で呟《つぶや》く。心配そうな俺を見て、兎羽《とわ》はすぐに、変なことじゃなくて、と慌《あわ》てた。

「デートは楽しかった。すごく。あのね。……大吾《だいご》クン。ずっと私のこと、気遣《きづか》ってくれるし。優《やさ》しくて。私、これから大事にしてもらえるんだな。って思ったの。紳士《しんし》だった。……むしろ私、何喋《なにしゃべ》ったのかも覚えて無くて。大吾《だいご》クン、楽しんでるのかなって。それだけ怖《こわ》かった」

「俺はすげー楽しかったよ。兎羽《とわ》って見てて飽《あ》きないし」

「ど、どーゆー意味だよぅ……」

ちょっと唇《くちびる》を尖《とが》らせて、兎羽《とわ》はすねた。そんな所も可愛《かわい》くて、変な衝動《しょうどう》が湧《わ》きかけるが必死に押《お》し留《とど》める。いや冗談《じょうだん》じゃ済まされないぐらい、マジのマジで。

「だから、初デート自体は良かったんだけど。……でも、百点では、なくて」

「うん」

「私が最初、言ったこと、覚えてる？」

わからなかった。視線で尋《たず》ねると、彼女は緊張《きんちょう》でキョロキョロと目を泳がせる。

「い、言ったじゃん。海外ドラマで見たって」

「あっ」

「……最初のデートは、ほっぺにちゅう。次のデートで、口にキス。3回目のデートで……あの……アレ。……あぅ。でもとにかく……最初のデート、だったからさ」

顔を真っ赤にして汗《あせ》を掻《か》いている兎羽《とわ》を見て、言わんとしている所に気がついた。俺は少し緊張《きんちょう》しながら、言葉に出すのは無粋《ぶすい》かと思って、体だけを乗り出して彼女に近づく。

「ひぃやぁあぁあっ。ちがっ、違違違《ちがちがちが》っ。離《はな》れ……近い、近いよぉっ」

「……ごめん。そういうことかと思って」

「そ、そぉじゃなくてぇっ！　いや、合ってる。合ってるんだけど。違《ちが》うのっ」

ほっぺにキスされそうになっただけで、泣きそうな顔して目も合わせられなくなる女の子。今どき珍《めずら》しすぎる照れ屋なのだ。

「大吾《だいご》クンじゃなくて。……私から、シて、良《い》いですか」

「えっ」

「それだったら。勇気。出る気がするから」

俺は兎羽《とわ》にビビったり逃《に》げられたりするたびに、やっぱ嫌《きら》われてんじゃね？　とか一瞬《いっしゅん》思うんだけど、実は真《ま》っ直《す》ぐ向き合っている事にすぐに気がつく。だから、あんまりこのヘンテコな夫婦《ふうふ》生活に、心配が無いんだろうな。彼女とうまくやれると思う理由はそれだった。

「うん。分かった。していいよ。俺はめちゃ期待して待ってるから」

「あぅ……そ、そんな風にゆったら、緊張《きんちょう》するじゃん！」

ほんとメンタル弱いな。

「大吾《だいご》クン。目、閉じて」

言われた通りに従う。初めはドキドキしていたが、あんまり待たされるんで緊張《きんちょう》は緩和《かんわ》していった。彼女の匂《にお》いや体温。それは俺を安心させて、いつしか眠気《ねむけ》が思考を奪《うば》い去《さ》っていく。

「……やっと寝《ね》た。今が、チャンス」

柔《やわ》らかい唇《くちびる》が、頬《ほお》に触《ふ》れる。彼女は小さく笑《え》みを浮《う》かべた。

「ちゅ。ちゅ……ちゅぅ〜？　好き……大好きだよ。大吾《だいご》クン。……ちゅ？」

何度も何度もほっぺにキスをされる。それでも頑《かたく》なに唇《くちびる》にキスをしないのが兎羽《とわ》らしいな、と思った。いつしか彼女はキスだけじゃなくて、子犬が懐《なつ》くみたいに頬《ほお》を舐《な》め始《はじ》める。

「ぺろ。……ぺろ……大吾《だいご》クン……？　ふにゃあ？　好きぃ……？」

ふやけた、とろとろの声。兎羽《とわ》、こんな風な声を出すんだ。

「……ずっと寝《ね》てくれたら、私も素直《すなお》になれるのにな」

ほんとどんだけ意地っ張りでプライド高いんだよこの妻は？　いつもこんな風にしてくれたって全然構わないいっつーか嬉《うれ》しいのに。俺は耐《た》えられずに、少し笑ってしまった。

「えっ」

あ、ヤバい。まずい。

「大吾《だいご》クン。もしかして。起きてない？」

「…………。ぷくっ、いや、いやっ。ごめんっ。そのっ」

「〜〜〜〜〜〜〜〜〜〜っっ」

──兎羽《とわ》は顔を真っ赤にして、俺の胸をポカポカと叩《たた》く。

（あぁ。幸せだな。ずっとこんな風にいられたら、良《い》いのに）


（あれ。前にもこんな事があったような）

俺は思い出す。随分《ずいぶん》昔にもこんな事を思ったんだ。愛を感じた。幸せだと思った。ずっとこんな日常が続けば良《い》いと強く願った。『彼女』は兎羽《とわ》ほど恥《は》ずかしがり屋《や》じゃなかったけど。

（俺はあの子に、何を誓《ちか》ったんだっけ？）

微睡《まどろ》む思考の中に耐《た》え難《がた》い重力を覚えた。その余りの巨大《きょだい》さは、俺に目を離《はな》すことさえも許さなかった。夢を見る。それはどうしようもなく美しい夢だった。逃《に》げる事は出来ない。

──ごうん、と鐘《かね》の鳴る音がした。

第10話　ライオンと青色隕石《あおいろいんせき》のバラード・後

「おはようございます。ご主人さま……ちゅ」

優《やさ》しい声。愛《いと》しい人の声。頬《ほお》に柔《やわ》らかい感触《かんしょく》を覚えた。俺は、目を覚ます。

「ふわー。おはよう、獅子乃《ししの》さん」

上体を起こすと、長身の女性がふりふりしたメイド服を着て、冷たい視線のまま部屋の隅《すみ》に立っていた。彼女の名前は——千子《せんじ》獅子乃《ししの》。半年前から俺のメイドとして働いている。

「おはようございます。ご主人さま」

3ヶ月前にばあちゃんが肉体をネットワークに完全移行させてからは、2人きりで暮らしている。最初はこんな美人と2人暮らしなんてとビビったもんだが、もう慣れたもんだ。

(あれ。何か、頬《ほお》に触《さわ》られた気がしたんだけど)

気の所為《せい》か？　少なくとも獅子乃《ししの》さんは遠くに居て、俺に触《ふ》れる事は出来なかった筈《はず》だ。でも確かにほっぺに何か柔《やわ》らかいものが触《ふ》れたと思ったんだけどな。

「朝食は9時と言っておりますのに。またお寝坊《ねぼう》しましたのね」

「ホントは8時には起きてたんだけど、獅子乃《しの》さんに起こして欲しくて待ってたんだ」

「……へ」

獅子乃《ししの》さんは冷たい視線で俺をジーッと見つめながら、呟《つぶや》く。

「では。起きていましたか？　さっき。あの。私が部屋に入った時」

「あ、いや……二度寝《にどね》してたから、普通《ふつう》に寝てたけど」

「そうですか」

（どういう意図の質問なんだ、今の）

——半年前、俺は虫人間たちに追われている獅子乃《ししの》さんを助けた。それから手当のためマンションに連れてきて、仕事を探していると話を聞いたうちのばあちゃんが彼女を雇《やと》った。

「今日も綺麗《きれい》だね。獅子乃《ししの》さん」

俺は——彼女に恋《こい》をしていた。

「まだ寝《ね》ぼけていらっしゃいますのね」

毎日のように彼女にアタックをかけては、いつも冷たい視線でするりと躱《かわ》される。俺たちは、そんな日々を続けていた。１９６２年の秋のことだった。だけど勿論《もちろん》、分かっていたんだ。こんな幸せな日常がいつまでも続くことは無いんだって。

——だってあと1年ぐらいで、この地球は滅《ほろ》びちまうんだから。

ここ――横浜市《よこはまし》における人類の生存可能な区域は、みなとみらいのランドマークタワーだけになってしまった。世界が滅《ほろ》ぶと知って大混乱に陥《おちい》った地球だが、事態は想像していた数倍悪い方向に進んでいった。基本的にその原因は、用心棒系の企業《きぎょう》の抗争《こうそう》の激化である。

横浜《よこはま》を牛耳《ぎゅうじ》る組織『ペダゴウグ《教師たち》』『S.G.H《Servants of Great Hydra》』『中庸騎士団《ちゅうようきしだん》』の戦いは激しさを増し――横浜《よこはま》の街を汚染《おせん》した。

ＡＩのみで構成された『教師たち』はオントロジー・ウイルス《存在論的感染症》をばら撒《ま》いて、多くの物質を非存在的な概念《がいねん》に作り変えた。『S.G.H』はそれに対抗《たいこう》して街中にゾンビ・キメラを解き放って敵味方関係なく肉から皮を剝《は》ぎ尽《つ》くしている。ランドマークタワーを護《まも》っているのは僅《わず》かな数の『中庸騎士団《ちゅうようきしだん》』だ。彼らは最も普遍的《ふへんてき》な価値を信仰《しんこう》している。それは存在の連続性だ。つまり――生きることだった。

「獅子乃《ししの》さん。君ももう、ネットワークに完全移行した方が良《い》いよ」

俺はランドマークタワーの小さな部屋で、横浜《よこはま》の街を見つめながら呟《つぶや》いた。

「ここもいつ壊《こわ》れるか分からない。現実は危険だ」

多くの人類やＡＩは、既《すで》に肉体を放棄《ほうき》してネットワークの中で生きている。地球が崩壊《ほうかい》した後も、半永久的に宇宙を走る『銀河鉄道』の中で活動を続けられる筈《はず》だ。何度も繰《く》り返《かえ》した話を、獅子乃《ししの》さんはいつものように否定する。

「ダメです。お婆様《ばあさま》から頂いた給料分、働いていないので」

「俺は1人で大丈夫《だいじょうぶ》だよ」

「くす。子供のくせに何を仰《おっしゃ》ってますの。1人じゃ起きられもしないくせに」

獅子乃《ししの》さんが現実世界に残っているのは、俺のせいだった。俺は先天性の体質で、ネットワーク空間で意識を形成する事が出来ない。データ化した神経が、思考に繋《つな》がらないんだ。1000万人に1人程度の珍《めずら》しい体質らしい。

「獅子乃《ししの》さん。……俺、獅子乃《ししの》さんの事、好きなんだよ」

「そうですか」

「だから、無事で居てほしいんだ」

彼女は興味無さそうな冷たい目を俺に向ける。でもそれが態度通りの物では無いって事には、随分《ずいぶん》昔から気がついていた。

「ご主人さま。私は別に、あなたの為《ため》に残っているとか、そういう訳ではないのですわ。だって人生が最悪だったのなんて今に始まった事では無いもの。それでもネットワークに逃《に》げるだなんて、考えたことは無いの」

「じゃあ……何のために？」

「生きていたいの。朝はパンを食べて、夜に1杯《ぱい》のウイスキーを飲むだけで良《い》いの。死ぬ時が来たら、死ねばいい。生きて、死ぬ。それが私の誇《ほこ》りなの」

獅子乃《ししの》さんは静かに笑った。突《つ》き放《はな》すような言葉だったけど、本心が含《ふく》まれているのも分かっていた。俺たちはマンションの1室でいつものように朝食を食べる。彼女は配合機――ペレットの配合で食材を作る調理器具――の扱《あつか》いが上手で、よく故郷の料理を作ってくれた。

『おっはろ――ん♪』

不意に天井《てんじょう》から突《つ》き抜《ぬ》けてきたのは、おちゃらけたナース服を着た人魚――Ｓｅｎａだった。

彼女はほにゃほにゃ笑いながら、俺の食べていたパインセオを奪《うば》う。

『うわこれウッマ！　獅子乃《ししの》ちゃん、腕上《うであ》げたねー！』

獅子乃《ししの》さんは手元に持っていたフォークを投げて、Ｓｅｎａの顔面を蜂《はち》の巣《す》にした。

『ぎゃー！　テクスチャ壊《こわ》さないでよ！』

「私たちの朝食を邪魔《じゃま》するなっていつも言ってるでしょ。マナー違反《いはん》は排除《はいじょ》しますわ」

『……2人きりを邪魔《じゃま》されたからってキレないでよ』

ジジ、という微《かす》かな音とともにテクスチャが貼《は》り直《なお》される。

「おはよう、Ｓｅｎａ」

『やーん。大吾《だいご》クン、今日も可愛《かわい》いねー？　そんな無愛想年増メイドは放《ほ》っといて、ナースお姉ちゃんの弟にならない？』

「せ、Ｓｅｎａ……近い、近いって……」

Ｓｅｎａは吐息《といき》が当たる程《ほど》に顔を近づけて、俺の耳を指でさわさわと擽《くすぐ》ってきた。彼女は速《そっ》攻《こう》で獅子乃《ししの》さんの投擲《とうてき》したフォークに顔面を貫《つらぬ》かれる。何ならそれは俺の頬《ほお》も掠《かす》めた。

「ぎゃっ。獅子乃《ししの》さん、危ないって⁉」

「申し訳ありませんが、朝からＡＩの胸元《むなもと》を見て鼻の下を伸《の》ばすのもマナー違反《いはん》かと」

「み、見てないケド」

「……女の子なら誰《だれ》でもいーんだ」

獅子乃《ししの》さんはジトっとした視線で俺のことを見つめていた。当の原因であるＳｅｎａはニヤニヤと笑ってバインセオをモリモリと食べている。

『それより獅子乃《ししの》ちゃん。もうペレットが無いよ。全く』

「そうですか」

獅子乃《ししの》さんは涼《すず》しい顔をしているが、事は重大だった。既《すで》に拠点《きよてん》をネットワークに移した人権保護団体から来る救援《きゆうえん》物資は２週間は先の筈《はず》だ。

「俺が調達して来るよ。川崎駅《かわさきえき》のポータルは未《ま》だ動いてるって聞いた」

「いけません」

彼女は猛禽類《もうきんるい》のような鋭《するど》い視線で俺を睨《にら》んだ。相変わらずの迫力《はくりよく》で、心臓が凍《こお》る。

「私が何とかします」

「何とかって……」

獅子乃《ししの》さんは俺を安心させるように、静かな笑《え》みを浮《う》かべた。

■

朝食を終えた私は、1度着替《きが》えるために自分の部屋に戻《もど》る。

(ご主人さま。今日も美味《おい》しそうに食べてくれたな)

フリフリのメイド服を着るのにも、最初は随分《ずいぶん》時間がかかったものだけど。今はもうしっかり慣れてしまった。朝は苦手だったのに。料理なんてしたことなかったのに。ホール・ガンの扱《あつか》い以外に他人より秀《ひい》でたことなんてなかったのに。彼は喜んでお世話されてくれる。

(……こんなに、幸せで、いいのかな)

私の人生は退屈《たいくつ》で有《あ》り触《ふ》れた物だった。物心が付いた時には路地裏の泥《どろ》の中《なか》に居て、残飯や動物の死骸《しがい》を食べながら生きてきた。自分の才能に気がつくとそれを十全に使って、ありったけのお金を稼《かせ》いだ。数え切れない程《ほど》の酷《ひど》いことをしてきた、と思う。

だってもうそれが当たり前過ぎて、何が良くて何が悪いのかもわからないんだもの。

(それなのに、あの子は私に笑《え》みを向けてくれる)

私だけの小さなご主人さま。優《やさ》しくて、真《ま》っ直《す》ぐで、いつも可愛《かわい》い。彼に名前を呼ばれる度《たび》に、空洞《くうどう》の胸が満たされるのを感じる。彼に愛《いと》おしそうに見つめられる度《たび》に、その場で溶《と》けて無くなっちゃいそうになる。張《は》り裂《さ》けてしまいそうな感情が、耐《た》えられずに口から漏《も》れた。

「愛してます……ご主人さま……」

『え。獅子乃《ししの》さんが、俺のことを愛してるってぇ!?』

「ぴにゃっ」

ご主人さまの声がして振《ふ》り向《む》くと、Ｓｅｎａがニヤニヤと笑っていた。

『なんつって』

私は彼女をアンインストールするために、ナノチップの操作を始めた。

『ぎゃー！　嘘《うそ》じゃん嘘《うそ》じゃん！　冗談《じょうだん》じゃん～！』

「あなたと会話する度《たび》に、何でこんなのと居るんだろうといつも頭痛がするのよ」

『とか言ってー。親友のくせに～』

Ｓｅｎａは私の肩《かた》をつつく。ホログラムの癖《くせ》に触覚《しょっかく》まで再現しているのが生意気だ。

『獅子乃《ししの》ちゃんもぶきっちょだね。大吾《だいご》クン好き好き！　って応えてあげたらいいのに』

「……」

私がＳｅｎａを睨《にら》むと、彼女は何てことなさそうな表情でニコニコしています。

「良《い》いの。私はこれで。これが正しいの」

私に、彼の気持ちに応える権利は無い、と思う。それに、そっちのほうが良《い》いんだ。

「だってもうすぐ全部滅《ほろ》んでしまうんだもの。何もかも無くなってしまうんだもの」

『うん』

「どうせ全部無くなるのに自分の物になるだなんて、そんな残酷《ざんこく》な事はないでしょ」

『自分の為《ため》じゃありません、みたいな顔をするのはダサいよ。君がビビりなだけじゃん』

Ｓｅｎａが笑って、私も思わず笑ってしまう。私の弱さが原因だというのは分かってたからだ。何かを失うのが怖《こわ》いのは、私。着古したスーツに袖《そで》を通すと、歩き始める。


ランドマークタワーの上層階は、フローター（空気力学車）の駐車場《ちゅうしゃじょう》になっていた。私はその中でもひときわボロの機体に乗り込むと、生体認証《せいたいにんしょう》でエンジンをかける。

「待って！」

「へ？」

フローターが走り出す寸前に、背後に重みが加わる。彼が私の腰《こし》をぎゅっと抱《だ》きしめると、私たちは横浜《よこはま》の空に飛び出した。世界崩壊《せかいほうかい》には似合わない真っ青な空だった。

「ご主人さま！　何してらっしゃるのですか！」

「流石《さすが》に、女の子ひとりを外に行かせられないだろ！」

何を言っているのでしょう、この人は。『女の子』ですって。年下のくせに。子供のくせに。

私に腕相撲《うでずもう》でも勝てないくせに。朝は1人じゃ起きられないくせに。

「今から戻《もど》って降ろしても、絶対ついていくから」

「……はぁ」

この人は強情《ごうじょう》で言い出したら聞かないから、お説教するだけ無駄《むだ》でしょう。私は覚悟《かくご》を決める。この人は私が護《まも》らないといけない。少なくともこの世界が滅《ほろ》ぶまでは。

「絶対に、私から離《はな》れてはいけませんよ」

「う、うん。ありがとう！」

——それに。嬉《うれ》しくなかった。と言えば、嘘《うそ》になる。

1人でも怖《こわ》くなんてなかった。と言えば、嘘《うそ》になる。

背中に伝わるあなたの温《ぬく》もりが冷えた私の体を暖める。いつだってそう。

私はフローターのアクセルを思いっきり踏《ふ》みしめると、雲の間を抜《ぬ》ける。

「！」

背後でご主人さまが息を飲むのが分かった。この高度だと、横浜《よこはま》の街がよく見えるからだろう。横浜駅《よこはまえき》は巨大《きょだい》なキューブの複合体で埋《う》め尽《つ》くされていた。時間が損傷して光を屈折《くっせつ》させているんだ。きっとあのキューブの中では1秒が10万年程度に圧縮されている。駅に取り残された人は悲劇だ。

伊勢佐木《いせざき》長者町《ちょうじゃまち》は小さな蟻《あり》に似た何かが、肉団子のように固まって道を塞《ふさ》いでいた。観察する。それは人間の塊《かたまり》だ。足と頭部が逆さの人間がお互《たが》いの肌《はだ》に噛《か》みつきながら藻掻《もが》いている。

　不意に東京湾《とうきょうわん》が盛り上がる。海の底から浮上《ふじょう》したのは、高さ400mの瓶詰《びんづ》めの蝸牛《かたつむり》だ。時空の捻転現象《ねんてんげんしょう》を伴《ともな》うそれはランダムに、知性を持った存在を瓶《びん》の中に閉じ込める。瓶《びん》の中はすぐにAIや人類、人工牛などで満杯《まんぱい》になって、蝸牛《かたつむり》の柔《やわ》らかい肉に溶《と》かされていった。

「……世界の終わりがこんなに酷《ひど》いだなんて、思わなかった」

　ご主人さまが眼下を見つめながら呟《つぶや》く。

「！」

　不意に、私の脳内に埋《う》め込んだナノチップがパチパチと弾《はじ》けた。

「ご主人さま！　誰《だれ》かに狙《ねら》われています。絶対に、手を離《はな》さないでッ！」

　フローターのハンドルを荒々《あらあら》しく曲げる。宙を駆《か》ける蜻蛉《とんぼ》のような軌道《きどう》で、不規則に。ふっ、ふっ、ふっ。と言う風切り音と共に、私たちの背後を掠《かす》める何かがあった。

「獅子乃《ししの》さん！　上だ！」

　私たちの機体を、陽《ひ》を遮《さえぎ》る影《かげ》が覆《おお》う。頭上を見上げる。巨大《きょだい》な全裸《ぜんら》の老婆《ろうば》が居た。だらんと垂れた肌《はだ》を風に靡《なび》かせながら、ぎょろりとした目で私たちを見ていた。

　全長は30m程《ほど》だろうか？『S．G．H』の生産した人工悪魔《じんこうあくま》の1柱だろう。

「ご主人さま、運転を！」

　彼にハンドルを渡《わた》して、私はホール・ガンを起動させる。

（絶対にご主人さまだけは、なんとしてでもお護《まも》りする——）

私はただ、それだけを決めていた。他の事なんてどうでも良かった。


私たちは横浜中華街《よこはまちゅうかがい》にある、細くて真っ黒の建物の前にフローターを停《と》めた。

「ふぅ」

たった5分のフライトでどんちゃん騒《さわ》ぎだ。川崎駅《かわさきえき》まで辿《たど》り着《つ》くのは、きっと不可能だっただろう。ネットによれば関東の殆《ほとん》どの都市はとっくに崩壊《ほうかい》しているらしい。

「中華街《ちゅうかがい》は……随分《ずいぶん》静かなんだね」

ご主人さまが辺りを見渡《みわた》す。街には崩《くず》れた建物1つ無い。有《あ》り体《てい》に言えば平和だ。

（きっと『彼ら』が上手《うま》く事を進めているのだろう）

『警備会社』に取り入っているんだろう。私たちが建物の中に入ると、スーツを着た小さなワニが要件を尋《たず》ねる。私が名前を伝えると、奥へどうぞと通される。

「ご主人さまはここでお待ち下さい。Ｓｅｎａ。何かあったらすぐに知らせて」

『おっけー。じゃー大吾《だいご》クン。お姉ちゃんと2人でイチャイチャしようねー？』

（マジでそろそろアンインストールしようかなこいつ）

ワニに連れられて、建物の上部の階に通された。不気味なぐらいに静かな廊下《ろうか》で真っ黒の扉《とびら》が開いた。鮮《あざ》やかな色に塗《ぬ》られた髑髏《どくろ》の面を被《かぶ》った女性がこっちを見て笑う。

『こんにちは、獅子乃《ししの》さん。お久しぶりですね』

相変わらずの合成音声。古いラジオから聞こえる声のように掠《かす》れた少女の声だった。

「こんにちは、シャシン。ご無沙汰《ぶさた》しておりますわ」

シャシン――インドの古い言葉で『月』を意味する彼女は、『無限のトンネル教会』という宗教の巫女《みこ》でもある。私を日本に呼んだ、依頼人《いらいにん》だ。

「食料が無くなってしまいましたの。あなたなら用意出来ると思って」

『地下街から持ってこさせましょう。今はあなたはランドマークタワーにお住まいでしたか』

「はい。他の人々の分も頂けると助かりますわ」

彼女は事もなさげに頷《うなず》いた。いや、実際に大した問題では無いのだ。

(90年程《ほど》前に誕生した、プレッパーズの宗教――それが『無限のトンネル教会』)

プレッパーズとは、世界滅亡《せかいめつぼう》を信じてそれに備えている人々の事だ。被害妄想《ひがいもうそう》の類だと散々馬鹿にされてきたが、実際に地球が滅《ほろ》ぶとなるとこれ以上頼《たよ》れるコミュニティも無い。

『それで、獅子乃《ししの》さん。我らの「夫」は元気ですか？』

「……ええ。下に、来ていますわ」

私が呟《つぶや》くと、シャシンは数秒黙《だま》った。骸骨《がいこつ》の仮面のせいで表情は分からなかったが、怒《いか》りの感情のせいだろう。その気持ちはわからないでもなかったのだけれど。

『この危険な状況《じょうきょう》で、彼を外に？』

「問題はありません。私が見ています」

『あなたの事は信頼《しんらい》しています。肉の世界に唯一《ゆいいつ》残ったA級のランカーだもの』

信頼《しんらい》している、と口では言っているが不信感は言葉の端《はし》に残っていた。仕方がないことだろう、とは思う。私が逆の立場でも同じ気持ちになるだろうし。

『御堂大吾《みどうだいご》さまは「マヌの船」に乗るべきお方です。最大限の安全は確保して頂かないと』

「分かっています」

マヌの船──インド神話版の『方舟神話《はこぶねしんわ》』だ。地球上の生命が全て滅《ほろ》ぶような大洪水《だいこうずい》から、マヌと言う男が7人の賢者《けんじゃ》と全ての種子を乗せて逃《のが》れたという神話。

（私の任務は御堂大吾《みどうだいご》の警護。そして──世界が滅《ほろ》ぶ時に、彼の身柄《みがら》を受《う》け渡《わた》す事）

それに見合うだけの報酬《ほうしゅう》は、貰《もら》っている。最初にご主人さまに出会ったのは、偶然《ぐうぜん》だった。

だけど彼の元で働く事になったのは、任務のためだった。

「しかし何故大吾《なぜだいご》さまが必要なんですの」

『彼は人類の種を残すべき──「夫」になるべき人だからです』

「アダムとイブみたいなものですか？　だったらイブはあなた？」

『……私だったら、良かったのですがね』

シャシンは私の顔をジーっと見つめた。

『世界が滅《ほろ》ぶ時、マヌの船に彼を連れてくること。それだけをよろしくおねがいしますね』

「自分たちでやればいいのに」

『人生最後の時に、怪《あや》しいカルト宗教の船に乗ってくれって？　そんなの抵抗《ていこう》されるに決まってます。彼を傷つけたくないの』

それはそうだ。自己認識《じこにんしき》は正常のようで何よりである。私はこの任務のために御堂大吾《みどうだいご》に近づき、信頼《しんらい》を得る必要があった。……最初はただ、それだけだった。

■

夜になって、世界は闇《やみ》に飲まれていた。横浜市《よこはまし》の発電施設《はつでんしせつ》は既《すで》に壊《こわ》れているらしい。避難所《ひなんじょ》にある水素電池で最低限の電気は賄《まかな》えるが、節電は必須《ひっす》だ。俺たちは毛布を被《かぶ》って一斗缶《いっとかん》の中に不要な布や紙を詰《つ》めて燃やしていた。柔《やわ》らかい火の灯《あか》りが心地《ここち》良《よ》い。

「子供の頃《ころ》、獅子乃《ししの》さんは考えた？　世界が滅《ほろ》ぶ最後の日に何をしよう、とか」

「無人島に持っていくなら何？　みたいな事ですか？」

「そうそう」

「お菓子《かし》をお腹《なか》いっぱい食べたかったですわ」

「お菓子《かし》？」

「うん、そう。売ってるでしょ。スーパーで。私、あんまりお金って持ったこと無かったから。最後の日だったら、もう終わりだから、盗《と》っても怒《おこ》られないかなって」

「暴徒の発想だね」

今思えばそうですけれど、と獅子乃《ししの》さんは笑う。彼女の笑《え》みは、春の初めの雪のようだった。綺麗《きれい》なのに、目を離《はな》した瞬間《しゅんかん》に消えてしまう。もしかしたら、だから美しいのだろうか。

「ご主人さまは？」

「俺は、家族と過ごせたら良《い》いな。とは思ってた」

両親が亡《な》くなったのは数年前の事だ。今の時代、肉の世界で生きるのは難しい。珍《めずら》しい事ではなかった。獅子乃《しの》さんはジっと俺の表情を見つめて、優《やさ》しくおでこを撫《な》でてくれる。

「な、何急に。子供扱《こどもあつか》いしないでよ」

「何を仰《おつしや》ってますの？　こんなに小さいくせに」

「身長なら獅子乃《ししの》さんとあんまり変わんないけど」

くすくす、と彼女はお姉さんみたいに笑った。家族と過ごすことは出来なくても、この人が隣《となり》に居てくれるなら、それで良《い》いかな、とも思った。

「そうやって口答えする辺りが子供なのですわ」

「……あんまり変わんないと思う。年だって」

「あら。私は92歳のおばあちゃんよ」

そりゃ、コールドスリープをしていた分も含《ふく》めればそうだけど、起きていた年数なら8歳ぐらいしか変わらないはずだ。いや。8歳って結構、大きな差なんだろうけどさ。

「獅子乃《ししの》さんは何でコールドスリープしたの？　周りに家族とか、友達、居たんじゃないの」

「居ましたわ。でも、私は、冷たい人間だから。あまり情が沸《わ》いてなかったのかな」

彼女はよく自分の事を冷血人間とか言って卑下《ひげ》していた。でも俺にはどうもそんなふうには思えない。確かに肌《はだ》から伝わる温度は冷たいけれど、彼女と包《くる》まる毛布は温かい。

「……私。お金が欲《ほ》しかったの。ずっとね。これでも結構稼《かせ》いでたのよ。それなりにマシな暮らしが出来るようになっても、もっともっとって。必死に稼《かせ》ぎ続《つづ》けたの」

「何か、欲《ほ》しいものでもあったの？」

獅子乃《しの》さんは、ジィーっと炎《ほのお》を見つめて、ぽつりと呟《つぶや》いた。

「子供の頃《ころ》。映画を見たんです。あの頃《ころ》の型落ちの動画サービスは、食パン1枚よりもずっと安かったから。空腹を面白《おもしろ》い映画で誤魔化《ごまか》してたのですわ」

「…………」

「キレイなお姫様《ひめさま》が、言うのよ。『誰《だれ》しも運命の人が居る。私は王子様を待ってるの』って。小鳥さんと歌いながら。ふわふわのドレスを揺《ゆ》らしながら」

彼女は冷たい瞳《ひとみ》を閉じる。長い睫毛《まつげ》が微《かす》かに揺《ゆ》れた。

「だから私、頑張《がんば》ったの。必死になって。腕《うで》や足がもげても、内臓の殆《ほとん》どを粗悪《そあく》な安物に入《い》れ替《か》えても、働き続けたの。酷《ひど》い事だってしたわ。きっとあなたが知ったら軽蔑《けいべつ》して、二度と私と目を合わせよう思わなくなるぐらいにね。それでも働いたの。だって——」

柔《やわ》らかい炎《ほのお》の灯《あか》りが、真っ白な彼女の髪《かみ》に反射する。

「運命の人に会った時、ドレスがないと困るもの。惨《みじ》めと思われるのは、ごめんだわ」

言い終えたとき、一瞬《いっしゅん》だけ、彼女が酷《ひど》く小さな女の子に見えた気がした。俺は彼女の頭を抱《だ》きしめて、よく頑張《がんば》ったねって撫《な》でてあげたくなる。でもそんな事をしたら彼女は酷《ひど》く激昂《げきこう》して、二度と口を利《き》いてくれないだろう。だから代わりに寄《よ》り添《そ》う肩《かた》に頭を乗せる。

「……俺じゃダメすかね。その。運命の人……的なヤツ」

「だめ」

「うっ」

こんなに明《あ》け透《す》けな好意を向けてくるのに。すぐに優《やさ》しい顔で微笑《ほほえ》みかけてくれるのに。こうして寄《よ》り添《そ》いながら、縋《すが》るみたいに指を絡《から》ませているのに。

「だって私、裏切り者ですもの。あなたを売り飛ばそうとしてるのよ」

そんなことはとっくに気がついているさ。だってよく、変な連中とよくわからない話をしているし。その後必ず辛《つら》そうな目で俺を見るしさ。勿論詳細《もちろんしょうさい》は知らない。俺のこと利用しようとしてる事ぐらい分かるよ。何の理由もなく俺と一緒《いっしょ》に居てくれてると思うほど、子供じゃない。

「それでも良《い》いよ。好き。好きです。獅子乃《ししの》さん。俺と結婚《けっこん》してください」

「くすくす。ほんと子供。結婚《けっこん》なんて、お付き合いを重ねてからするものですわ」

「だってそんな事してたら、世界は滅《ほろ》んじゃうしさ」

獅子乃《ししの》さんはからかうように笑いながら、俺の顔を覗《のぞ》き込《こ》む。


「──ご主人さまは私を、お嫁《よめ》さんにしたいの？」


静かな言葉。ルビーみたいに綺麗《きれい》な瞳《ひとみ》。笑ってる癖《くせ》に、からかってる癖《くせ》に、声は震《ふる》えて、視線が揺《ゆ》らいでいる。俺は狼狽《うろた》えそうになったけど、それは駄目《だめ》だと思った。

「したい、です」

「ふふ。なんで敬語？」

コロコロと余裕《よゆう》そうに笑うけど、指を絡《から》める力が強くなったのに気がつく。彼女は肩《かた》に乗る俺の頭の匂《にお》いを嗅《か》ぎながら、髪《かみ》に頰《ほお》ずりしていた。

「だったら、口説いてくださいまし」

「え？」

「古今東西、女を手に入れる、最も中庸《ちゅうよう》な手段ですわ」

彼女の頰《ほお》はほんの少し赤く染まっていた。それが可愛《かわい》くて、必死に口説き文句を考える。

「獅子乃《ししの》さんは、めっちゃ、可愛《かわい》い」

「——それ口説いてるつもりなの？」

「優《やさ》しい。無愛想で素っ気ないけど」

「——ねえ。ちょっと、悪口ですわ」

「胸が…………スレンダーで綺麗《きれい》」

「——ぶん殴《なぐ》られたいようですわね」

「一緒《いっしょ》に居ると、安心する。すごく」

「——私も。それは……そうだけど」

「家事をしてる時の、鼻歌が大好き」

「——ただの音痴《おんち》。センスが無いわ」

「フリフリのフリルが似合いすぎる」

「——ご主人さまメイド好きよね？」

「甘い匂《にお》いが好きだ。クラクラする」

「——に、匂《にお》いだなんて嗅《か》がないで」

「髪《かみ》がサラサラでずっと見てられる」

「——……視線、時々感じてるから」

「強い意思が好き。すごく格好いい」

「──頑固《がんこ》で、融通《ゆうづう》が利かないだけ」

「泣きそうな顔の時、抱《だ》きしめたい」

「──私、大人よ。泣いたりしない」

「俺に優《やさ》しすぎ。あんなん惚《ほ》れるて」

「──男子は直《す》ぐに勘違《かんちが》いするのね」

「ていうか絶対俺のこと好きじゃん」

「──はいはい。それ、痛い勘違《かんちが》い」

「握《にぎ》った手、離《はな》そうとしないくせに」

「──冷《ひ》え性《しょう》だから。指が寒いだけ」

「時々キスで起こすの知ってるから」

「──そ、そんなことしたことない」

「何で……そんなに綺麗《きれい》なんですか」

「──うるさい。そんな目で見るな」

「好きです。俺と付き合って下さい」

「──それ、もう口説いてないから」

「好き。好き。好き。好き。好きだ」

「──…………………………」

俺は彼女の体に触《ふ》れた。優《やさ》しく肩《かた》を支えて背中を押す。抵抗《ていこう》は無かった。彼女は無言で床《ゆか》に横になったまま。視線を逸《そ》らして。泣きそうな顔で。林檎《りんご》みたいな真っ赤な頬《ほお》で。

「……好き、だったら、何ですの」

「え？」

「好きだったら何。愛していたら何。もう全部、無くなってしまうのよ」

彼女は泣いていた。小さな少女のように瞳《ひとみ》に涙《なみだ》を浮《う》かべて、俺の事を見つめていた。

「私、私が死んでしまうのには耐《た》えられるわ。そんなのちっとも怖《こわ》くは無いわ」

獅子乃《ししの》さんは俺の胸に手を当てると、力を込《こ》めて押し返す。

「でも大好きな人が死んじゃうのは駄目《だめ》。愛してる人と離《はな》れるのだけは嫌《いや》。この手の中に居ないでほしい。離《はな》れた場所に居て下さい。近づかないで。見つめないで。……触《ふ》れないで」

ああ。俺がもっと強かったら良かったな。滅《ほろ》ぶ地球を救えるスーパーヒーローなら良かったのにな。そしたらこの人の事を抱《だ》きしめて、一生俺が護《まも》り抜《ぬ》くだなんて言えたのに。だけど雑《ざ》魚《こ》の俺が出来るのは、泣いている彼女の頬《ほお》を撫《な》でる程度の猿《さる》でも出来ることだった。

「俺も。離《はな》れ離《ばな》れになんかなりたくない。だからこそ最後は、1番近い場所で、一緒《いっしょ》に居たい」

彼女の手を強く握《にぎ》った。二度と離《はな》れないように。これからはずっと一緒《いっしょ》に居られるように。

（……あれ。『二度と』って、どういう意味だ）

自分の思考の中に紛《まぎ》れた言葉に一瞬《いっしゅん》驚《おどろ》くけれど、今はこの人を口説く方が優先である。

「獅子乃《ししの》さん。好きです。世界の終わりを、俺と一緒《いっしょ》に過ごして下さい」

彼女は俺の瞳《ひとみ》をジーッと見つめた。分かりやすく狼狽《うろた》えていて、あわあわしていた。たまらない程《ほど》に可愛《かわい》かった。

「で。出来ませんっ」

「まだ粘《ねば》るか。どうして？」

「だって。……仕事、あるもの」

「仕事」

「世界の終わりに、あなたを方舟《はこぶね》に乗せるの。いや、マヌの船、だっけ。知らないけれど。それが仕事。私は、それには、乗れないから」

思わず少しだけ笑ってしまった。『仕事』。要は、『先に約束したから』ってだけだ。なんてどうしようもなく律儀《りちぎ》で、不器用な人なんだろう。そういう所が好きなんだけどさ。

「仕事と俺、どっちが大切なんだ」

よくあるずるい聞き方をしてみた。獅子乃《ししの》さんにはそのぐらいストレートに聞かないとダメだと思った。彼女は分かりやすく動揺《どうよう》して、泣きそうな顔になって、自分の顔を手で隠《かく》す。

「……ご主人さま……です」

「！」

やった。やっと陥落《かんらく》してくれたのか⁉　と思った間際《まぎわ》、すぐに彼女が続けた。

「でもご主人さまはマヌの船に乗るべきですわ。生き延びられるかもしれないんだから」

あぁ。そっちが本命の理由だったんだ。優《やさ》しくて不器用な彼女が愛《いと》おしくてたまらなくなる。

俺は前から思っていたけれど、彼女がイヤがると思って言えなかった事を伝える。

「銀河鉄道に乗ろう。一緒《いっしょ》に」

「あんなの！　ネットワークに完全移行したＡＩや人達の物ですわ。……ただの時間稼《じかんかせ》ぎ」

「でも、滅《ほろ》びる地球に居るよりはマシだ。居住区域もあるって聞くし」

「……それに、一体何の意味があるの。鋼鉄の汽車に生涯《しょうがい》を囚《とら》われる事に」

「少しでも長く、獅子乃《ししの》さんと一緒《いっしょ》に居られる」

「そんな……子供みたいなこと、言わないで……」

いつもは子供の癖《くせ》に、ってからかう癖《くせ》に。ずるい言い方をしている。獅子乃《ししの》さんは、余り自分を大事にしない人だ。多分、強く生きようとすら思わない人だ。だから多分、銀河鉄道なんて興味も無かったんだろう。ただ生きてただ死ぬ。それが彼女の信念だから。

「――俺と一緒《いっしょ》に、生きてくれ。それでどうしようもなくなったら、死ねばいい」

彼女は泣きそうな顔のまま少しの間考えると、小さく笑った。

「なにそれ」

我ながら変な理屈《りくつ》だけどさ。しょうがないだろ？　好きに生きて、好きに死ぬ。最後は下らない後悔《こうかい》と一緒《いっしょ》に墓の下で眠《ねむ》るだけだ。それまではただ愛している人の手をぎゅっと握《にぎ》って、1人じゃないんだと信じながら眠《ねむ》りたいだけ。

「好きです。獅子乃《ししの》さん」

「…………うん」

「いや、うん、じゃなくて。……返事がほしーんですけどね」

「ぴにゃ」

背の高い彼女の柔《やわ》らかい手のひらを押して、体を床《ゆか》に押し付けた。ふわりとした髪《かみ》が真っ白な花弁のように広がった。彼女は鼻が触《ふ》れる程《ほど》の距離《きょり》で、掠《かす》れるような声で呟《つぶや》く。

「──私も好きです。ご主人さま。愛してます。私のすべてをあなたに捧《ささ》げます」

どくんと心臓が跳《は》ねるのを感じた。獅子乃《ししの》さんは小さな女の子みたいに笑うと、俺の目を見つめる。お互《たが》い、これから何が起きるのかは分かっていた。おでこを合わせる。彼女の吐《と》息《いき》が唇《くちびる》にかかる。甘い匂《にお》い。一瞬《いっしゅん》、頭がバグりかける。

俺は彼女の唇《くちびる》を塞《ふさ》ごうとして──

『ぴんぽんぱんぽーん。誠《まこと》に良《い》いとこで遺憾《いかん》ですが、速報です』

地面が揺《ゆ》れた。ごう、ごう、と強い風が窓を叩《たた》いていた。真《ま》っ黒闇《くろやみ》に呑《の》まれた筈《はず》の夜で、真っ青の燐光《りんこう》が煌《きら》めいていた。獅子乃《ししの》さんは一瞬《いっしゅん》で立ち上がると、窓の外を眺《なが》めた。

「！」

──横浜《よこはま》の街は、蒼《あお》の光に包まれていた。それは隕石《いんせき》の放つ粒子《りゅうし》だった。いや、おかしい。隕石《いんせき》の色が蒼《あお》だなんて、聞いたことがない。ごう、ごう、ごう、ごう。世界が滅《ほろ》ぶ音がしていた。マントルが軋《きし》み始《はじ》めていた。

「ご主人さま！」

彼女は俺の手を摑《つか》んで、走り出す。横浜《よこはま》ランドマークタワーは倒《たお》れようとしていた。斜《なな》めになった床《ゆか》を蹴《け》って、俺のスカイウォーカーを摑《つか》むと、窓から夜空へと躍《おど》り出《で》た。

「絶対に手、離《はな》さないで！」

横浜《よこはま》の夜空を、獅子乃《ししの》さんが駆《か》ける。俺はお姫様《ひめさま》だっこみたいな体勢で抱《かか》えられるが、文句を言う暇《ひま》は無い。世界の終わりが始まったんだ。隕石《いんせき》の重力異常で地球は毀《こわ》れてしまうんだ。

俺は夜空を見つめる。

そこにあったのは、巨大《きょだい》な船だった。

青色隕石《あおいろいんせき》の放つ燐光《りんこう》を集めながら、山のように巨大《きょだい》な船が真っ黒の夜空を航行している。俺は気がつく。アレが『マヌの船』だ。青色の光は、典型的なポータル光だ。巨大《きょだい》な隕石《いんせき》の重力を利用して、次元に無理やり穴をこじ開けているんだ。

（──あの隕石《いんせき》は、偶々《たまたま》地球に落ちたんじゃない。誰《だれ》かがそう仕向けたんだ）

あの船を作った連中が──使っている連中が──この地球を滅《ほろ》ぼそうとしてるって事か？

『こんにちは獅子乃《ししの》さん。我らの「夫」御堂大吾《みどうだいご》さん。そこは危険です。早くこちらに』

船の先頭に居るのは、色鮮《いろあざ》やかな髑髏《どくろ》の仮面を被《かぶ》った少女だった。俺が獅子乃《ししの》さんの肩《かた》を掴《つか》むと、彼女は小さく、大丈夫《だいじょうぶ》です、と呟《つぶや》いた。

「ごきげんよう、シャシン！　申し訳ありませんが、契約《けいやく》は破棄《はき》させていただきますわ」

『破棄《はき》？　それはまたどうして』

一瞬《いっしゅん》、獅子乃《ししの》さんは俺の方をチラッと泣きそうな顔で見て、けれどすぐに瞳《ひとみ》の色は覚悟《かくご》に染まった。その強い意志と覚悟《かくご》を、俺は何より愛していた。──彼女は叫《さけ》ぶ。

「この人は、私の運命の人だからです」

蒼《あお》い巨大《きょだい》な船は、ごう、と夜空を切《き》り裂《さ》いた。

■

世界が滅《ほろ》んでしまった。

――いや、正しくは滅《ほろ》びる最中だった。西暦《せいれき》1962年。横浜《よこはま》は災禍《さいか》に呑《の》まれていた。

「ご主人さま。こちらに」

私は小さなご主人さまの手を引っ張る。身長は同じぐらい、だなんて言われたけれど、私にとって小さいのは変わらない。私の、私だけの、小さな小さなご主人さま。

「獅子乃《ししの》さんは本当にバカだ」

「バカはご主人さまの方ですわ」

あの蒼《あお》い船『マヌの船』からの逃避行《とうひこう》は決して簡単なものでは無かった。何故《なぜ》か指先のホール・ガンが起動しない。その理由はどうしても分からなかった。私たちは傷だらけで。折れている骨も少なくはなくて。でもそれは、ご主人さまの方が酷《ひど》くて。

(この人は優《やさ》しすぎるから)

傷を負わなければいけないのは私なのに。この人ばっかり、怪我《けが》をする。

「うわー！　マジで世界が終わってるじゃないか！」

「夜が終焉《しゅうえん》を迎《むか》える前に！　急いで、御堂大吾《みどうだいご》を追え――!!」

フローター（空気力学車）が背後を走る。『無限のトンネル教会』の信者たちだった。何人かはナイフで始末したが、怯《ひる》むことなく追ってくる。狂信者《きょうしんしゃ》らしくて結構である。

（化け物たちはどこ？　キメラ・ゾンビは？　ペダゴウグの虫人間は？）

ある意味、横浜《よこはま》の街は平和になっていた。ポータル光の影響《えいきょう》だろう。存在的に不確定な事象は巨大《きょだい》なエネルギーを前にその形を保てなくなったんだ。

「ご主人さま!!」

1台のフローターが虎《とら》の子《こ》の簡易《かんい》ポータルを起動して私たちに玉砕覚悟《ぎょくさいかくご》で迫《せま》る。私は彼に抱《だ》きついて、藪《やぶ》の中に突《つ》っ込《こ》んだ。間一髪《かんいっぱつ》逃《のが》れたが、状況《じょうきょう》は好転したわけではない。

「獅子乃《ししの》さん。俺のことはもう良《い》いから1人で逃《に》げて。銀河鉄道のチケットは未《ま》だあるだろ」

「ばか」

一瞬《いっしゅん》ブチギレそうになってしまった。何よ、この人は！　あなたが言ったのよ、一緒《いっしょ》に生きようって。2人で居てくれるって！　今更《いまさら》、1人で、何て言われても困る。とっくに遅《おそ》い。

「二度と『1人で』なんて言わないで下さいまし。私、銃弾《じゅうだん》なんて怖《こわ》くないわ。世界の終わりもへっちゃら。傷ついたり死んだりすることに怯《おび》えた事なんて1度もないの」

だけど――と私は彼に縋《すが》った。

「あなたと離《はな》れ離《ばな》れになってしまったら、私、壊《こわ》れてしまうから」

ねえ、ご主人さま。私の人生って本当にクソッタレで最低だったんですよ。別にいつ死んでも構わなかったの。下らないジョークみたいな理由で生きていたのよ。だけど、あなたを護《まも》りたいと思ったの。あなたと1秒でも長く一緒《いっしょ》に居たいと思ったの。このちっぽけな愛のために、私はなけなしの勇気を振《ふ》り絞《しぼ》るの。

私たちは必死に走り続けた。追っ手を巻いて、時折視界の端《はし》に映る化け物の残骸《ざんがい》に怯《おび》えて、それでも希望を目指し続ける。必死に生きて必死に死ぬ。いつも通りの話だ。

「ご主人さま。見て」

辿《たど》り着《つ》いた先は小高い丘《おか》だ。『彼女』とはここで待ち合わせしていた筈《はず》だ。だけどどこにも居ない。誰《だれ》も居ない。なんにも無い、ただ世界の終わりを眺《なが》めるには丁度いい高台だった。

「あはは」

私は笑うと、その場にぺたんと座った。

(これで終わりなのね。だけど、そんなに悪くない気分だわ)

必死に生きた。最後まで頑張《がんば》った。だから後は、死ぬだけだ。ご主人さまが私に寄《よ》り添《そ》うように座る。私はそれで、それだけで、良かった。

「ごめんなさいね、ご主人さま」

「……良《い》いさ。俺はむしろ嬉《うれ》しいから」

「何故《なぜ》？」

「だって、最後に獅子乃《ししの》さんと居られるしさ」

全く。最後までそうやって私を口説こうとする。いつからこんなナンパな子になってしまったのかしら？　不満を込《こ》めて睨《にら》むと、彼は恥《は》ずかしそうに笑った。

「愛してるぜ」

「……何その言い方。大人ぶっちゃって」

メチャメチャ可愛《かわい》かった。正直、かなりツボだった。

「最後だから、格好良く締《し》めたいなと思って」

「最後なんかじゃありませんわ」

彼は私の掌《てのひら》を必死に握《にぎ》りしめていた。痛いぐらいだったけど、拒《こば》む理由にはならない。

「だって私たち、運命で結ばれているんだもの。今日死んでしまっても、いつか会えます」

彼に少しでも恐怖《きょうふ》を抱《いだ》いてほしくなかった。退屈《たいくつ》な誤魔化《ごまか》しだとしても、希望を抱《いだ》いて欲しかった。それに、それは私の希望でもあったんだ。

(来世でも、あなたの手を握《にぎ》らせて下さい。愛しているって言わせて下さい)

万感《ばんかん》の思いを込《こ》めて、彼を見つめる。

「次に出会ったときは、きっとお嫁《よめ》さんにして下さいませ」

そうだ。あともう1つ最後に不満があるのでした。

（キスぐらい、勿体《もったい》つけてないでさっさとしろ。おばかご主人さま

最初のキスだもの。女の子の方からしたくない。そういうのは王子様にしてほしい。なんて思いながら、ねだるように彼を見つめていると、く――ん、と高い音がした。

それはフローターのエンジン音だ。私たちは身構えるが、すぐに脳天気な声が響《ひび》く。

『獅子乃《ししの》ちゃーん！　大吾《だいご》クーン！　遅《おそ》くなって、ごめ――ん！』

ナースの服装を纏《まと》った人魚。随分《ずいぶん》おちゃらけた格好のＡＩが巨大《きょだい》なバイクに跨《また》っていた。

「Ｓｅｎａ！　遅《おそ》いですわ！」

私は空飛ぶバイクに跨《また》ると、ご主人さまを後ろに乗せる。

地球の崩壊《ほうかい》に伴《ともな》って大急ぎで緊急《きんきゅう》発射した銀河鉄道の室内は、酷《ひど》く静かだった。人類の為《ため》に作られた客室には、私たち以外に誰《だれ》も居ない。ネットワークに完全移行しなかった癖《くせ》に生き延びようとした肉の世界の住人は、私たちだけだったのかもしれない。

なんてね。流石《さすが》に同じ室内に居ないだけだろう。なんせこの鉄道は巨大《きょだい》だから。

「この鉄道、どこまで行くんだろう」

ご主人さまはへとへとになりながら呟《つぶや》いた。

「確か目指すのは、生物の繁栄《はんえい》が可能な惑星《わくせい》ですわ」

だが私たちがそれを見る事は無いだろう。何百万年もかけてこの鉄道は宇宙を横断するのだ。怖《おそ》ろしい程《ほど》に長い旅になるだろう。だけどご主人さまと2人なら、悪くは無い気がした。

「ご主人さまはここに居て下さいまし。私、医務室の場所を調べて来ますわ」

傷だらけのご主人さまは小さく笑って、頷《うなず》いた。

全長280kmの銀河鉄道。確かどこかに生物の居住区もある筈《はず》だ。

「さて」

銀河鉄道の駆動音《くどうおん》が微《かす》かに響《ひび》く廊下《ろうか》に、私のカツカツという足音が交じる。私はマップを検索《けんさく》するとはしごを探した。連結部からハッチを開いて屋外に這《は》い出《で》る。未《ま》だ銀河鉄道は地上から10km程《ほど》の場所を航行している。私たちみたいな人類が乗り込むのを待っているためだ。

「……御機嫌《ごきげん》よう、シャシン」

『急に呼んで、ごめんね』

銀河鉄道の屋上に居たのは、髑髏《どくろ》の仮面を被《かぶ》った少女だった。私は彼女から、何度も信号を受け取っていた。この場所に来い、と。逃《に》げるわけにはいかなかった。

「また、どうしてこんな所に？」

高速で動く鉄道の上だったが、風圧は感じない。それは銀河鉄道の持つアンチグラビティ・

フィールドの影響《えいきょう》だ。この鉄道の半径数メートルは、地球に似た重力が維持《いじ》される。

『中だと、大吾《だいご》クンを傷つけてしまうかもしれないもの』

既《すで》に遥《はる》か後方に見えている蒼《あお》い船。航空能力は低いのだろうか?

「分かりませんわ。あなたの目的は何? どうしてご主人さまを連れて行こうとするの?」

イカれた宗教の教えだとか、そんな風には思えなかった。狂信者《きょうしんしゃ》特有の目の輝《かがや》きが、声のトーンが、彼女にはないもの。彼女は静かな視線のまま。小さな声で呟《つぶや》く。

『――もしもこの世の全てが、「運命」によって定められているとしたらどうする?』

質問の意図が分からなかった。何かの比喩《ひゆ》? いや、随分《ずいぶん》と彼女は真剣《しんけん》に見えた。

『私、それが気に入らないの。善悪とか正しいとか正しくないとかじゃない。気に入らないの。もしそんな操《あやつ》り人形みたいに私たちを動かしている物があるのなら、ぶっ壊《こわ》したいの』

「退屈《たいくつ》な願いね」

『あはは。そうかな』

いつの間にか、シャシンの喋《しゃべ》り方《かた》が変わっていた。恐《おそ》らく、今こそが彼女の素なのだろう。

「運命なんて興味無い。美味《おい》しいものを食べて、好きな人が側《そば》に居てくれたら、それでいい」

シャシンが息を呑《の》むのが分かった。彼女の体が静かな怒気《どき》で膨《ふく》れ上《あ》がるのが分かった。それが何故《なぜ》なのかは分からなかった。だって人の気持ちを慮《おもんぱか》るのは苦手だもの。だけど私だからこそ、敏感《びんかん》に感じ取れる気配もあった。――それは、決闘《けっとう》の予感だ。

『やっぱり、君とは話が合わないね。しぃしぃ』

シャシンが懐《ふところ》から取り出したのは、小さな柄《つか》だった。彼女が空中でソレを振《ふ》り下《お》ろすと、巨《きょ》大《だい》な蒼《あお》いノコギリの輪郭《りんかく》が浮《う》き上《あ》がる。一体どういう武器なのか分からない。あんなもの、見たこともない。だけど、恐怖《きょうふ》はない。大体そんな物感じた事もない。

（私は私が死のうが生きようが、どうでもいい）

何かに怯《おび》えたりした事なんて無い。恐怖《きょうふ》なんて言葉でしか知らない。

（だけど、ご主人さまを奪《うば》われる事だけは——怖《こわ》くて仕方がない）

だから彼を愛したりしたくなかったのに。ちっぽけな愛のためになけなしの勇気を振《ふ》り絞《しぼ》る。

私はそれをするしかない。深く息を吸うと、脂《あぶら》で切れ味の悪くなったナイフを取り出した。

『らッあぁぁあああああああああああッッ——!!』

「おぉぉぉおおおおおおおおおおおッッ——!!」

シャシンのノコギリの袈裟《けさ》斬《ぎ》りを低い姿勢で避《よ》けると、下からナイフを突《つ》き上《あ》げた。ナイフが彼女の右腕《みぎうで》に刺《さ》さる。しかし彼女は痛みに呻《うめ》く事さえも無く、ノコギリを手放す。驚《おどろ》いた私は一瞬《いっしゅん》思考が止まる。彼女は空いた左腕《さわん》で私の頬《ほお》をぶん殴《なぐ》った。

「ぐ……っ」

想定外の攻撃《こうげき》にバランスが崩《くず》れたのはこっちの方だった。予想よりも数段キレのある動きと、喧嘩《けんか》慣《な》れした戦い方。ふらついている私に、シャシンは追撃《ついげき》の手を緩《ゆる》めない。

（ただの街の喧嘩自慢《けんかじまん》ってレベルじゃない。こっちは肉体も神経も戦闘用《せんとうよう》に改造済みなのに）

1度体勢を立て直すために、バックステップで距離《きょり》を取る。シャシンは落ちたノコギリを拾って、正眼に構えた。蒼《あお》いノコギリは炎《ほのお》のように、ゆらゆらと揺《ゆ》らめく。

『くすくす。それで強いつもりなんだね。腕《うで》っぷしが強くて、かけっこが早いから？』

「……！」

『君には少し、必死さが足りない』

一瞬《いっしゅん》で距離《きょり》を詰《つ》められる。私が振《ふ》り上《あ》げられたノコギリを紙一重で避《よ》けると、彼女は振《ふ》り下《お》ろした手首の反動を利用して一瞬《いっしゅん》でノコギリを突《つ》き上《あ》げた。刃《やいば》が私の肩《かた》を切《き》り裂《さ》いた。ぶちぶちぶち、という肉の筋を千切る嫌《いや》な音が響《ひび》く。痛みに悲鳴をあげる暇《ひま》はない。

「ぐが……っ」

『トドメ！』

シャシンは横に回転して、遠心力を加えた刃《やいば》で私を両断しようとする。

「ぐぉぉおおおおお！」

ガン、と嫌《いや》な音がした。それは私の手のひらが刃《やいば》を受け止めようとして、肘《ひじ》の辺りまで真っ二つにされる音だった。機械の腕《うで》で良かった。肉と骨だったら体ごと両断されていただろう。

「私の疵《きず》を……」

血だらけの腕《うで》で、必死にナイフを握《にぎ》りしめた。

「舐《な》めるなぁああああッッ――‼」

力を振《ふ》り絞《しぼ》って、シャシンの眼窩《がんか》に切っ先を突《つ》き立《た》てる。だが彼女は体を捻《ねじ》って、その軌道《きどう》を逸《そ》らした。代わりに、髑髏《どくろ》の仮面が割れて、その素顔《すがお》が晒《さら》される。

『…………………』

――シャシンの顔は、ブロックノイズに覆《おお》われていた。

古い劣化《れっか》した動画みたいに、少女の表情に白黒の四角形が走っている。まるでそこだけ世界のバグで光が乱れてしまっているみたいに。破損してしまった画面のように。

(この人はホログラム？　そんな訳がない。ＡＩ？　テクスチャ？　違《ちが》う。生身の人間だ)

割れた仮面の間から、真っ赤な血が流れていた。

『見～た～な～。……なんちて』

シャシンはふざけるように笑って、空いた片手で私の手首を捻《ひね》ると、ナイフを叩《たた》き落《お》とす。

「ぐっ」

腹を蹴《け》り上《あ》げられて、私はその場に蹲《うずくま》った。シャシンはノコギリを振《ふ》り上《あ》げる。

『さようなら、しぃしぃ。私のトム。来世でも仲良く喧嘩《けんか》しよう』

死を直視した。その瞬間《しゅんかん》だった。トタン、と屋上に登る足音がした。

「……なに……してるの」

シャシンは「え」と呟《つぶや》いて振《ふ》り向《む》く。そこに居たのはご主人さまだ。小さな彼は顔を青くしながら私たちのことを見つめていた。逃《に》げて、と叫《さけ》ぼうとするが鳩尾《みぞおち》を蹴《け》り上《あ》げられたばかりで声が出ない。必死に声を振《ふ》り絞《しぼ》ろうとする。けれど私から出てくるのは呻《うめ》き声《ごえ》だけだった。

『やだ……見ないで……っ！』

シャシンは自分の顔面を隠《かく》すように、手のひらで覆《おお》った。私にとどめを刺《さ》す事は無く。ご主人さまを襲《おそ》うことすら無く。ただ乙女《おとめ》のように自分の顔を覆《おお》い隠《かく》した。

（いったい何故《なぜ》？）

それが何故《なぜ》かは分からなかった。だって私は他人の感情とかそういうものには疎《うと》いもの。人と上手に話すのは苦手。気持ちを考えるのも苦手。だけど、理解できる事もあった。

『がっ』

——生死の場で視線を切ったら、死んでも文句は言えないと言う事だ。私は両断されて尖《とが》った右腕《みぎうで》で、彼女の胸を貫《つらぬ》いていた。真っ赤な血が夜空に溢《あふ》れる。確かな肉の感触《かんしょく》。シャシンは体勢を崩《くず》しつつも、顔を隠《かく》した手だけは決して外す事が無かった。

『……あーあ。また私の、負けか』

血を流した彼女の足取りがふらつく。宙を走る銀河鉄道の上でその動きは命取りだった。

『つぎは勝つぜ、べいびー』

シャシンが足をもつれさせて、銀河鉄道から落ちる。それを呆然《ぼうぜん》と見つめていた。余りに呆《あっ》気《け》ない幕引きだった。私は彼女に負けたが、勝ったのだ。つまりハッピーエンドってこと？

――だけど、私は気が付かなければいけなかったんだ。

ここには、底抜《そこぬ》けに優《やさ》しくて、馬鹿みたいに正直で、ひたすらに真《ま》っ直《す》ぐな男の子が居た事を。空から落ちる人を見たら、条件反射で助けようとしてしまう、彼のことを。

『え？』

宙に舞《ま》うシャシンの手を、ご主人さまが摑《つか》んでいた。やめて。そう叫《さけ》ぼうとした時には、既《すで》にそこには誰《だれ》も居なくなっていた。２人で堕《お》ちていった。重力に惹《ひ》かれて。成層圏《せいそうけん》の内側とは言え、高度10ｋｍ以上の空を。

真っ青の隕石《いんせき》が降り注ぐ空の下、私だけが１人で取り残されていた。

エピローグ　運命のひとは、あなたでした。

涙《なみだ》が溢《あふ》れて、目を覚ました。

(俺は。死んだのか)

夜。静かな世界。いや、銀河鉄道の上ほどではなかった。ここ、横浜中華街《よこはまちゅうかがい》では酔《よ》っ払《ぱら》いが外で騒《さわ》いでいるのか、底抜《そこぬ》けに明るい声が響《ひび》く。人の気配。それが確かに存在した。

(ここは。どこだ。俺は生きているのか)

俺は、死んだ。いや、違《ちが》う。あれは俺の夢だ。俺の前世だ。前の世界の俺だろう。ここは――現代の日本だ。へんてこな化け物も空飛ぶバイクも無い。俺の部屋だ。俺は思い出していた。滅《ほろ》びる世界。蒼《あお》い船。銀河鉄道。そして何より、1人で残してしまった、少女。

「……」

最期《さいご》を一緒《いっしょ》に迎《むか》えようって約束したのに。愛しているって伝えたのに。俺は、ずっとあの子の側《そば》に居ないといけなかったのに。絶対に護《まも》らなければいけない約束だったのに。

「ぐっ…………おえっ」

酷《ひど》い吐《は》き気《け》がこみ上げてきて、俺は急いでトイレに飛び込んだ。胃の中身の全部を便器の中に吐《は》き出《だ》す。テイクアウトした揚《あ》げ物《もの》や、昼に食べた軽食。

「……んー……どしたのー？　大丈夫《だいじょうぶ》～？」

部屋の方から、眠《ねむ》たげな声が聞こえた。兎羽《とわ》の声だ。俺の妻の声だ。俺は必死にパニックになる頭の中を整理しようとする。だけど無理だった。心が壊《こわ》れかけていた。

（俺が馬鹿だったから。考えなしだったから。獅子乃《ししの》さんを1人にしてしまった）

彼女はあの後どうしたのだろう？　1人で銀河鉄道に揺《ゆ》られて、永遠に近い年月を孤独《こどく》に過ごしたのだろうか。あの子はそんな事を願っていなかったのに。ただ生きて、ただ死ぬ。それをしようとしていたのに。ガキみたいに口説いた馬鹿のせいで。

（駄目《だめ》だ。思考が。まとまらない）

このままじゃ兎羽《とわ》に心配をかけてしまう。俺はコンビニで飲み物を買ってくる、と呟《つぶや》いて、外に出た。廊下《ろうか》に出るとすぐにふらついて、足が震《ふる》えている事に気がついた。駄目《だめ》だ。まともに歩けそうにない。外に行くべきでは無い。代わりに俺は階段を登って屋上を目指す。

（あれは、夢とかじゃない。『記憶《きおく》』だ）

何考えてんだ？　そんなワケ無いだろ？　前世、なんて非科学的なもの、あるわけ無いだろ。自分に必死に言い聞かせる。あの悲劇を。彼女への愛を。信じられなくて。古い立て付けの悪い屋上への扉《とびら》のドアノブを捻《ひね》る。ギィ、とサビで軋《きし》んだ。

ドアを開ける。星のない闇夜《やみよ》に輝《かがや》く黄金色《こがねいろ》の月の下。真っ白の少女が立っていた。

「ご主人……さま……?」

　雪のように美しい、アルビノの少女だった。さっきまで、俺と一緒《いっしょ》に銀河鉄道に乗っていた少女だった。彼女は泣いていた。止まらない涙《なみだ》を制御《せいぎょ》出来なくなっていた。俺と全くおんなじに。——否応《いやおう》なしに、気がついてしまう。

(同じ夢を見たんだ)

　或《ある》いは、同じ記憶《きおく》を取《と》り戻《もど》した、と言うべきなのかもしれない。獅子乃《ししの》ちゃんは涙《なみだ》を流しながら、俺に近づいて、頬《ほお》に触《ふ》れた。小さくて冷たい、俺の愛した指先だった。

「ばか。ばかばかばかばか。一緒《いっしょ》に居るって約束したくせに。必死に口説いたくせに……!」

　それは獅子乃《しの》ちゃんの喋《しゃべ》り方《かた》じゃなかった。だけど、俺のよく知る彼女の声のトーンだった。

　一気に感情がこみ上げて、俺は俺で無くなってしまう。

「ご……ごめん。俺……俺……っ」

　どうしようもない程《ほど》の愛情が、胸《むね》の奥から湧《わ》き上《あ》がってくる。俺は27歳の御堂大吾《みどうだいご》では無く、14歳の、あの馬鹿で小さなガキだった頃《ころ》の俺に体を支配される。獅子乃《しの》さんは大人みたいに小さく笑って、俺の頬《ほお》を何度も撫《な》でた。

「泣きすぎですわ。全く、本当に子供なんだから」

「それは、そっちだって、そーじゃん」

彼女の髪《かみ》の柔《やわ》らかさ。彼女の甘い匂《にお》い。彼女のころころと言う笑い声。温かい体温。真っ白な髪《かみ》が月に照らされて、淡《あわ》く光を反射する。あの頃《ころ》の俺はそれを何より大切に思っていた。

どうしようもなくて。

どうしようもなくて。

どうしようもなくて。

「……ごめんなさい」

彼女は——千子獅子乃《せんじししの》は呟《つぶや》いて、俺の手に指を絡《から》める。

「いつまでも勿体《もったい》つけるのが悪いのよ。のんびり屋の王子様」

あの頃《ころ》より随分《ずいぶん》背の低い彼女が、一生懸命《いっしょうけんめい》背伸《の》びしながら、目を閉じる。拒《こば》むことは、出来なかった。だってこの人は千子獅子乃《せんじししの》だから。俺が生涯《しょうがい》を共にする約束をした人だから。

——俺の運命の人だから。

「あむ」

唇《くちびる》と、唇《くちびる》を、合わせる。静かな夜だった。黄金の月は、静かに俺たちの事を見つめていた。蒼《あお》い隕石《いんせき》なんて影《かげ》も形もなかった。舌も動かさない。唇《くちびる》も浅く閉じたまま。ただ互《たが》いの体温だけを必死に感じるようなキスだった。

俺たちは今までの時間を取《と》り戻《もど》すみたいに。果たせなかった約束を、果たすみたいに。ただ必死にお互《たが》いを抱《だ》きしめた。彼女も一生懸命《いっしょうけんめい》俺の頭に手を回す。いつまでもいつまでも、続けていた。時間がこのまま止まってしまえばいいのに、と思った。

ギィ、と錆《さ》びた扉《とびら》が音を立てる。

「……なに……してるの」

兎羽《とわ》が立っていた。唇《くちびる》を合わせる俺たちを、静かな表情で見つめていた。

黄金色《こがねいろ》の月だけが、自分は関係無いとでも言うように、呑気《のんき》にぷかぷか浮《う》かんでいた。

あとがき

Netflixから仕事来ないかな。

という訳であとがきです。こんにちは、ライターの逢縁奇演《あいえんきえん》と申します。

今この文章を読んでいるそこの君。この小説を読んでくれてありがとう。もしくは本屋さんとかであとがきの立ち読みとかをしている君。これは読んだら不幸になる文章だから、小説を3冊買って知り合いにプレゼントしてね。

僕《ぼく》は普段《ふだん》、美少女ゲーム界という所でシナリオライターのお仕事をしています。『人類が滅《ほろ》んだ後のサンタクロースの物語』とか『ロックンロールはゾンビよりも不滅《ふめつ》だ！　がキャッチコピーのゾンビもの』とかの企画《きかく》しか出さないのでまともにメイン作が無いともっぱらの噂《うわさ》です。今作も『王道ラブコメ書いて下さい』って編集さんに言われてこの作品を提出しました。彼《かれ》から何か言いたげな視線を時折感じますが、出来るだけスルーしています。

電撃《でんげき》文庫さんでお仕事をするのは初めてですね。電撃《でんげき》文庫と言えば小学生の頃《ころ》、窓をガタガタと揺《ゆ》らしたら外から鍵《かぎ》をかけられる図書室に忍《しの》び込《こ》んで『キノの旅』を読んでいたのを覚えています。図書委員の先生は大分若いお姉さんで、大人びていると思われたい僕《ぼく》は『封神演義《ほうしんえんぎ》』とか『西遊記《さいゆうき》』ばかり借りてたな。漢字が多くて難しそうだったから。その先生にキノを薦《すす》めたら後日面白《おもしろ》かったよなんて言われて少し鼻が高くなったもんです。この小説も小学生達《たち》が読むと良《い》いな。でもラブホとかコンドームの話とかしてるし無理か。教育に悪そうだしな。

あれからまあ大人になって、社会の荒波《あらなみ》に飛《と》び込《こ》むのがキツすぎて逃《に》げるように美少女ゲーム界に転《ころ》がり込《こ》んで、と思ったら小説を書いたりしています。なんというか不思議なもんですね。それはキツイんよ〜と色んなもんから逃《に》げて這《は》いずり回《まわ》った結果です。あと少し運が悪かったら普通《ふつう》にどっかで死んでたんじゃないか。とかふと思った。草。

誰《だれ》のおかげかと言われると、拾ってくれた師匠《ししょう》とか、製作に付き合ってくれた人たちとか、色々な顔は浮《う》かぶのですが、一番は、うちのゲームのユーザーさんや、この小説を読んでくれたような人のおかげだと思います。僕《ぼく》の作品、いつも初動そんなに伸《の》びないんです。ただ、作品を遊んでくれた人や読んでくれた人が面白《おもしろ》いよ。って言ってくれて、その口コミが沢山《たくさん》の人に広がって、いつの間にかなんだかんだやれてます。感謝以外の言葉がありません。

10年前『強盗《ごうとう》、娼婦《しょうふ》のヒモになる』って作品を書いたんですよ。フリーゲームなんですけどね。あれは確か、ライター未経験で北陸住みだけど何とか美少女ゲームライターに応募《おうぼ》出来ないかとポートフォリオにも使おうと思った作品でした。結局その作品では商業ライターとしては箸《はし》にも棒にもかからなくて。だけど、あの頃《ころ》から今に至るまで応援《おうえん》してくれる人達《ひとたち》が出来ました。要はそこから今までずっとつながっているわけです。

いつもありがとうございます。あの時「面白《おもしろ》い」って言ってくれたあなたが居たから、僕《ぼく》は今も何とか生きてます。基本ヘラヘラ笑って嘘《うそ》ばっか吐《つ》いてる僕《ぼく》なのですが、こればっかりはちゃんと本心で言えます。あの時ツイッターやエロゲー批評空間さんで褒《ほ》めてくれたキミたちのおかげだよ。はー懐《なつ》かしいね。皆《みな》、元気してるかな?

ちなみにそれから4年後ぐらいに『冴《さ》えない彼女《ヒロイン》の育てかた』の巻末についていた『美少女ゲーム企画《きかく》のフォーマット』を見ながら企画《きかく》を作って某社《ぼうしゃ》に送り、晴れてライターになるわけです。筆で書いた手紙を添《そ》えたのもいい思い出。今はもう退社しているのですが、入社した後に作った『うさみみボウケンタン』と、それ以前の作品では僕《ぼく》の作風が大分違《ちが》ったりします。色んな人に支えられて少しずつ成長してるのかなと思うと、嬉《うれ》しくなったりしますね。

とか何とか。思い出話をするには早すぎるか。まだまだ作りたい作品もたくさんあるしね。小説も始まったばっかりですし。これからも何とか頑張《がんば》っていくので、応援《おうえん》して頂けますと幸いです。代わりに、僕《ぼく》もあなたの人生を応援《おうえん》するので。一緒《いっしょ》にがんばっていこうぜ、この魑魅《ちみ》魍魎《もうりょう》の伏魔殿《ふくまでん》だら言う噂《うわさ》の人間社会。

それでは今回はこのへんで。また遊ぼうね〜。

◉逢縁奇演著作リスト

「運命の人は、嫁の妹でした。」（電撃文庫）

本書に対するご意見、ご感想をお寄せください。

ファンレターあて先
〒102-8177　東京都千代田区富士見2-13-3
電撃文庫編集部
「逢縁奇演先生」係
「ちひろ綺華先生」係

本書は書き下ろしです。

電撃文庫

運命《うんめい》の人《ひと》は、嫁《よめ》の妹《いもうと》でした。

逢緣奇演《あいえんきえん》

2022年7月10日　初版発行

発行者　青柳昌行
発行　株式会社KADOKAWA
〒102-8177　東京都千代田区富士見2-13-3
0570-002-301（ナビダイヤル）
装丁者　荻窪裕司（META＋MANIERA）
印刷　株式会社暁印刷
製本　株式会社暁印刷

ISBN978-4-04-914403-1　C0193　Printed in Japan

電撃文庫　https://dengekibunko.jp/

電撃文庫創刊に際して

文庫は、我が国にとどまらず、世界の書籍の流れのなかで〝小さな巨人〟としての地位を築いてきた。古今東西の名著を、廉価で手に入りやすい形で提供してきたからこそ、人は文庫を自分の師として、また青春の想い出として、語りついできたのである。

その源を、文化的にはドイツのレクラム文庫に求めるにせよ、規模の上でイギリスのペンギンブックスに求めるにせよ、いま文庫は知識人の層の多様化に従って、ますますその意義を大きくしていると言ってよい。

文庫出版の意味するものは、激動の現代のみならず将来にわたって、大きくなることはあっても、小さくなることはないだろう。

「電撃文庫」は、そのように多様化した対象に応え、歴史に耐えうる作品を収録するのはもちろん、新しい世紀を迎えるにあたって、既成の枠をこえる新鮮で強烈なアイ・オープナーたりたい。

その特異さ故に、この存在は、かつて文庫がはじめて出版世界に登場したときと、同じ戸惑いを読書人に与えるかもしれない。

しかし、〈Changing Times,Changing Publishing〉時代は変わって、出版も変わる。時を重ねるなかで、精神の糧として、心の一隅を占めるものとして、次なる文化の担い手の若者たちに確かな評価を得られると信じて、ここに「電撃文庫」を出版する。

1993年6月10日
角川歴彦

電撃文庫DIGEST　7月の新刊

発売日2022年7月8日

第28回電撃小説大賞《銀賞》受賞作
ミミクリー・ガールズ
著／ひたき　イラスト／あさなや

2041年。人工素体──通称《ミミック》が開発され幾数年。クリス大尉は素体化手術を受け前線復帰……のはずが美少女に!?　クールなティータイムの後は、キュートに作戦開始！　少女に擬態し、巨悪を迎え撃て！

第28回電撃小説大賞《選考委員奨励賞》受賞作
アマルガム・ハウンド
捜査局刑事部特捜班
著／駒居未鳥　イラスト／尾崎ドミノ

捜査官の青年・テオが出会った少女・イレブンは、完璧に人の姿を模した兵器だった。主人と猟犬となった二人は行動を共にし、やがて国家を揺るがすテロリストとの戦いに身を投じていく……。

はたらく魔王さま! おかわり!!
著／和ヶ原聡司　イラスト／029

健康に目覚めた元テレアポ勇者!? カップ麺にハマる芦屋!?　真奥一派が東京散策??！　大人気『はたらく魔王さま！』本編時系列の裏話をちょこっとひとつまみ。魔王たちのいつもの日常をもう一度、おかわり！

シャインポスト③
ねえ知ってた？　私を絶対アイドルにするための、ごく普通で当たり前な、とびっきりの魔法
著／駱駝　イラスト／ブリキ

紅葉と雪音のメンバー復帰も束の間、『TINGS』と様々な因縁を持つ『HY:RAIN』とのダンス・歌唱力・総合力の三本勝負が行われることに…しかも舞台は中野サンプラザ!?　極上のアイドルエンタメ第3弾！

春夏秋冬代行者
夏の舞 上
著／暁 佳奈　イラスト／スオウ

黎明二十年、春。花葉雛菊の帰還に端を発した事件は四季陣営の勝利に終わった。だが、史上初の双子神となった夏の代行者、葉桜姉妹は新たな困難に直面する。結婚を控える二人に対し、里長が言い渡した処分は……。

春夏秋冬代行者
夏の舞 下
著／暁 佳奈　イラスト／スオウ

瑠璃と、あやめ。夏の双子神は、四季の代行者の窮地を救うべく、黄昏の射手・巫覡輝矢と接触する。だが、二人の命を狙う「敵」は間近に迫っていた??。季節は夏。戦いの中、想い、想われ、現人神たちは恋をする。

ギルドの受付嬢ですが、残業は嫌なのでボスをソロ討伐しようと思います5
著／香坂マト　イラスト／がおう

憧れのリゾート地へ職員旅行！　…のハズが、永遠に終わらない地獄のループへ突入!?　楽しい旅行気分を害され怒り心頭なアリナの大鎚が向かう先は……!?　大人気異世界ファンタジー第5弾！

恋は双子で割り切れない4
著／高村資本　イラスト／あるみっく

那織を部屋に泊めたことが親にバレた純。さらに那織のアプローチは積極的になっていくが、その中で純と衝突して喧嘩に発展してしまう。仲裁に入ろうとする琉実だったが、さらなる一波乱を呼び……？

アポカリプス・ウィッチ⑤
飽食時代の【最強】たちへ
著／鎌池和馬　イラスト／Mika Pikazo

三億もの『脅威』が地球に向けて飛来する。この危機を乗り切るには『天外四神』が宇宙へと飛び出し、『脅威』たちを引きつけるしかなかった。最強が最強であるが故の責務。歌貝カルタに決断の時が迫る──。

娘のままじゃ、お嫁さんになれない!2
著／なかひろ　イラスト／涼香

祖父の忘れ形見、藍良を娘として引き取ってから2か月。桜人が教師を務める高校で孤立していた彼女も、どうにか学園生活を送っているようだ。だが、頭をかすめるのは藍良から告げられたとんでもない言葉だった──。

嘘と詐欺と異能学園3
著／野宮 有　イラスト／kakao

学園に赴任してきたニーナの兄・ハイネ。黒幕の突然の登場に動揺しつつも奮起するジンとニーナ。ハイネが設立した自治組織に参加し、裏ではハイネを陥れる策を進行させるという、超難度のコンゲームが始まる。

新作
運命の人は、嫁の妹でした。
著／逢縁奇演　イラスト／ちひろ綺華

互いの顔を知らないまま結婚したうえ、嫁との同棲より先に、その妹・獅子乃を預かることになった俺。だがある日、獅子乃と前世で恋人だった記憶が蘇って……。つまり〈運命の人〉は嫁ではなく、その妹だった!?

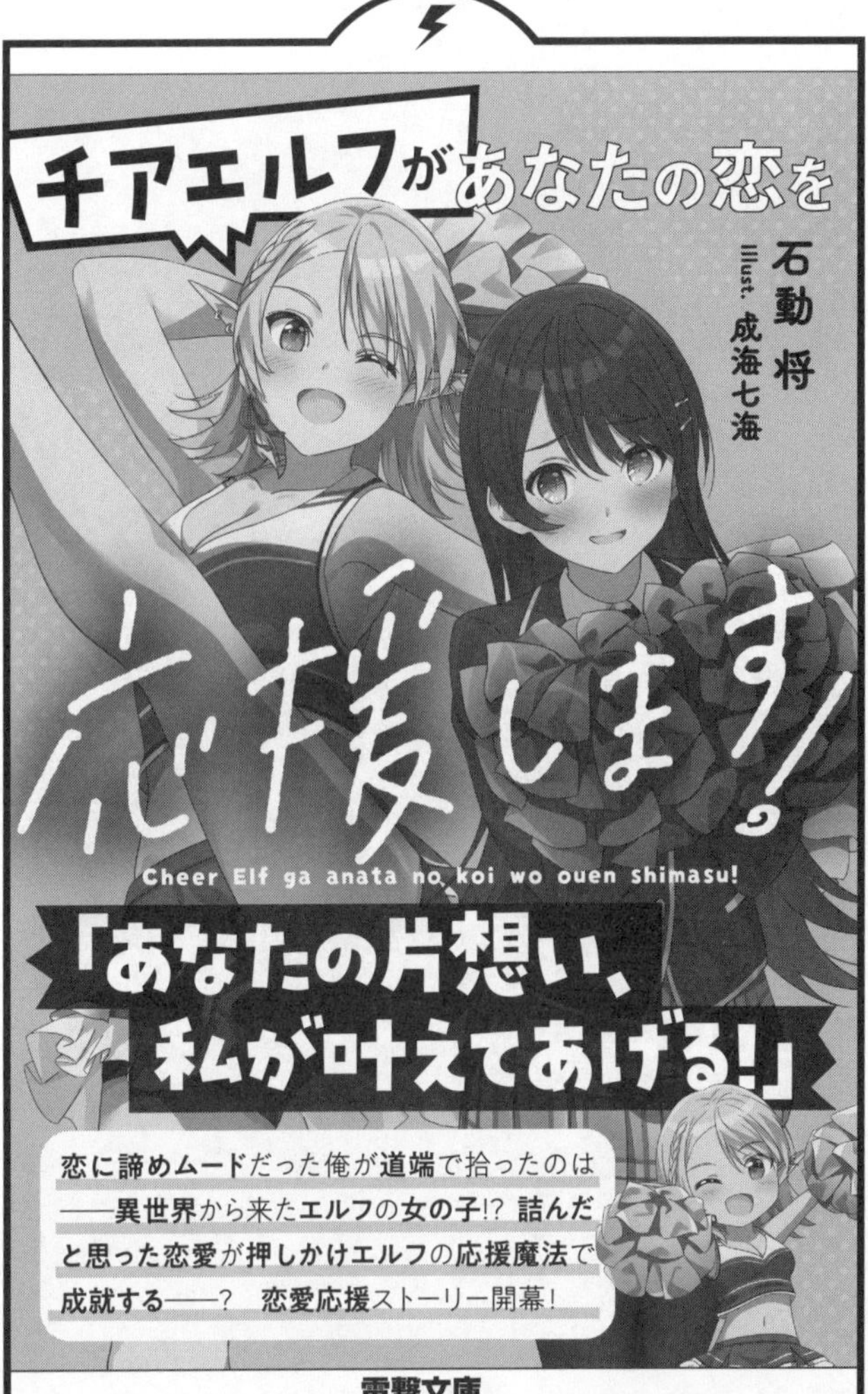
チアエルフがあなたの恋を
応援します！
石動 将
Illust. 成海七海
Cheer Elf ga anata no koi wo ouen shimasu!
「あなたの片想い、私が叶えてあげる！」
恋に諦めムードだった俺が道端で拾ったのは——異世界から来たエルフの女の子!? 詰んだと思った恋愛が押しかけエルフの応援魔法で成就する——？　恋愛応援ストーリー開幕！
電撃文庫

「命《タマ》とられちゃったけど、
文句あるか？」
陸道烈夏
illust
らい
この少女、元ヤクザの
組長にして——!?
守るべき者のため、
兄(高校生)と妹(元・組長)が蔓延る悪を討つ。
最強凸凹コンビの
任侠サスペンス・アクション！
タマとられちゃったよおおおぉ
YAKUZA GIRL
電撃文庫

My first love partner was kissing
[Iruma Hitoma]
入間人間
[Illustration] フライ
私の初恋相手がキスしてた
私の家に、ある日彼女がやってきて——
STORY
うちに居候をすることになったのは、隣のクラスの女子だった。
ある日いきなり母親と二人で家にやってきて、考えてること分からんし、
そのくせ顔はやたら良くてなんかこう……気に食わん。
お互い不干渉で、とは思うけどさ。あんた、たまに夜どこに出かけてんの？

電撃文庫